Für meinen Vater,
der stets an die Schriftstellerin
in mir geglaubt hat

Tiff & Toff Taschenbuch 023

Kampf der vier Elemente

Elemente

~ Teil 2 ~

Luft & Erde

Michelle Krabinz

Michelle Krabinz wurde 1994 in Köln geboren und fühlte sich schon seit ihrer Jugend zur Kunst des Schreibens hingezogen. Obwohl sie viele Kurzgeschichten und Märchen schrieb, dachte sie bis zu ihren frühen zwanziger Jahren nie darüber nach, eine professionelle Schriftstellerin zu werden.

Seitdem hat sie sowohl eine große Begeisterung für verschiedene Arten von Kunst entdeckt, als auch den Wunsch, ihre diversen Geschichten und fantastischen Welten mit anderen Leuten zu teilen.

Den ersten Teil von „**Kampf der vier Elemente**" begann sie bereits in der frühen Pubertät zu schreiben. Als sie die Notizen zu den ersten Kapiteln nach einem ihrer Umzüge wiederfand, entschied sie, sich dieser Geschichte mit gereifter Lebenserfahrung zu widmen.

Teil 2 „Luft & Erde" setzt die Geschichte von der jungen Feuerelementaren Johanna Faystone fort, welche sich nach der Entdeckung ihrer Fähigkeiten damit beschäftigt, Menschenrechte für die Elementaren durchzusetzen.

Dabei möchte Michelle Krabinz anmerken, dass dies ein Werk der Fiktion ist. Namen, Charaktere, Orte und Begebenheiten sind entweder der Fantasie der Autorin entsprungen oder in fiktionaler Weise verwendet worden. Jegliche Ähnlichkeiten mit realen Personen, tot oder lebendig, sind unbeabsichtigt und Produkte des Zufalls. Namen realer Personen wurden ausschließlich zu dramaturgischen Zwecken verwendet und stehen in keinem Bezug zu realen Personen, Begebenheiten oder politischen Ansichten besagter Personen.

Triggerwarnungen sind am Ende des Romans (nach den Danksagungen) aufgeführt.

Kampf der vier Elemente

Elemente

Luft & Erde

Michelle Krabinz

Die Deutsche Nationalbibliothek verzeichnet diese
Publikation in der Deutschen Nationalbibliografie;
detaillierte bibliografische Daten sind im Internet
über http://dnb.dnb.de
abrufbar.

Herstellung und Verlag:
BoD – Books on Demand, Norderstedt
ISBN: 978-3-7534-2064-6

Prolog

Sams Blick verhieß nichts Gutes. Er eilte auf Rose zu, doch sie konnte an seinen unsicheren Schritten erkennen, dass er lieber vor ihr davongelaufen wäre. *Liegt es an mir? Gucke ich zu ernst?* Sie versuchte, ein Lächeln auf ihr müdes Gesicht zu zwingen. Es war ihr noch nicht geglückt, als Sam schon keuchend bei ihr ankam.

„Wir wurden angegriffen!"

Ihr Körper war sofort in Bereitschaftsspannung, obwohl ihr Gehirn die Vergangenheitsform in seinem Satz registrierte.

„Angegriffen? Wo? Von wem?"

„Es war Heinrich. Er ist mit einigen Anhängern gekommen und hat das Menschendorf neben uns in Schutt und Asche gelegt. Es waren Feuerelementare dabei ..."

„Wo ist er jetzt?"

„Er ist Richtung Norden geflohen. Emmett verfolgt ihn."

„Alleine?"

Panik mischte sich in ihre Stimme. Ihre Beine setzten sich sogleich in Bewegung und folgten der Spur ihres Geliebten. Sam war ihr dicht auf den Fersen, sein Atem immer noch schnell und unregelmäßig.

„Du solltest lieber Verstärkung holen", rief sie ihm über ihre Schulter zu, ohne den Blick von ihrem Ziel abzuwenden. In der Ferne konnte sie bereits die Rauchschwaden über dem einst so friedlichen Dorf erkennen. Ihr Magen zog sich immer weiter zusammen. *Emmett! Ich komme!*

„Aber was ist, wenn du Heinrich begegnest?"

„Mit dem werde ich fertig."

Sie konnte spüren, dass Sam nicht völlig überzeugt war, doch er gehorchte ihr. Seine flinken Schritte trugen ihn gen Westen davon, zum Lager ihrer Verbündeten, während Rose dem brennenden Dorf entgegeneilte.

Noch bevor sie die rußverdreckten Straßen passiert hatte, wusste sie bereits, dass etwas nicht stimmte. *Verdammt! Emmett, wo bist du?* Ihr Blick huschte suchend über die Wiesen am anderen Ende des Dorfes. Vergebens. Bis zum Waldrand war keine Menschenseele zu erkennen. Erst, als sie die letzten zerstörten Häuser hinter sich gelassen hatte, fiel ihr auf, was im Dorf gefehlt hatte. Es gab keine Leichen. Der aufkeimende Funke der Hoffnung in ihr wurde jedoch sofort erstickt, als sie sich dem Waldrand näherte.

Schreie und panische Rufe schollen ihr aus dem Dickicht entgegen. Der Klang der Angst beschleunigte ihren Schritt, doch die dichten Büsche behinderten ihr Vorankommen. *So werde ich es nie rechtzeitig schaffen!* Mit einem beherzten Windstoß drückte sie Blätter und Äste beiseite. Die Luft folgte bereitwillig ihren Anweisungen und bahnte ihr einen Weg durch das düstere Unterholz.

Gerade als sie das helle Leuchten einer Lichtung erblickte, hörte sie einen langen, markerschütternden Schrei. *Emmett! NEIN!* Mit aller Kraft steigerte sie erneut ihre Geschwindigkeit und brach schließlich durch das Gebüsch ins Licht der Dämmerung hinaus. Plötzlich stießen ihre Füße gegen etwas Weiches. Mit einem gellenden Aufschrei stürzte sie zu Boden, rappelte sich jedoch gleich wieder auf. Dann sah sie die Menschen.

Ihr stockte der Atem. Ihr Körper verharrte wie eingefroren in seiner halbgebeugten Haltung, eine Hand noch auf den verkohlten Boden gestützt. Ihre Haut nahm die Hitze wahr und ihre Nase roch den Geruch von verbranntem Fleisch. *Nein!* Ungläubig wanderten ihre Augen über die verstümmelten Körper, welche wie totes Laub auf der Lichtung verstreut waren. Wie in Zeitlupe erhob sie sich langsam vom Boden und versuchte, die aufsteigende Übelkeit zurückzuhalten. Dann erblickte sie den nächstgelegenen Baum und erstarrte.

Nein!!! Sogar ihr Herz blieb für einen Moment stehen, bevor es in wilder Panik zu rasen begann. *NEIN!* Ihr keuchender Atem beschleunigte sich, bis ihr ein weiterer Schrei entfuhr.

„NEEEEIIIIIN!!"

Ihre zitternden Beine wankten wie in Trance auf den verkohlten Körper zu, welcher wie eine Puppe zwischen den Ästen des Baumes aufgehängt worden war. Aus der festgebrannten Kleidung stiegen noch vereinzelte Rauchschwaden auf und tränkten die Luft mit ihrem beißenden Gestank. Der Geruch vermischte sich mit dem grauenvollen Anblick und raubte ihr die letzte Kraft.

Mit einem Schwall ergoss sich ihr Abendessen über den schwarzen Boden und sie stützte sich schluchzend auf ihren Knien ab. Als ihr Magen sich entleert hatte, wandte sie ihren Kopf erneut dem über ihr baumelnden Leichnam zu und die Tränen stiegen ihr in die Augen.

„Emmett ..."

Es war nur ein gebrochenes Flüstern, halb erstickt von der aufwallenden Panik. Die Ungläubigkeit ließ ihre Glieder taub werden und ihre Vernunft zerfloss in salzigen Bächen, bis nur noch Trauer und Wut übrigblieben.

Da die Verzweiflung sie zu übermannen drohte, entschloss Rose sich schließlich, lieber ihrer Wut nachzugeben. Sobald sie diesen Entschluss gefasst hatte, war ihre Traurigkeit sogleich wie fortgeblasen.

Eiskalter Zorn erfüllte ihr ganzes Wesen und fegte die Tränen mit einem wütenden Windhauch von ihren Wangen.

„Heinrich!"

Ihr Ruf scholl durch den Wald und schleuderte ihm ihren Durst nach Rache entgegen. Dort, wo einst Liebe und Mitgefühl in ihrer Brust gebrannt hatten, loderte nun heißer Zorn hervor und löschte jegliche Barmherzigkeit aus.

Rache. Das war das Einzige, was zurückblieb.

Ihre Beine setzten sich wieder in Bewegung und folgten dem Wind, welcher sie zielstrebig in den Wald hinein-führte. Sie wusste, dass die Luft sie zu den feindlichen Feuerelementaren und Heinrich lenken würde. Tief in ihr hatte sie schon immer geahnt, dass sie keine Ruhe finden konnte, solange er ihr Leben zur Hölle machte. Doch nun gab es nichts mehr, was sie davon abhalten konnte, bis zum bitteren Tod gegen ihn zu kämpfen. *Ich werde Emmett rächen, selbst wenn es mich mein Leben kostet!*

Kapitel 1

„Johanna? Ein Anruf für dich …"

„Ich komme!"

Mit eiligen Schritten lief ich die hölzerne Treppe hinunter und band mir dabei die kupferroten Locken zu einem Pferdeschwanz zusammen.

Meine Mutter erwartete mich bereits am Treppenabsatz und hielt mir das Telefon entgegen, ein Ausdruck von Besorgnis in ihren braunen Augen.

„Es ist jemand von der Regierung."

Na endlich! Die haben sich ganz schön Zeit gelassen.

„Danke, Mum."[1]

Ich nahm ihr den Hörer ab und setzte mich auf die unterste Stufe, während ich einmal tief Luft holte.

„Guten Tag. Johanna Faystone am Apparat."

„Fräulein Faystone. Guten Tag. Hier spricht Herr Strohmann. Schön, dass Sie kurz Zeit für uns haben."

„Es ist mir eine Freude."

Das war es natürlich nicht. Eher eine Pflicht – spannend zwar, doch nervig zugleich. *Ich hoffe bloß, dass die Landesoberhäupter uns keine Schwierigkeiten bereiten werden …*

Auf jeden Fall schienen wir sehr unterschiedliche Definitionen von ‚kurz' zu haben.

Nach einem einstündigen Gespräch mit Herrn Strohmann war uns beiden klar, dass unsere Meinungen in anderen Themengebieten – wie dem Recht auf Freiheit – ebenfalls ziemlich auseinandergingen. Immerhin konnte ich ihn davon überzeugen, dass weder ich noch sonst einer meiner Elementaren-Freunde eine Revolution plante. Ob

---

[1] Mama.

er mir wirklich glaubte, dass wir mit unserem öffentlichen Auftritt nur friedlich auf unsere Existenz hatten aufmerksam machen wollen, war allerdings fragwürdig. Zumindest war er keineswegs begeistert, dass es bei unserer Gruppe keinen klaren Anführer gab. Um ihn ein wenig milder zu stimmen, bot ich ihm an, dass er vorerst mit mir Vorlieb nehmen könnte und ich seine Nachrichten an alle anderen weiterleiten würde.

Wir einigten uns darauf, dass er zuerst mit seinen Vorgesetzten Rücksprache halten sollte, bevor er irgendwelche Zugeständnisse machte und er deutete an, dass ich eventuell zu einem Besuch in Berlin eingeladen werden würde. *Na großartig. Am Ende wollen sie noch, dass ich mit der Bundeskanzlerin spreche. Hoffentlich bestehen sie nicht darauf, dass ich alleine dort auftauche …*

Nachdem wir aufgelegt hatten, schwirrte mir der Kopf vor Verordnungen und Zweifeln an Menschenrechten. Um meine Gedanken ein wenig zu ordnen, beschloss ich, etwas frische Luft zu schnappen.

„Ich bin kurz draußen, Mum."

Sofort schaute ihr besorgtes Gesicht hinter der Ecke zum Wohnzimmer hervor und musterte mich aufmerksam.

„Was hat der Regierungssprecher denn gesagt?"

„Dass sie ein paar Tage gebraucht haben, um das Videomaterial mit den Zeugenaussagen zu vergleichen und sich deshalb erst jetzt bei uns melden. Ich wurde wohl vorerst zur Ansprechpartnerin erklärt, was ja durchaus Sinn macht. Immerhin war das öffentliche Outing der Elementaren in Berlin mehr oder weniger meine Idee … Wie auch immer. Er hat gesagt, dass sie etwas Zeit brauchen, um zu prüfen, dass die Elementaren-Geschichte kein Fake ist. Sie werden sich wieder melden."

„Und wo willst du nun hin?"

„Keine Sorge, ich gehe bloß spazieren."

„Alleine?"

„Mum! Es wird mich keiner entführen. Ich bin ja kein Staatsfeind oder so. Bis zum Essen bin ich wieder zurück."

Bevor sie weitere Einwände erfinden konnte, eilte ich in Richtung Haustür davon und wurde dort von einem freudig wedelnden Fellbündel begrüßt.

„Mum? Ich nehme Charly mit! Dann bin ich nicht ganz alleine."

Den sarkastischen Unterton überhörte sie geflissentlich und nickte beruhigt. Ich kümmerte mich nicht weiter darum und nahm Charly an die Leine. Er begann sofort aufgeregt vor der Tür herumzulaufen, so dass es einen Moment dauerte, bis ich sie geöffnet bekam und wir ins Sonnenlicht hinaustreten konnten.

Die warmen Strahlen schienen mich mit ihrem klaren Licht zu durchfluten, bis alle Sorgen und lästigen Gedanken verraucht waren. Lächelnd streckte ich meinen Geist der Sonne entgegen und war begeistert, dass mein Feuersinn sie schon viel stärker spüren konnte als noch vor ein paar Wochen.

Mit beschwingten Schritten folgte ich dem ausgelassen umherlaufenden Charly zu den blühenden Wiesen und versuchte dabei meine Gedanken zu sortieren. *Nun ist es schon fünf Tage her, dass wir uns der Öffentlichkeit gezeigt haben. Der amerikanische Präsident hat deutlich schneller auf die Ereignisse in Washington D.C. reagiert. Dort laufen bereits die Verhandlungen über mögliche Sondergesetze für Elementare. Ob Deutschland vielleicht abwarten will, wie es bei denen funktioniert?*

Gedankenverloren beobachtete ich, wie Charly jeden Busch beschnüffelte, an dem wir vorübergingen. Er wirkte vollkommen sorglos und zufrieden, während er wild wedelnd von einer Seite des Weges zur anderen lief. *Das Leben kann so schön sein. Wieso nehmen wir Menschen uns eigentlich kein Beispiel an unseren Haustieren? Apropos ... In Amerika gibt es ebenfalls eine Debatte darüber, ob wir Elementaren überhaupt zu den Menschen zu zählen seien. Falls sie hier eine ähnliche Verhandlung starten, könnten unsere Menschenrechte kurzzeitig außer Kraft gesetzt werden ...*

Ich versuchte mir das Ausmaß einer solchen Verordnung vorzustellen und wünschte mir wieder einmal, statt Geschichte lieber Politik belegt zu haben. *Als wir damals die Prüfungsfächer wählen mussten, konnte ich ja nicht ahnen, dass ich in solche Angelegenheiten verstrickt werden würde. Zu dem Zeitpunkt wusste ich noch nicht einmal, dass ich eine Elementare bin ...*

Obwohl das Abitur erst ungefähr einen Monat her war, schien seitdem bereits eine Ewigkeit an Ereignissen vergangen zu sein. Allerdings demonstrierte das Universum mir mit fragwürdigem Humor, wie schnell die Vergangenheit einen einholen konnte.

Als ich mit einem glücklich hechelnden Charly an meiner Seite zum Haus meiner Eltern zurückkehrte, sah ich schon von weitem das mir wohlbekannte Fahrrad. Mein Gehirn war mit der Situation sofort überfordert und hätte mir am liebsten zur Flucht geraten. Mein Gewissen befahl jedoch, sich der Lage zu stellen, während mein Herz sich schuldbewusst zusammenzog.

„Hallo David."

Meine Stimme klang vor Nervosität viel zu hoch. Ich atmete ein paar Mal tief durch, während ich auf den überraschten jungen Mann zuging. Er hatte wohl gerade klingeln wollen, wandte sich nun aber eilig zu mir um.

„Johanna! Erschreck mich doch nicht so. Ich wollte gerade …" Sein Blick schnellte zur Klingel. „Egal. Hallo."

Ich war mittlerweile bei ihm angekommen und blieb nun etwas ratlos vor der Haustür stehen. Charly blickte hechelnd zwischen uns beiden hin und her, bevor er interessiert begann, Davids Jeans zu beschnüffeln.

„Öhm … Hi. Charly kennst du ja sicherlich noch."

„Natürlich."

David tätschelte dem Hund unbeholfen den Kopf und blickte dann wieder zu mir.

„Ich bin gekommen, um … Also … Eigentlich wollte ich fragen, ob du …? Ich habe dich in den Nachrichten gesehen und … Diese ganze Elementaren-Sache … Ist das wirklich wahr?"

Seine schokoladenbraunen Augen forschten in meinem Gesicht bereits nach einer Antwort, bevor meine Lippen reagieren konnten.

„Ja, es ist wahr. Also zumindest die Tatsache, dass wir Elementaren existieren. Keine Ahnung was die sonst noch so in den Nachrichten über uns erzählen. Wir haben jeden-falls ausschließlich friedliche Absichten."

„Du … du bist also eine von ihnen?"

„Ja. Eine Pyro – also Feuerelementare."

„Wow. Ich habe das Video im Internet gesehen. Mehrere sogar. Du hast Flammenbälle erschaffen und damit jongliert, richtig?"

„Das stimmt. Wir wollten demonstrieren, dass unsere Fähigkeiten keine Lüge sind."

„Und dieser andere Typ – der mit den dunkelbraunen Haaren …"

„Garrett?"

„Keine Ahnung wie er heißt. Jedenfalls hat er das Wasser des Springbrunnens manipuliert und durch die Luft gleiten lassen, als wäre es schwerelos."

„Ja, das war Garrett. Er ist ein Hydro." *Was offensichtlich ist, wenn er mit Wasser gearbeitet hat. Ich klinge schon wie eine Dozentin, die ihren ,dummen' Schülern die Eigenschaften der Elementaren zu erklären versucht ... Obwohl das an sich ein cooles Studienfach wäre. Eine etwas andere Form von der Lehre der Elemente ...*

„Ist das der Grund, weshalb du dich so verändert hast?", riss mich Davids Stimme ruckartig aus meinen Gedanken.

„Was?"

„Na, dass du eine von denen geworden bist. Eine Elementare oder wie ihr euch nennt ...?"

„Ach so. Ja, mehr oder weniger. Natürlich habe ich mich verändert, als ich meine Kräfte entdeckt habe. Das Feuer hat mir viele neue Perspektiven eröffnet."

„Klingt ziemlich freaky."

„Findest du? Hältst du mich jetzt für einen Freak?"

„So war das nicht gemeint ..."

Er sah betreten zu Boden und schien nach den richtigen Worten zu suchen. *Habe ich mir schon damals gedacht. Er kommt nicht damit klar, wer ich wirklich bin. Also war es tatsächlich besser, unsere Beziehung zu beenden. Aber wieso ist er überhaupt hier? Immerhin war er es, der Schluss gemacht hat ...*

„Es ist nur alles so ... verwirrend. Dieser ganze Superkräfte-Kram und dich im Fernsehen zu sehen ... Ich habe gehört, in den USA halten sie euch sogar für Superhelden."

„Ja, das habe ich auch mitbekommen. Totaler Unsinn. Nur weil wir besondere Kräfte haben, heißt das schließlich nicht, dass wir sie für gute Zwecke einsetzen müssen. Es gibt durchaus Elementare, die eher das Potenzial zum Superschurken hätten ..."

„Wirklich? Ich dachte, du hättest gesagt, dass ihr nur friedliche Absichten habt."

„Habe ich auch. Die Gruppe von Elementaren, mit denen ich zusammenarbeite, möchte in einer friedlichen Gemeinschaft mit allen anderen zusammenleben. Aber es gibt eben solche, die den ‚Normalen' nicht vertrauen und sie lieber unterdrücken würden."

„Den Normalen? Meinst du Leute wie mich?"

„Ja. Menschen, die keine Elementaren sind."

„Ihr seid also noch Menschen?"

„Natürlich. Meiner Meinung nach zumindest. Da sind sich nicht alle ganz einig. Vielleicht wird es medizinische Untersuchungen geben müssen, bevor das rechtlich geklärt werden kann. Wir sind gerade erst in der Verhandlungsphase."

„Mit wem?"

„Der Regierung."

„Du meinst ... du sprichst mit denen?"

„Ja. Und meine Freunde in der ganzen Welt sprechen mit den anderen Landesoberhäuptern. Obama war von allen am schnellsten. Und in Kanada sind sie sich bereits einig, dass Elementare dort ganz normal leben dürfen, mit den gleichen Rechten wie alle anderen auch."

„Ach was."

David sah etwas überfordert aus und schaute nervös auf seine Hände, als könne er meinem Blick nicht mehr standhalten.

„Tja ... Dann will ich dich mal nicht weiter stören."

„Tust du nicht. Die melden sich erst in ein paar Tagen wieder."

„Ach so. Hm. Ich sollte wohl trotzdem lieber gehen."

„Wenn du meinst."

„Ich wünsche dir weiterhin alles Gute und viel Erfolg mit den Politikern."

„Danke. Da kann ich sicherlich alles Glück der Welt gebrauchen. Wenn die Regierung nicht bald einen Zahn zulegt, ist 2012 schon vorbei, bevor irgendwas geklärt ist."

Er nickte bloß und schwang sich schweigend auf seinen Sattel. Ich blickte ihm ein wenig überrumpelt hinterher, bis mich Charly mit seiner feuchten Nase daran erinnerte, dass das Leben weiterging.

Für mich zumindest. David sah nicht so aus, als hätte er unsere Trennung schon völlig überwunden. Ob er wohl bereits eine neue Freundin hat? Vielleicht hätte ich ihm erzählen sollen, dass ich nun mit Garrett zusammen bin. Dann würde er sich bei mir keine Hoffnungen mehr machen und könnte ebenfalls ganz neu anfangen …

Während ich noch über die Ereignisse der Vergangenheit nachgrübelte, lief Charly hechelnd zu seiner Trinkschüssel. Ich wollte gerade nach oben in mein Zimmer gehen, als erneut das Telefon klingelte. *Ist das etwa wieder die Regierung? Ich dachte, dass die erst ein paar Tage Bedenkzeit brauchen …*

Gespannt nahm ich den Hörer in die Hand und lehnte mich gegen die angenehm kühle Steinwand.

„Ja, bitte?"

„Johanna? Bist du das?"

„Gregor!"

Ich ließ mich erleichtert zu Boden gleiten und lächelte freudig, obwohl er mich nicht sehen konnte.

„Bist du immer noch in Berlin? Und wieso haben sie dich überhaupt dorthin bestellt? Wollten sie dich etwa verhören?"

„So in der Art." Seine Stimme klang sehr ernst. „Sie hatten ein paar Fragen zu unserem öffentlichen Auftritt, aber das war nicht der Hauptgrund. Anscheinend hat die Polizei ihnen gemeldet, dass ich aus Schottland komme."

„Oh. Du meinst, weil sie unsere Ausweise kontrolliert haben? Wurdest du etwa überprüft?"

„Ja, genau. Es sieht so aus, als würde jedes Land unterschiedlich mit den Ereignissen umgehen. Deshalb möchten sie, dass ich zurück nach Schottland reise."

„Du sollst was? Aber ... wieso?"

„Ich bin kein deutscher Staatsbürger, also wollen sie mich vorerst ausweisen. Wie gesagt, jedes Land hat seine eigene Art und Weise mit der Offenbarung von uns Elementaren umzugehen."

„Aber das ist doch absurd! Ich meine, Großbritannien ist doch Teil der EU!"

„Das stimmt. Aber die ist auch nicht mehr das, was sie mal war. Jedenfalls setzen sie in diesem Fall eher auf individuelle Regelungen für jedes Land."

„Na, das geht ja gut los. Soviel zum Thema Gemeinschaft! Wir wollen doch gerade mit den Normalen eine gemeinsame Zukunft aufbauen. Wie soll das denn funktionieren, wenn die sich selber zerstreiten? Momentan ist Zusammenhalt gefragt, nicht Trennung."

„Das sehe ich genauso. Aber es wird wohl ein wenig dauern, bis diese Einsicht jeden erreicht hat. Und bis dahin sollte ich in Edinburgh bleiben."

„Na toll. Also muss ich ganz alleine mit der Regierung verhandeln?"

„Das schaffst du schon. Wir können immer noch telefonieren und Bärbel hilft dir sicherlich gerne weiter."

„Aber die wohnt in Berlin. Und sie ist eine Luftelementare. Wie soll ich denn ohne meinen Feuer-Mentor trainieren? Wir müssen uns schließlich auf mögliche Auseinandersetzungen mit anderen Elementaren vorbereiten ... "

„Bärbel mag eine Aero sein, aber sie hat viele Erfahrungen mit uns Pyros. Und ihre Freunde werden dir sicherlich ebenfalls weiterhelfen. Außerdem hast du Fiona und Charlotte als Feuer-Kollegen."

„Stimmt. Aber es ist trotzdem doof. Wann musst du denn überhaupt zurück nach Schottland?"

„Jetzt. Ich bin schon am Flughafen."

„Was? Aber du ... Deine Sachen ... Hast du alles mitgenommen?"

„Ja, vorsichtshalber. Ich hatte so etwas schon befürchtet. Es ist in der Geschichte der Menschheit eigentlich immer der gleiche Ablauf: Eine kleine Gruppe ist anders als der Rest und wird vorerst ausgegrenzt, bis die Mehrheit beschließt, sie zu akzeptieren."

„Ich kann mich also nicht einmal von dir verabschieden?"

„Sorry. Ich wäre gerne bei dir geblieben, um dich weiter zu unterstützen. Aber du hast auch ohne mich genug Verbündete hier. Und wir bleiben ja in Kontakt."

„Okay. Was glaubst du, wie lange es dauert, bis sie dich wieder nach Deutschland lassen?"

„Keine Ahnung. Ich muss erst einmal gucken, wie die UK mit der ganzen Sache umgeht. Vielleicht entwickelt Schottland sogar seine ganz eigene Elementaren-Politik und spaltet sich ab. Wir werden sehen."

Ich seufzte und verabschiedete mich schweren Herzens von meinem Mentor. Dabei konnte ich seine beruhigenden, grauen Augen bildlich vor mir sehen, wie sie mich zuversichtlich anstrahlten. *Mit ihm wären die Verhandlungen mit der Regierung sicherlich deutlich einfacher gewesen.*

Charly spürte wie immer, dass mich etwas bedrückte und legte seine flauschige Schnauze liebevoll auf meinen Knien ab, damit er mich mit sanften Hundeaugen angucken konnte.

„Du hast's leicht. Fressen, spielen und schlafen. Ich glaube, im nächsten Leben wäre ich gerne ein Hund."

Das große Fellbündel wedelte begeistert. Lachend kuschelte ich mich in sein langes Fell und versuchte, all meine Sorgen loszulassen. *Es bringt niemanden weiter, wenn ich vor Besorgnis alt und grau werde. Ich wusste, dass es schwierig werden könnte, die normalen Menschen auf uns aufmerksam zu machen. Es war immerhin meine Idee. Also sollte ich die Herausforderung annehmen und das Beste daraus machen!*

Kapitel 2

Um meine neu aufkeimende Zuversicht zu bestärken, rief ich erstmal bei Charlotte und Fiona an. Die beiden hatten es seit unserer Offenbarung übernommen, die Internettätigkeiten der Elementaren zu überwachen und sorgten dafür, dass wir eine gute Online-Präsenz hatten. Was anfänglich noch ein paar Blogs und Videos gewesen waren, hatte sich mittlerweile allerdings zu einer Unmenge an Websites, News Feeds und ‚Elementaren-Foren‘ entwickelt, welche von Tag zu Tag mit mehr Fotos und Kommentaren angefüllt wurden.

„Ist ziemlich unübersichtlich", rief Charlotte aus dem Hintergrund, während ich mit Fiona über Lausprecher sprach. „Der reinste Dschungel!"

„Das glaube ich euch gerne. In wie vielen Sprachen sind wir denn mittlerweile im Internet vertreten?"

„Lässt sich nicht genau sagen. Am häufigsten Englisch, Deutsch, Spanisch und Französisch. Asiatische und afrikanische Sprachen sind ebenfalls dabei, genauso wie Russisch, Italienisch, Hindi …"

„Okay, ich glaub, ich hab's verstanden. Es sind viele. Und was schreiben die so?"

„Es gibt quasi drei große Gruppen: Einmal die Elementaren, die sich outen und öffentlich von ihren Kräften berichten. Dann die Normalen, welche uns für die Guten halten und zu guter Letzt ein paar Miesepeter, welche versuchen, uns in ein schlechtes Licht zu rücken. Letztere haben meistens etwas mit der Kirche zu tun oder halten das Ganze für eine große Lüge."

„Typisch. Es gibt immer ‚Ungläubige‘. Das muss uns aber nicht stören. Viel wichtiger ist, dass wir uns mit denen zusammentun, die uns akzeptieren. Wenn wir erst eine Gemeinschaft gegründet und Vertrauen aufgebaut haben, werden die Anderen schon sehen, dass eine Zusammenarbeit viele Vorteile mit sich bringt."

„Bestimmt. Könnte allerdings eine Weile dauern. Momentan berichten nämlich viele davon, dass die Politiker in ihrem Land total überfordert sind und nicht wissen, wie sie reagieren sollen. Es gibt jede Menge Debatten darüber, ob wir Menschen sind und was für Rechte wir haben sollten."

„Ja, das habe ich gehört. Deshalb musste Gregor zurück nach Schottland. Anscheinend gibt es in einigen Ländern ein Reiseverbot für Elementare. Alle sollen in ihrem eigenen Land bleiben oder dorthin zurückkehren."

„Na, dann ist es ja gut, dass wir keinen Urlaub geplant haben", rief Charlotte erheitert dazwischen. *Sie schafft es einfach immer wieder, in jeder Situation etwas Positives zu sehen ...*

„Nun bist *du* wohl unser Mentor, Johanna."

„Ich? Wieso denn das?"

„Du warst Gregors erste Schülerin", erklärte Charlotte fröhlich. „Also bist du von uns dreien am weitesten. Und du bist quasi unsere Anführerin, wo du doch nun mit der Regierung verhandelst und so. Außerdem kann außer dir keiner von uns dreien die Sonne spüren."

„Ach, das ... Spüren allein bringt niemanden weiter. Ich habe noch nie versucht, richtig mit ihr in Kontakt zu treten oder Kraft von ihr zu beziehen."

„Tja, jeder Mentor ist eben selber ein Schüler des Lebens. Trotzdem bist du fortgeschrittener als wir."

Charlotte ließ sich in ihrer Meinung nicht beirren, also gab ich irgendwann nach und versprach ihr, dass ich in den nächsten Tagen zu einem gemeinsamen Training vorbeikommen würde. Dabei merkte ich natürlich an, dass ich für die Regierung bei meinen Eltern erreichbar sein musste, doch für sie schien dies kein relevantes Gegenargument zu sein.

Als wir unser Telefonat beendet hatten, war es bereits Zeit fürs Abendessen. Ich gesellte mich zu meinen Eltern auf die Terrasse und berichtete ihnen von der aktuellen Lage. Sie schienen nicht begeistert zu sein, dass ich bei den Verhandlungen mit der Regierung eine so große Rolle spielen würde, sicherten mir aber letztendlich ihre Unterstützung zu.

„Falls du nach Berlin musst, kann ich dich gerne begleiten", bot mein Vater an. „Immerhin bist du noch minderjährig."

„Aber du musst doch arbeiten."

„Ich kann mir freinehmen, wenn es nötig sein sollte. Oder Vanessa fährt mit."

Meine Mutter nickte und ich lächelte ihr dankbar zu.

„Danke. Euch beiden. Ich weiß nicht, was ich ohne euch tun würde."

„Sicherlich in der Weltgeschichte rumreisen und dich in Gefahr begeben."

Die leichte Ironie in der Stimme meines Vaters brachte Mutter und mich zum Lachen. Charly stieg sofort bellend mit ein, woraufhin sich unsere Katzen schnell hinter der Terrassentür versteckten. Den Rest des Abendessens verspeisten wir in heiterer Stimmung und alberten immer noch herum, als wir schließlich das Geschirr in die Küche räumten.

„Und Gregor muss nun vorerst in Schottland bleiben, bis diese ganze Reise-Angelegenheit geklärt ist?", erkundigte sich meine Mutter.

„Ja, leider. Sieht so aus, als hätten wir Elementaren momentan eingeschränkte Rechte."

„Soso. Dann werde ich morgen sein Gästezimmer aufräumen und reinigen."

„Danke, Mum. Aber das kann ich auch machen."

„Schon in Ordnung. Du hast jetzt andere Sorgen. Hat dieser Herr Strohmann gesagt, dass du dich abrufbereit halten musst?"

„Nicht direkt. Aber ich sollte vermutlich erstmal hierbleiben, um erreichbar zu sein. Natürlich kannst du ihm meine Handynummer geben, falls ich gerade unterwegs sein sollte. Übermorgen wollte ich mich zum Beispiel mit Charlotte und Fiona treffen."

„Oh, wie schön. Die beiden sind Pyros, richtig?"

„Ja. Genau wie ich. Wir wollen zusammen ein bisschen trainieren. Charlotte hat mich zu ihrem Gregor-Ersatz auserkoren."

„Wie nett von ihr. Aber sind die beiden nicht schon älter als du?"

„Doch, aber das scheint sie nicht zu stören. Sie sind überzeugt, dass ich ‚fortgeschrittener' bin."

„Und was ist mit Garrett?"

„Was soll mit ihm sein?"

„Kommt er dich bald wieder besuchen?"

„Keine Ahnung. Er hat ja kein Handy. Was ich dringend ändern möchte. Aber er hat erst am 24. November Geburtstag."

„Oh, ein Schütze. Passt doch ganz gut zu dir als Löwin. Und sogar fast der gleiche Tag, nur drei Monate dazwischen."

„Ach, jetzt bist du also plötzlich mit ihm einverstanden? Nur weil wir vom Horoskop her gut zusammenpassen würden?"

„Ich habe nur gesagt, dass es ein gutes Zeichen ist."

Kopfschüttelnd stellte ich die Spülmaschine an und ging dann in Richtung Treppe davon.

„Jedenfalls weiß ich nicht genau, wann er wieder vorbeikommt. Nach unserem öffentlichen ‚Auftritt' in Berlin wollte er gerne seinen Meister ausfindig machen, um dafür zu sorgen, dass der uns keine Schwierigkeiten macht. Vielleicht kann er sogar ein paar Hydros für unsere Sache gewinnen."

Ich versuchte, das alles so beiläufig wie möglich zu erwähnen, während ich mich bereits auf den Weg in den ersten Stock machte. Bisher hatte ich meinen Eltern noch nichts von der sehr ausgelassenen Freudenfeier am Abend nach der ‚Offenbarung' in Berlin erzählt. Vor allem das für mich hervorstechendste Detail – mein erstes Mal – wollte ich ihnen nicht unbedingt sofort gestehen. *Auch wenn ich fast 17 bin, sehen sie in mir noch oft ihr kleines Töchterchen.*

Am nächsten Morgen erwachte ich schon vor Sonnenaufgang. Es war Juli und wurde dementsprechend bereits relativ früh hell, doch mein Körper schien immer öfter den Aufgang seiner neuen Verbündeten miterleben zu wollen. Also zog ich mir eilig ein Top und eine kurze Hose an, um den Tagesanbruch mit Tai Chi zu zelebrieren.

Das flache Gras war ein wenig feucht vom Regen der Nacht, doch mein feuriges Gemüt hielt mich warm. Mit nackten Füßen wandte ich mich dem Sonnenaufgang zu und sog die frische Morgenluft in tiefen Zügen ein.

Mein Körper wusste mittlerweile, was zu tun war und meine Glieder flossen in sanften Bewegungen durch die Luft, während die ersten Strahlen des glutroten Feuerballs den Himmel eroberten. Ich ließ meinen Geist weit werden und sandte ihn der Sonne entgegen. *Guten Morgen,* begrüßte ich sie in Gedanken. *Schön dich wiederzusehen. Vielleicht scheinst du ja gerade auch auf Garrett hinab … Falls ja, dann grüß ihn gerne von mir.*

Letzteres war eher scherzhaft gemeint. Immerhin war Garrett ein Hydro, also war es unwahrscheinlich, dass er von meiner feurigen Verbündeten einen Gruß empfangen würde. *Wobei ich mich frage, ob es für Pyros möglich sein könnte, eine Feuer-Konversation durch die Sonne zu führen? Dann könnten wir uns auf der ganzen Welt unterhalten und Nachrichten übermitteln, ohne jedes Mal ein Feuer entzünden zu müssen …*

Plötzlich erklang ein Rascheln im Gebüsch zu meiner Linken. Ich hielt in meiner Bewegung inne und wandte meinen Kopf der Ursache des Geräusches zu – nur, um im nächsten Moment ein Reh zu entdecken.

Es hatte mich ebenfalls gesehen und verharrte in ähnlicher Regungslosigkeit, seine dunkelbraunen Augen fest auf die meinen gerichtet.

Nach ein paar Sekunden der Erstarrung entschied das Reh, dass ich keine Gefahr darstellte und begann, an den grünen Trieben des Busches herum zu rupfen. *Soso. Du hast also meiner Mutter die Margeriten abgefressen …*

Mit einem Grinsen auf dem Gesicht beobachtete ich das unbeschwerte Treiben des Wildtieres, bis es sich erneut in Richtung Feld davonmachte. Ich seufzte und führte meine Tai Chi Routine fort, wobei ich in Gedanken bei dem Reh verweilte. *Wenn die Normalen nur genauso einsichtig wären, was die Ungefährlichkeit der Elementaren angeht…*

Kapitel 3

Garrett atmete einmal tief durch. Seine blauen Augen hatte er fest auf das Haus seiner Eltern gerichtet, doch sein Herz zog ihn fort von dem wohlbekannten Ort. *Vielleicht hätte ich lieber bei Johanna bleiben sollen. Meinen Meister konnte ich bisher sowieso nicht finden und ob meine Eltern mich wirklich wiedersehen wollen ... Aber jetzt, wo wir Elementaren an die Öffentlichkeit gegangen sind, müssten sie eigentlich akzeptieren können, dass meine Kräfte nichts mit dem Teufel zu tun haben ... Oder?*

Blasse Kindheitserinnerungen begannen in ihm aufzuleben und ließen seine Zweifel wachsen. *Vielleicht denken sie aber auch, der Teufel hätte seine dämonischen Armeen auf die Erde losgelassen. Als eine Prüfung Gottes ... oder als Vorbereitung auf den Tag des Jüngsten Gerichts ...*

Er schüttelte seinen Kopf und versuchte, einen klaren Gedanken zu fassen. *Wo ich schon mal hier bin, kann ich ihnen immerhin eine Chance geben. Falls sie mich wieder davonjagen, weiß ich wenigstens, dass ich hier niemals willkommen sein werde ...*

Mit wankender Beherztheit ging er die letzten Meter auf sein Elternhaus zu. Es sah noch genauso aus, wie er es in Erinnerung gehabt hatte, als hätte sich seit seiner Kindheit nichts verändert.

Sein Finger verharrte eine Weile über dem Klingelknopf, bis er einmal tief Luft holte, all seinen Mut zusammennahm und klingelte. Das wohlbekannte Läuten durchbrach die friedliche Stille des Abends und ließ sein Herz rasen. *Vielleicht sind sie ja gar nicht Zuhause ...*

Gedämpfte Schritte bestätigten das Gegenteil. Garrett hielt gespannt die Luft an, während sich ein Schatten dem milchigen Türfenster näherte. Um das nervöse Zittern seiner Hände zu verstecken, verschränkte er seine Arme hinter dem Rücken und unterdrückte den Impuls, auf der Stelle die Flucht zu ergreifen.

Als die Tür aufging, blieb sein Herz vor Aufregung beinahe stehen. Mit ängstlicher Erwartung sah er in das Gesicht seiner Mutter. Es war schmaler und faltiger als in seiner Erinnerung, ließ sein Herz aber trotzdem höherschlagen. *Ob sie mich überhaupt erkennt?*

Die Antwort war offensichtlich. Das höfliche Lächeln fiel ihr sofort aus dem Gesicht, als ihre Augen die seinen trafen und ihre Wangen wurden bleich.

„Garrett?"

Ihre Stimme war nicht mehr als ein zittriges Flüstern. Ungläubigkeit und Entsetzen mischten sich in ihre Züge und ließen all seine versteckten Hoffnungen ersticken. *Sie hat Angst vor mir. Sie wird mich nie akzeptieren …*

„Garrett, bist du das?"

Er nickte wortlos. Das Verlangen davonzurennen wurde unerträglich, bis er auf dem Absatz Kehrt machte und mit hastigen Schritten das Grundstück verließ.

„Garrett!"

Die Stimme seiner Mutter hallte flehend hinter ihm her und bohrte sich in sein Herz wie die Klauen eines Raubtiers. Er blieb stehen, wandte sich jedoch nicht um.

„Warte!"

Eilige Schritte folgten ihm bis zur Straße. Dann legte sich eine sanfte Hand auf seine Schulter und ließ ihn zusammenzucken. Er fuhr herum und musterte seine Mutter mit wachsender Verwirrung.

Ihre Augen wanderten ungläubig über sein Gesicht, während ihre Hand in der Luft verharrte, als wartete sie auf seine Erlaubnis, ihn erneut berühren zu dürfen.

„Du bist zurückgekommen."

Es war eine einfache Feststellung, gemischt mit komplizierten Gefühlen und dicht gefolgt von komplexen Konsequenzen.

„Ja. Ich wollte … Aber falls ihr …"

Die Worte verließen ihn und er schaute seine Mutter hilflos an.

„Oh, Garrett!"

Mit diesem Ausruf fiel die zierliche Frau ihm um den Hals und drückte ihn an sich. Er war so überrumpelt, dass er nicht einmal zurückweichen konnte.

Seine Mutter begann zu schluchzen und legte ihren Kopf auf seine Schulter, während sein eigener immer noch zu verstehen versuchte, was eigentlich passierte.

Sein Herz war der Situation schon eher gewachsen und versetzte seine Hände in Bewegung, so dass sie sich tröstend auf den Rücken seiner Mutter legten.

„Mutter …"

Mehr brachte er nicht heraus. Eine Welle der Erleichterung überrollte ihn und löschte alle vergangenen Zweifel aus. *Ich habe eine Mutter … und sie liebt mich …*

Er schloss die Augen und seine Mutter in eine feste Umarmung. Sie drückte sich an ihn, wobei er spüren konnte, wie ihre salzigen Tränen auf ihn herabregneten.

„Garrett … Mein Garrett … Ich habe dich so vermisst …"

„Ich habe dich auch vermisst, Mutter."

Eine kleine Ewigkeit lang verharrten sie in ihrer glücklichen Zweisamkeit. Dann riss eine herrische Stimme aus dem Haus sie aus ihrer Wiedervereinigung heraus und ließ Garrett erschrocken zusammenzucken.

„Was ist denn da draußen los?"

Als sei sie von einer schrecklichen Realität eingeholt worden, löste seine Mutter sich hastig aus seiner Umarmung und trat einen Schritt zurück.

„Dein Vater sollte nicht wissen, dass du hier warst …"

Garretts Augen weiteten sich. *Deshalb wirkte sie vorhin so entsetzt. Sie hat Angst, dass Vater mit meiner Rückkehr nicht einverstanden sein könnte. Aber vielleicht gibt es eine Chance, dass er mir ebenfalls vergeben kann …*

„Garrett! Du solltest gehen."

Angst mischte sich in die Stimme seiner Mutter. Ihre Augen huschten nervös zum Haus zurück, bevor sie ihn flehend ansahen.

„Geh! Jetzt. Schnell!"

„Aber …"

„Nein! Du verstehst nicht. Er wird …"

Weiter kam sie nicht. In diesem Moment erschien Garretts Vater an der Haustür und blickte überrascht auf das ungewöhnliche Bild, welches sich ihm am Rande seines Grundstücks bot.

„Was um alles in der Welt …?" Mit gerunzelter Stirn musterte er Garretts Erscheinung. „Was haben Sie mit meiner Frau zu tun?"

Mit pochendem Herzen machte Garrett einen Schritt auf seinen Vater zu, doch seine Mutter hielt ihn zurück.

„Tu das nicht", wisperte sie mit zitternder Stimme.

„Ich habe keine Angst mehr vor ihm", erwiderte er leise, bevor er sich erneut seinem Vater zuwandte. „Erkennst du mich nicht? Vater?"

Die kalten Augen des gealterten Mannes weiteten sich.

„Das ist … unmöglich! Garrett?!"

Mit großen Schritten eilte er auf seinen Sohn zu, blieb dann aber abrupt stehen. Sein faltiges Gesicht verdüsterte sich und der zarte Keim der Hoffnung in Garretts Herz erstarb. *Er hasst mich immer noch …*

„Was willst du hier?"

„Ich … ich wollte … euch wiedersehen."

„Na, das hast du jetzt ja erledigt." Die Stimme seines Vaters war barsch und unnahbar. „Marie! Komm her."

Garrett zuckte bei dem herrischen Tonfall unwillkürlich zusammen. Seine Mutter schlug beschämt die Augen nieder und folgte dem Befehl ihres Ehemannes, indem sie hinter ihn trat. Garrett spürte das Verlangen, sie zurückzuhalten, verharrte jedoch regungslos und erwiderte trotzig den Blick seines Vaters, welcher ihn abschätzig musterte.

„Sonst noch was?"

Die Distanziertheit in der Stimme seines Vaters brachte Garretts Blut zum Kochen. *Wieso muss er in mir immer noch den Feind sehen?!*

„Vater …"

„Nenn mich nicht so! Du bist nicht mein Sohn."

„Aber …"

„Welchen Teil von ‚nie wieder hierherkommen' hast du denn nicht verstanden? Wir wollen hier nichts mit den Abgesandten des Bösen zu tun haben."

„Das ist doch albern!" Wut mischte sich in Garretts Stimme, aber er versuchte gar nicht erst, sie zu zügeln. „Ich bin nicht böse! Und ich habe auch keine teuflischen Dämonen in mir oder so! Lest ihr denn keine Zeitung? Wir Elementaren sind Menschen – so wie ihr!"

„Ha! Von wegen. Wenn ich das recht verstanden habe, diskutieren sie momentan darüber, ob ihr sogenannten ‚Elementaren' überhaupt als Menschen zu werten seid. Und in meinen Augen ist es ganz eindeutig, woher eure ‚Kräfte' kommen …"

„Das ist kein Teufelswerk! Es sind besondere Fähigkeiten, die angeboren und völlig natürlich sind. Wir setzen sie zum Guten ein – zumindest die Meisten …"

„Aha! Also gibst du zu, dass das Böse in euren Reihen Einzug gehalten hat?"

Garrett schüttelte genervt den Kopf.

„Nein! Es gibt einfach ein paar Leute, die unvernünftig sind, das ist alles. Aber die gibt es bei normalen Menschen genauso. Niemand ist perfekt!"

Er funkelte seinen Vater herausfordernd an. Dieser hatte seine Stirn in Falten gelegt und betrachtete seinen Sohn mit offener Abneigung.

„Wie du meinst", lenkte er schließlich ein. „Du bist also zurückgekommen, um Versöhnung zu suchen? Um Vergebung zu finden?"

Garrett nickte widerwillig, obwohl die Wortwahl seines Vaters ihm keineswegs zusagte. *Wer hat mich denn fortgejagt? Solltet ihr nicht lieber um Vergebung bitten??* Er wagte es jedoch nicht, seine Gedanken laut auszusprechen. Stattdessen musterte er seinen Vater mit stillem Trotz, bevor sein Blick sehnsüchtig zu seiner Mutter hinüberglitt. Sie erwiderte sein stummes Flehen mit einem zaghaften Lächeln und wandte sich dann an ihren Ehemann.

„Dietmar … Liebling … Er ist unser Sohn. Sollten wir ihm nicht eine zweite Chance geben? Oder wenigstens anhören, was er uns zu sagen hat?"

„Wenn es sein muss. Aber nicht hier auf der Straße! Was sollen die Nachbarn sonst denken?"

„Ich darf also reinkommen?", fragte Garrett vorsichtig.

„Hm. Ja. Aber nicht lange."

Mit diesen Worten machte sein Vater auf dem Absatz kehrt und marschierte zurück zum Haus. Garrett folgte ihm mit klopfendem Herzen, wobei seine Mutter ihm sanft eine

Hand auf den Arm legte und ihn aufmunternd drückte. Gemeinsam traten sie in das kleine Häuschen hinein und gesellten sich ins Wohnzimmer, wo Dietmar bereits mit düsterem Blick in einem Sessel auf sie wartete.

„Also? Was hast du uns zu sagen?"

Garrett blieb unsicher in der Mitte des kleinen Raumes stehen – *Johannas Gästezimmer ist beinahe genauso geräumig!* – während seine Mutter sich demütig zu ihrem Gatten gesellte und auf einem Stuhl niederließ.

„Ich … ich wollte … euch nur sagen, dass …" *Tja, was eigentlich? Wollte ich wirklich etwas sagen? Nein … Ich hatte eher gehofft, dass sie mich endlich wieder als ihren Sohn annehmen und in ihr Leben zurücklassen würden …*

„Was denn nun?", fragte sein Vater ungeduldig. „Willst du uns etwas sagen oder nicht?"

„Ich … wollte nur, dass ihr wisst … dass es mir gut geht. Und dass ich nicht ‚böse' bin. Wir Elementaren sind ganz natürlich, so wie ihr … Nur eben ein wenig anders … Aber das hat alles nichts mit dem Teufel zu tun …"

„Sprich seinen Namen nicht in meinem Haus aus!"

Garrett zuckte leicht zusammen und rechnete beinahe damit, dass sein Vater aufspringen und ihn schlagen würde. Er schlug die Augen nieder und ballte seine Fäuste hinter dem Rücken zusammen.

Als jedoch nichts dergleichen geschah, hob er erneut seinen Kopf und richtete seinen Blick reumütig auf seinen Vater.

„Tut mir leid. Ich wollte nicht … Es ist doch nur … Ich will nicht, dass ihr schlecht von mir denkt. Ich möchte, dass ihr versteht, dass ich nie böse Absichten hatte … Ich wollte euch nie verletzen …"

Er verstummte allmählich, da er nicht mehr wusste, was er noch sagen könnte. Sein flehender Blick in Richtung seiner Mutter wurde nicht erwidert. Sie hatte ihre Augen auf ihre gefalteten Hände gerichtet und schien auf das Urteil ihres Mannes zu warten.

Dieser hingegen musterte Garrett mit kühler Unnachgiebigkeit, bis sich plötzlich etwas in seinen Zügen veränderte. Garrett konnte nicht sagen, was es war, doch die Feindseligkeit seines Vaters verschwand und wurde durch eine Maske der Gleichgültigkeit ersetzt.

„Nun gut. Ich nehme dich beim Wort. Solange du uns nichts tust, darfst du bleiben. Aber nur für eine Nacht!"

Garretts Augen weiteten sich ungläubig. Seine Mutter hob überrascht den Kopf und ein strahlendes Lächeln breitete sich auf ihren blassen Wangen aus.

„Oh, Dietmar! Danke."

Dann sprang sie auf und fiel Garrett erneut um den Hals. Dieser war mit der Situation ein wenig überfordert und brauchte ein paar Sekunden, bis er die Umarmung erwidern konnte.

Sein Herz pochte freudig gegen das Innere seiner Brust, während seine überrumpelten Gefühle sich zu sortieren versuchten. *Ich darf wirklich hierbleiben ...*

„Garrett! Mein Garrett!"

Freudentränen erstickten die Stimme seiner Mutter, während sie sein Gesicht in ihre Hände nahm und ihn mit strahlenden Augen ansah.

„Möchtest du zum Abendessen bleiben? Ich könnte dein Kinderzimmer für dich herrichten. Es ist sowieso eine Art Gästezimmer ..."

Garrett nickte, zu überwältigt von seinen aufwallenden Gefühlen um zu sprechen. *Ich bin wieder Zuhause ...*

Kapitel 4

Der Rückruf von Herrn Strohmann kam genau an dem Morgen, an dem ich zu Charlotte und Fiona fahren wollte. Zum Glück war es ein eher kurzes Telefonat, bei dem mir der Regierungssprecher lediglich mitteilte, dass ich nach Berlin eingeladen wurde.

„Zum einen würden wir es begrüßen, wenn Sie eine Aussage bei der Polizei machen, damit abgesichert ist, dass Sie und die anderen Elementaren keine bösen Absichten verfolgten, als sie sich der Öffentlichkeit gezeigt haben."

„Öhm … Okay."

„Zum anderen würde die Bundeskanzlerin gerne persönlich mit Ihnen über diese ganze Angelegenheit und das mögliche weitere Vorgehen sprechen."

„Oh." *Ich hab's geahnt!* „Natürlich. Es wäre mir eine Freude." *Zumindest wenn ich mit Gregor hätte hingehen können … Aber alleine?*

„Würde es Ihnen nächste Woche Dienstag passen?"

Ich warf meinem Vater einen schnellen Seitenblick zu und formte mit den Lippen ein lautloses ‚Dienstag?'. Er nickte und gab mir einen Daumen hoch.

„Ja, das würde passen. Wäre es in Ordnung, wenn mein Vater mitkommt? Ich bin ja noch nicht ganz volljährig …"

„Selbstverständlich. Ist er ebenfalls ein Elementarer?"

„Nein."

„Ach so. Na gut. Selbstverständlich darf er mit dabei sein. Wie wäre es, wenn Sie um 10 Uhr bei der Polizei Ihre Aussage machen und danach zum Treffen mit der Kanzlerin kommen? Sagen wir … um 14 Uhr?"

„Ja, gerne."

Herr Strohmann informierte mich noch kurz über die genaue Adresse und den ungefähren Ablauf des Treffens – mit angeschlossener Pressekonferenz und Foto für das Titelbild jeder Berliner Zeitung – bevor er mir einen schönen Tag wünschte.

Ich bedankte mich erneut bei ihm, wobei ich in Gedanken alles andere als begeistert war. *Großartig! Ich und die Bundeskanzlerin ... Das kann heiter werden! Wieso mussten sie Gregor bloß nach Schottland zurückschicken? Und Garrett ist auch nicht da ... Sonst hätte er mich begleiten können. Ob er wohl bis nächsten Dienstag wieder hier ist?*

Nachdem ich meine Eltern kurz über die kommenden Ereignisse in Kenntnis gesetzt hatte, machte ich mich, wie verabredet, auf den Weg ins Nachbardorf, um Charlotte und Fiona einen Besuch abzustatten.

Die beiden waren ganz aus dem Häuschen, als sie von meinem baldigen Treffen mit der Bundeskanzlerin erfuhren und konnten meine Bedenken kaum verstehen.

„Du schaffst das", tat Charlotte meine Zweifel mit einer lässigen Handbewegung ab. „Immerhin bist du jetzt unsere Meisterin."

Sie zwinkerte mir grinsend zu.

„Ich weiß nicht ... Also zum einen bin ich *keine* Meisterin. Mag ja sein, dass ich gleich mit euch ein paar Übungen machen kann, aber ich bin nicht fortgeschritten genug, um ...“

„Ja, ja", warf Charlotte schnell ein. „Schon gut. Du bist nur die Vertretung für Gregor. In Ordnung."

„Genau. Und zum anderen weiß ich wirklich nicht, ob ich die Richtige für ein Gespräch mit der Kanzlerin bin. Immerhin habe ich kaum Ahnung von Politik und viel zu wenig Lebenserfahrung, um ... um Verhandlungen zu führen oder so ...“

„Aber du bist unsere inoffizielle Anführerin!", rief Charlotte aus. „Die ganze Sache mit der Offenbarung war deine Idee."

„Das stimmt", pflichtete Fiona ihr bei. „Ohne dich wären wir Elementaren sicherlich nicht an die Öffentlichkeit gegangen – oder hätten uns überhaupt gar nicht erst zusammengetan."

Ich sah die beiden nachdenklich an. *Es ist wahr … Die Offenbarung war meine Idee. Aber das heißt noch lange nicht, dass ich die richtigen Qualitäten für eine Position als Anführerin besitze …*

„Genug der Zweifel", beendete Charlotte die Diskussion. „Du bist vorläufig unsere Anführerin. Basta! Und du bist ebenfalls unsere Ersatz-Mentorin, solange Gregor weg ist. Also: was sollen wir heute machen?"

Ich akzeptierte den Themenwechsel mit wachsender Begeisterung und schilderte den beiden meine Idee für eine weltweite Kommunikationsmethode zwischen Pyros.

„Wenn wir durch die Sonne miteinander in Kontakt treten könnten, wären wir nicht mehr an örtliche Grenzen gebunden. Keiner von uns müsste ein Feuer entzünden – was im Alltag schließlich etwas unpraktisch sein kann. Wir könnten überall und jederzeit Nachrichten über die Sonne übermitteln."

„Cool!", brach es aus Charlotte heraus. „Das klingt total abgefahren!"

„Es hört sich durchaus praktisch an", fügte Fiona hinzu. „Aber wie genau können wir denn mit der Sonne in Kontakt treten? Bisher bist du von uns dreien die Einzige, die das jemals geschafft hat …"

„Tja, ich würde sagen, wir machen erstmal ein paar grundlegende Feuerübungen, um ein bisschen warmzuwerden und dann … probieren wir's einfach."

Charlotte war im wahrsten Sinne des Wortes sofort Feuer und Flamme. Auch Fiona wirkte von meinem Vorhaben sehr angetan und trat mit uns in den kleinen Garten hinter ihrem Haus hinaus.

Nachdem wir ein paar einfache Übungen zur Feuerabwehr und dem Jonglieren mit Feuerbällen gemacht hatten, ließ ich die beiden ihren Geist nach entfernteren Feuerquellen Ausschau halten.

Sobald sie den Dreh einigermaßen raushatten, begaben wir uns in eine gemeinsame Meditation und sandten unsere geistige Aufmerksamkeit der Sonne entgegen, welche mit warmen Strahlen auf uns herabschien.

Es dauerte eine Weile, bis Charlotte soweit zur Ruhe gekommen war, dass sie die nötige Konzentration aufbringen konnte, um der Aufgabe gewachsen zu sein. Ihr Enthusiasmus war dabei eine große Hilfe, da sie sich auch nach mehreren Minuten der fruchtlosen Versuche kein bisschen entmutigen ließ.

Fiona hingegen brachte zwar die erforderliche Ruhe mit, war aber nicht so offen und freigeistig wie Charlotte, so dass es auch für sie eine Herausforderung darstellte, meinem Beispiel zu folgen.

Ich hatte bereits nach wenigen Sekunden die Verbindung zur Sonne hergestellt und versuchte nun, den beiden zu helfen, indem ich meine feurige Verbündete darum bat, ihnen etwas Kraft von mir zukommen zu lassen.

Nach einer Viertelstunde der schweigsamen Meditation sprang Charlotte plötzlich mit einem freudigen Ausruf auf und starrte verblüfft gen Himmel.

„Ich habe sie gespürt!", rief sie aus und tanzte lachend durch das knöchelhohe Gras. „Wow! Das war unglaublich!"

Fiona öffnete enttäuscht ihre Augen.

„Wirklich? Ich spüre noch nichts ..."

Charlotte beendete sofort ihren Freudentanz und legte ihrer Freundin eine aufmunternde Hand auf die Schulter.

„Keine Sorge. Du schaffst das. Es hat bei mir ja auch eine Weile gedauert. Aber dann ... Wow! Einfach ... wow!"

Mit einem glücklichen Lächeln ließ Charlotte sich erneut auf dem Gras nieder und hielt ihr Gesicht mit geschlossenen Augen der Sonne entgegen.

Fiona seufzte und tat es ihr gleich, während ich die Sonne ein weiteres Mal bat, meinen beiden Freundinnen beizustehen, damit sie mit ihr in Kontakt treten konnten.

Es dauerte weitere zehn Minuten, bis Fiona abrupt die Augen aufschlug und sich eine Hand vor den Mund schlug.

„Oh mein ... Das ist ja der Hammer!"

„Hast du sie gespürt?", fragte Charlotte aufgeregt und öffnete ebenfalls ihre Augen. „Ist es nicht unglaublich?"

Fiona nickte bloß und schloss erneut ihre Lider. Wir verharrten für eine Weile in gemeinsamer Stille, während die beiden zwischendurch verblüffte Laute ausstießen, wenn sie es erneut schafften, sich mit der Sonne zu verbinden.

Ich genoss die gemeinsame Feuer-Meditation und stellte mir vor, wie es wäre, auf diese Art und Weise mit Pyros in aller Welt kommunizieren zu können. *Mit Gregor könnte ich sicherlich in Kontakt treten. Und Miss Evergreen ist ebenso fortgeschritten – wenn nicht noch mehr. Ob ich es jetzt versuchen sollte ...? Oh! Vielleicht könnte ich sogar mit Olivia und James sprechen! Oder mit Federico ...*

Das Gesicht des jungen Italieners tauchte ungefragt vor meinem inneren Auge auf und ließ meine Wangen glühen.

Seine Worte und Annäherungsversuche waren definitiv sehr feurig. Ob er auch die Sonne spüren kann? Vielleicht fällt es ihm sogar leichter, weil es in Italien öfter sonnig ist, als hier bei uns ...

Erst Charlottes übermütige Begeisterung am Ende unserer Meditation schaffte es, mich endlich wieder aus meinen Grübeleien herauszuholen.

„Das war total abgefahren!" Charlotte grinste bis über beide Ohren. „Wir sollten das unbedingt öfter machen. Vielleicht können wir es dann bis nächste Woche sogar schon schaffen, uns gegenseitig Botschaften über die Sonne zukommen zu lassen. In dem Fall könnten wir dir bei dem Treffen mit der Kanzlerin beistehen, Johanna."

„Ja! Das wäre tatsächlich eine Erleichterung."

„Gut", stimmte Fiona zu. „Dann ist es abgemacht. Charlotte und ich werden nun jeden Tag üben und wenn wir denken, dass wir bereit sind, kannst du uns ja eine Test-Nachricht über die Sonne schicken. Mal sehen, ob das funktioniert."

„Abgemacht."

Ich schenkte den beiden ein dankbares Lächeln, bevor ich mich langsam auf den Heimweg machte. Der warme Sommerwind spielte mit meinen Haaren, während ich mit dem Fahrrad an den Mais- und Kornfeldern vorbeifuhr. *Mit Charlotte und Fiona als Unterstützung könnte ich das Treffen mit der Kanzlerin überstehen.*

Zuversicht machte sich in meinem Gemüt breit und ließ die Felder heller leuchten. *Vielleicht kann ich sogar Gregor und Miss Evergreen als geistigen Beistand dazugewinnen. Wobei ich natürlich noch genügend Konzentration für das eigentliche Gespräch mit der Bundeskanzlerin übrighaben muss, um mich nicht völlig zu blamieren …*

Beim Abendessen erzählte ich meinen Eltern von den Teilerfolgen des Tages und ließ mich von ihnen ein wenig in Sachen Politik beraten.

Mein Vater war zum Glück für eine Weile Teil des hiesigen Stadtrates gewesen und konnte mir den ein oder anderen Einblick in politische Machenschaften geben.

Meine Mutter wiederum war es gewohnt, die vermittelnde Rolle zu spielen und gab mir den ein oder anderen Tipp für ein diplomatisches Auftreten.

Von neuer Zuversicht erfüllt, ging ich mit einem ruhigen Gewissen zu Bett und ließ meine Gedanken bereitwillig herumwandern, bevor ich in das Land der Träume versank.

Zu meiner Überraschung tauchte Garretts Gesicht vor meinem inneren Auge auf. *Ob er seinen Meister wohl schon gefunden hat? Ich hoffe nur, es geht ihm gut … und dass er bald zu mir zurückkommt …*

Kapitel 5

Garrett warf seinem Vater einen verstohlenen Seitenblick zu. Während des gesamten Abendessens hatte er
schweigsam und mürrisch an seinem Platz gesessen und
weder seinen Sohn noch seine Frau eines einzigen Blickes
gewürdigt. Er schien fest entschlossen zu sein, so wenig wie
möglich mit Garrett zu tun zu haben, während dieser in
seinem Haus verweilte und überließ es seiner Frau, sich um
den verlorenen Sohn zu kümmern.

„Du hast also auf See gearbeitet?", fragte Marie mit
leichter Beunruhigung. „Ist das denn nicht gefährlich?
Wenn ihr mal in einen Sturm geratet oder so?"

„Nicht wirklich. Der Fischer, auf dessen Kahn ich war,
konnte das Wetter stets sehr gut einschätzen. Wir sind bloß
einmal in einen Sturm gekommen und selbst da ... ist nichts
Schlimmes passiert."

Er wagte es nicht, ihr zu erzählen, dass er an besagtem
Tag einen Mann aus dem Wasser gerettet und so seinen
Meister kennengelernt hatte. *Ich sollte in Vaters Gegenwart das Thema ‚Elementare' besser nicht ansprechen –
obwohl er sich ja sowieso nicht für mich zu interessieren
scheint ...*

„Und was machst du sonst, wenn du gerade nicht auf
See bist? Hast du Freunde, mit denen du dich triffst? Oder
vielleicht ... sogar ... eine Freundin?"

Marie musterte ihn aufmerksam, während Garrett
leicht errötete und schnell auf seinen Teller mit Linsen-
eintopf hinabsah.

„Ich habe eigentlich kaum Freunde." *Gar keine, um
genau zu sein. Immerhin ist mein Meister nur das – mein*

Lehrer. Allein Johanna ist eine wirkliche Freundin für mich. Oder sogar mehr als das …

„Und eine Freundin?", hakte seine Mutter nach.

„Ich … weiß nicht … Ich denke schon. Aber wir sind gerade erst … also …"

„Oh! Wirklich?" Marie war gleich völlig aus dem Häuschen. „Wie heißt sie?"

„Johanna."

„Ein schöner Name. Ist sie in deinem Alter?"

„Sie ist 16 und wird bald 17. Nächsten Monat."

„Wie schön. Dann ist sie ja nur ein paar Jahre jünger als du. Wie habt ihr euch denn kennengelernt?"

„Öhm …" *Sie und ihre Verbündeten haben mich gefangen genommen, bis Johanna meine ‚Freilassung' erwirkt hat. Tja, das kann ich wohl kaum jemandem so erzählen. Aber was soll ich sagen, ohne zu lügen?*

Während Garrett noch nach einer angemessenen Antwort suchte, legte sein Vater plötzlich sein Besteck nieder und erhob sich mit wichtiger Miene.

„Ihr beiden scheint ja ohne mich auszukommen. Ich werde zur kirchlichen Versammlung gehen, Marie. Du brauchst nicht auf mich zu warten, bevor du dich schlafen legst. Es könnte eine Weile dauern …"

Er warf seiner Frau einen vielsagenden Blick zu. Diese schlug sich erschrocken eine Hand vor den Mund und wurde kreidebleich.

„Oh … Dietmar … Du meinst doch nicht …?"

„Sei still, Marie! Du verstehst davon nichts. Also wage es bloß nicht, dich in diese Angelegenheit einzumischen."

„Aber …"

„Ich dulde keine Widerrede."

Garretts Vater sah seine Frau ermahnend an und verließ ohne ein weiteres Wort zu verlieren die Küche. Marie blieb stocksteif auf ihrem Stuhl sitzen und starrte entsetzt ins Leere, während Garrett zu verstehen versuchte, was gerade passiert war.

„Ist alles in Ordnung, Mutter?"

Die Angesprochene zuckte erschrocken zusammen und wandte sich dann mit Tränen in den Augen ihrem Sohn zu.

„Oh! Garrett … Du … Ich … Ich sollte das Gästezimmer vielleicht noch einmal durchlüften, bevor du … Oder schläfst du lieber mit offenem Fenster? Es gibt allerdings kein Fliegengitter …"

Sie fuhr sich zerstreut durch die dünnen Haare und blickte dann auf den Rest ihres Linseneintopfes hinunter, als würde sie dort nach Antworten suchen.

„Ich schlafe meist mit offenem Fenster", erwiderte Garrett ein wenig verwirrt. „Aber … das ist es nicht, was dich wirklich beschäftigt … oder?"

Marie antwortete nicht.

Für ein paar Minuten saßen sie schweigend und ratlos am Küchentisch. Garrett verstand die Welt nicht mehr. *Bis eben war sie froh, mich hier zu haben und an meinem Leben teilhaben zu können. Und jetzt … Was für eine kirchliche Versammlung ist das bloß, zu der Vater geht? Weiß sie etwas darüber, was ihr Angst macht?*

„Mutter?"

Keine Antwort.

„Mutter, ich bitte dich! Erzähl mir, was los ist. Vielleicht kann ich dir irgendwie helfen …"

Marie hob abrupt ihren Kopf und sah mit feuchten Augen in Garretts fragendes Gesicht. Verzweiflung und Widerwille spiegelten sich in ihren Zügen wider, bis ihre mütterliche Zuneigung die Oberhand gewann und sie ihm eine Hand auf die Wange legte.

„Oh, Garrett … Du musst gehen! Am besten jetzt gleich. Ich könnte es nicht ertragen, wenn … wenn sie dir etwas antun würden …"

„Sie? Wer ist ‚sie'? Und was könnten sie mir antun?"

„Wir haben keine Zeit für Erklärungen. Du musst mir einfach vertrauen …"

„Aber *wer* sollte mir denn etwas tun? Vater? Oder die Kirche? Ich verstehe nicht …"

„Ach, Garrett! Du hast ja keine Ahnung … Du musst fort! Jetzt! Schnell, bevor es zu spät ist …"

„Zu spät? Aber was …?"

„Ich kann dir das nicht erklären."

Marie stand auf und zerrte an seinem Arm, als wolle sie ihn eigenhändig zur Tür schleifen.

„Bitte! Vertrau mir."

Die Verzweiflung in ihrem Blick jagte ihm einen Schauer über den Rücken. Zögerlich folgte er ihrer Aufforderung aufzustehen, jedoch nur, um sie schützend in den Arm zu nehmen.

„Ich vertraue dir, Mutter. Doch du solltest mir ebenfalls vertrauen. Sag mir, was dich bedrückt. Vielleicht kann ich dir helfen …"

„Es gibt keine Hilfe, Garrett! Nur der Herrgott kann uns jetzt noch helfen …"

„Aber was ist denn los? Sag mir doch bitte, was dir solche Angst macht! Ich werde dich nicht hier zurücklassen, falls du in Gefahr bist …"

„Ich? *Du* bist in Gefahr!"

Seine Mutter löste sich mit entschiedener Bestimmtheit aus seiner Umarmung und sah ihm flehend in die Augen.

„Verstehst du denn nicht? Dein Vater geht jede Woche zu dieser kirchlichen Versammlung – um zu besprechen, wie sie gegen Elementare in unserem Dorf vorgehen

46

können. Sie haben Angst vor euch, Garrett! Und sie wollen euch loswerden. Die Kirche will keinen von euch hier haben. Sie werden zur Not Gewalt anwenden, um euch zu vertreiben. Und genau das ist es, was ich nun befürchte …"

Garrett starrte seine Mutter fassungslos an. Ihre Worte schienen in seinem Kopf keinen Sinn zu machen, hallten aber mit wachsender Dringlichkeit in seinen Ohren wider.

„Ich … Ich verstehe nicht … Du meinst … Vater würde mich … verraten?"

„JA!", rief seine Mutter mit Panik in der Stimme. „Natürlich. Er lebt für die Kirche! Er würde alles tun, was sie ihm befehlen. Und er hat Angst – vor dir und vor Leuten, die so sind wie du."

„Er … glaubt also immer noch … dass der Teufel in mir steckt? Dass ich böse bin?"

Marie nickte betrübt.

„Es tut mir leid, Garrett. Ich befürchte, er wird dich nie verstehen können."

„Aber das ist noch lange kein Grund, um gewalttätig zu werden! Ich habe euch nichts getan! Und ich wäre morgen freiwillig gegangen, wenn dies euer Wunsch ist. Wieso sollte er mich verraten? Mich vertreiben? Ich bin kein Dämon!"

„Ich weiß", flüsterte seine Mutter mit tränenerstickter Stimme. „Ich glaube dir, Garrett. Mein Garrett … Du würdest nie jemandem etwas Böses tun … Das habe ich jetzt erkannt. Als ich im Fernsehen sah, wie ihr euch der Öffentlichkeit gezeigt habt … Mir war sofort klar, dass wir all die Jahre lang falsch lagen. Und es tut mir *so* leid! Was wir dir angetan haben …"

„… ist vergeben und vergessen."

Garrett ergriff sanft die zitternde Hand seiner Mutter und sah ihr ernst in die geröteten Augen.

„Ich verzeihe dir, Mutter. Deine Absichten waren nie böse, das weiß ich jetzt. Und … ich werde dich immer lieben. Egal was noch passieren mag …"

„Oh, Garrett!"

Mit einem lauten Schluchzen fiel Marie ihrem Sohn um den Hals und drückte ihn voller Inbrunst an sich, als wolle sie ihn nie wieder loslassen.

„Mein Sohn … mein Garrett … mein Liebling …"

„Du hast mich also im Fernsehen erkannt?"

„Ja." Sie löste sich ein wenig von ihm und sah ihm tief in die Augen. „Wie könnte ich dich jemals vergessen? Deine wunderschönen Augen … Ich liebe dich, mein Sohn. Du wirst immer in meinem Herzen bleiben, egal wohin du gehst."

„Ich werde in Gedanken bei dir sein, Mutter."

Ein freudiges Schluchzen entfuhr Marie und sie drückte ihren Sohn ein weiteres Mal an ihre Brust, bevor sie ihn schweren Herzens in Richtung Haustür schob.

„Du solltest jetzt gehen. Du bist hier nicht sicher …"

„Aber was ist mit dir? Vater wird dir nichts antun, oder? Wenn er herausfindet, dass du mich gewarnt hast?"

„Ich werde ihm einfach sagen, du hättest es dir anders überlegt und wärst gegangen."

„Aber … Mutter! Ich möchte nicht, dass du für mich eines der zehn Gebot brichst … Du musst nicht lügen …"

„Ach was! Gott wird sicherlich verstehen, dass eine liebende Mutter ihrem Ehegatten nicht immer alles anvertrauen kann …"

Garrett musterte Marie mit großen Augen. Die plötzliche Entschlossenheit in ihrer Stimme ließ sie deutlich jünger wirken und der Glanz der Liebe überstrahlte für einen Moment die blassen Falten ihres schmalen Gesichts.

„Danke, Mutter."

„Ich liebe dich, mein Sohn. Vergiss das nie!"

„Wie könnte ich dich jemals vergessen?"

Nach einer weiteren Umarmung löste Garrett sich widerwillig von seiner Mutter und trat zur Haustür. Mit einem letzten sehnsüchtigen Blick erfasste er das düstere Wohnzimmer, welches lediglich vom fahlen Lichtschein aus der Küche ein wenig erhellt wurde. *Für einen kurzen Augenblick dachte ich wirklich, ich hätte wieder ein Zuhause und eine Familie ...*

Mit einem bitteren Lächeln wandte er sich von den dunklen Möbeln ab und öffnete die Haustür. Seine Augen ruhten dabei auf seiner Mutter und versuchten, ihr Gesicht in sein Gedächtnis einzubrennen.

„Auf Wiedersehen, Mutter", flüsterte er leise und schenkte ihr ein letztes, herzliches Lächeln.

Sie erwiderte es, doch dann wanderte ihr Blick über seine Schulter und das Lächeln erstarrte auf ihrem Gesicht.

Kapitel 6

Charlotte und Fiona hielten ihr Versprechen. In den nächsten Tagen berichteten sie mir täglich von ihren Erfolgen bei der Feuer-Meditation, so dass ich dem Gespräch mit der Bundeskanzlerin immer zuversichtlicher entgegensah.

Natürlich beließ ich es nicht dabei, mich über die Fortschritte meiner beiden vorläufigen ‚Schülerinnen' zu freuen, sondern begann meinerseits mit einem neuen Trainingsansatz. Dazu benötigte ich allerdings Unterstützung und rief deshalb am Samstagmorgen bei Gregor in Schottland an.

„Ach, Johanna, du bist's", begrüßte er mich freudig, als er meine Stimme erkannte. „Was verschafft mir das frühe Vergnügen?"

„Oh. Früh? Ist es bei dir früher als hier? Habe ich dich etwa geweckt?"

„Nein, keine Sorge. Ich war sowieso schon wach. Du bist nicht der einzige Frühaufsteher."

Ich konnte sein leises Lachen hören und seufzte erleichtert, bevor ich begann, ihm mein Anliegen vorzutragen.

Er hörte schweigsam zu, während ich ihm von meiner Idee der Feuer-Kommunikation über die Sonne erzählte. Als ich fertig war, blieb es eine Weile still am anderen Ende der Leitung und ich musste mich zusammenreißen, um nicht vor Aufregung auf meiner Unterlippe herum zu kauen.

„Ein interessanter Einfall", erwiderte Gregor schließlich nach kurzem Überlegen. „Bist du denn schon so weit, dass du während einer normalen Unterhaltung mit der Sonne in

Kontakt treten und somit Nachrichten senden oder empfangen kannst?"

Ich hatte mit einer solchen Frage bereits gerechnet und war dementsprechend gewappnet.

„Ja, das kann ich. Um ehrlich zu sein, mache ich gerade jetzt genau das. Ich bin mit der Sonne in geistigem Kontakt und wäre bereit, eine Nachricht zu schicken."

Dass es mir immer noch ein wenig schwerfiel, mich gleichzeitig auf das Gespräch und die Sonne zu konzentrieren erwähnte ich vorerst nicht. Stattdessen erwartete ich gespannt Gregors Antwort, die dieses Mal nicht lange auf sich warten ließ.

„Nicht schlecht! Dann können wir ja direkt den ersten Versuch starten. Soll ich dir eine Nachricht schicken oder möchtest du es zuerst versuchen?"

„Ich würde es gerne mal probieren", erwiderte ich und machte mich im Geist schon bereit, Gregor eine Botschaft über unsere feurige Verbündete zukommen zu lassen.

„Na, dann leg mal los. Ich bin ganz Ohr."

Er lachte kurz, bevor es wieder still wurde. *Anscheinend ist er genauso gespannt wie ich, ob es klappt. Tja, dann wollen wir mal …*

Ich formulierte eine geistige Nachricht und bat die Sonne darum, diese an Gregor weiterzuleiten. Sobald ich meine Bitte in Gedanken ausgesprochen hatte, wartete ich gespannt, ob sich etwas verändern würde.

Fehlanzeige.

Zwar konnte ich die Sonne weiterhin spüren, doch mir fiel kein Unterschied zu vorher auf. *Hat sie meine Bitte empfangen? Oder sollte ich es noch einmal versuchen?*

Ich war drauf und dran, einen zweiten Anlauf zu starten, als Gregor sich plötzlich zu Wort meldete.

„Das ist ja wirklich erstaunlich!"

„Was? Hast du etwas gespürt? Ist etwas passiert?"

„Das kannst du wohl sagen. Deine Nachricht ist ange-kommen – zumindest falls du mir ‚Hallo Gregor, kannst du mich hören' gesendet hast."

Ich stieß einen Freudenschrei aus und tanzte aufgeregt durch mein Zimmer.

„Wow!", ließ ich meiner Begeisterung freien Lauf. „Das ist ja der Hammer! Charlotte und Fiona werden ausrasten vor Freude. Wenn ich es mit ihnen ebenfalls schaffen könnte ... Oh! Hast du am Dienstag Zeit? Da treffe ich mich nämlich um 14 Uhr mit der Bundeskanzlerin und habe keine Ahnung, was ich ihr über uns erzählen soll. Vielleicht könntest du mir da geistigen Beistand leisten ..."

Meine unterschwellige Bitte hing erwartungsvoll im Raum, während ich nervös auf und ab lief. Zum Glück ließ Gregor mich nicht lange zappeln, wobei in seiner Stimme ein wenig Überraschung mitschwang, als er antwortete.

„Ein Treffen mit der Bundeskanzlerin? Das ging ja flott. Bist du jetzt offiziell zur Anführerin der Elementaren-Bewegung auserkoren und so etwas wie eine Diplomatin geworden?"

„Nicht ganz. Es ist eher noch inoffiziell, aber zumindest bin ich die vorläufige Ansprechpartnerin für die Regierung. Natürlich hätte ich dich gerne in Person dabeigehabt, aber das geht ja leider nicht ..."

„Tut mir leid. Ich hätte dir gerne Beistand geleistet. Aber es wird sich bestimmt jemand anderes finden. Ist Garrett nicht bei dir?"

„Nein. Er ist noch nicht wieder aufgetaucht, seit er sich auf die Suche nach seinem Meister gemacht hat."

Ich versuchte meine Stimme so gleichgültig wie möglich klingen zu lassen, wobei ich einen Anflug von Besorgnis nicht unterdrücken konnte. *Ich hoffe nur, dass sein Meister ihm keine Schwierigkeiten bereitet. Wenn Garrett doch bloß ein Handy hätte, so dass ich ihn anrufen könnte!*

Gregor schien die Sorge in meiner Stimme gehört zu haben. Zumindest versuchte er sofort, mich zu beruhigen und ich konnte das väterliche Lächeln in seinen Worten förmlich spüren.

„Er wird schon wieder zu dir zurückkommen. Ihr beiden wart ja zuletzt unzertrennlich. Und bis dahin werde ich dir gerne geistigen Beistand bei dem Treffen mit der Bundeskanzlerin leisten. Ich trete ab 14 Uhr mit der Sonne in Kontakt, dann kannst du mir Nachrichten zukommen lassen. In Ordnung?"

„Wunderbar! Vielen Dank. Du bist der Beste."

Ich ließ mich erleichtert auf mein Bett fallen und starrte an die sonnenbeschienene Decke.

„You're welcome."[2]

Nachdem wir uns noch ein wenig über die aktuelle Lage in Schottland unterhalten hatten, wünschten wir uns gegenseitig ein schönes Wochenende und beendeten das Telefonat.

Ich starrte eine Weile gedankenverloren in die Luft, während ich versuchte, die wiedererwachte Aufregung erneut in den Griff zu bekommen. *Die Bundeskanzlerin ist auch nur ein Mensch. Sie wird mich nicht fertigmachen, nur weil ich eine Elementare bin – schon gar nicht in Gegenwart meines Vaters. Vielleicht kann er mir ja sogar ebenfalls zur Hilfe eilen, falls ich irgendwann mal nicht weiterweiß. Und Gregor ist auch für mich da. Was kann da schon schiefgehen?*

---

[2] Gern geschehen.

Kapitel 7

Marie schlug sich entsetzt die Hände vor den Mund, um einen Aufschrei zu unterdrücken. Garrett fuhr herum – und erstarrte.

Seine Augen weiteten sich vor Entsetzen, während sein Blick über die brennenden Fackeln huschte, welche ihm aus der Dunkelheit entgegenleuchteten.

Düstere Gesichter, lediglich vom flackernden Schein des Feuers spärlich beleuchtet, musterten ihn mit kalten Augen und steinernen Mienen. An ihrer Spitze stand Garretts Vater, ohne Fackel, dafür mit grimmiger Entschlossenheit im Gesicht. *Nein! Das kann nicht wahr sein ...*

Garretts Herz begann zu rasen, während sein ungläubiger Blick mit dem seines Vaters verschmolz. *Wie kann er seinen eigenen Sohn verraten?!* Er fand keine Antwort in den kalten Augen seines Gegenübers, doch die Menschenmenge hinter ihm sprach Bände. *Er ist der Kirche bedingungslos ergeben. Er würde alles für sie tun – sogar seinen eigenen Sohn ausliefern ...*

Die Erkenntnis hinterließ einen bitteren Geschmack in Garretts Mund und löste ihn endlich aus seiner Schockstarre. Seine Miene verdüsterte sich, während er sich schützend vor seine Mutter stellte und seinen Vater herausfordernd anfunkelte.

„Bitte", erklang Maries zitternde Stimme hinter Garretts Rücken. „Bitte nicht, Dietmar ... Tu das nicht ... Er ist unser Sohn!"

Die mütterliche Verzweiflung schien Garretts Vater völlig kalt zu lassen. Weder er noch die Männer hinter ihm machten Anstalten, den Weg freizugeben. Stattdessen trat nun ein breitschultriger Mann mit ergrauenden Haaren aus der Menge hervor und hielt seine Fackel hoch, um Garretts Gesicht zu beleuchten.

„Du bist also der Dämon, der unser Dorf heimgesucht hat. Ich muss zugeben, dass die Täuschung perfekt ist. Du siehst wirklich menschlich aus …"

„Ich *bin* ein Mensch", entfuhr es Garrett, bevor er seine Wut zügeln konnte. „Ich habe nichts mit Dämonen oder bösen Mächten zu tun – genauso wenig wie ihr!"

„Du wagst es, dich mit uns zu vergleichen?!"

Zorn flammte in den Augen des älteren Herrn auf. Ein empörtes Raunen ging durch die Menge und viele der Männer schüttelten den Kopf.

„Du bist eine Ausgeburt des Teufels, Dämon! Du hast nichts mit uns gemein! Wir sind Geschöpfe Gottes, geschaffen nach seinem Bilde …"

„Ach ja? Und wieso sehe ich dann genauso aus wie jeder andere Mensch? Bin ich nicht ebenfalls nach Gottes Eben-bild geschaffen?"

„Du wagst es, den Namen des Herrn zu beschmutzen?! Du elendige Kreatur! Wir werden dir schon zeigen, wo du hingehörst!"

Zustimmende Rufe schollen in die Nacht hinein. Einige der Männer schwenkten bedrohlich ihre Fackeln durch die Luft und Garrett konnte sich sehr gut vorstellen, wo ihrer Meinung nach ein Dämon hingehörte. *Ins Feuer der Hölle. Ob sie mich verbrennen wollen?? Aber das wäre Mord …*

„Nein! Dietmar! Das kannst du nicht zulassen …"

„Schweig still, Weib!", rief der ältere Herr. „Hast du deinen Platz vergessen? In Korinther 14 heißt es ,lasset eure Weiber schweigen in der Gemeinde'. Also hüte deine Zunge! Dein Mann ist dein Herr und du hast ihm zu gehorchen."

„Das ist doch Blödsinn", entfuhr es Garrett. „Wieso sollte Gott der einen Hälfte seiner Geschöpfe den Mund verbieten? Diese Regeln sind menschenerdacht, von Männern, die nicht wollten, dass ihre Kirche zum Ort für Klatsch und Tratsch wird. Mehr nicht."

„Schweig, Dämon! Du verstehst nichts von Gottes heiligen Worten und Werken."

„Ach? Sie aber?"

„Natürlich! Ich bin ein Mann Gottes und der Kirche!"

„Wohl eher nur Letzteres. Wobei ich nicht verstehe, wieso die Kirche sich von uns Elementaren bedroht fühlt …? Deutet nicht gerade die Bibel darauf hin, dass es zu früheren Zeiten bereits Elementare gab? War Moses nicht vielleicht ein Wasserelementar und hat somit das Meer teilen können? Oder Jesus, der auf Wasser gehen konnte?"

Erstauntes Schweigen erfüllte für einen kurzen Moment die warme Abendluft. Einige der Männer warfen sich unsichere Blicke zu und ließen ihre Fackeln ein wenig sinken.

Der ältere Herr an ihrer Spitze hatte sich jedoch schnell wieder gefangen und lachte spöttisch.

„Du verdrehst alles zu deinen Gunsten mit deiner gespaltenen Zunge, Dämon. Aber ich werde nicht auf deine Lügen hereinfallen …"

„Ich lüge nie!"

„Ist das so?"

„Mein Leben lang habe ich versucht, mich an die zehn Gebote zu halten." *Bis auf meine Zeit als Einbrecher hat das auch ganz gut funktioniert.* „Ich bin ein ehrlicher Mensch."

„Ha! Weder Mensch noch ehrlich! Du bist ein trügerischer Dämon und hast deshalb in unserem christlichen Dorf nichts zu suchen! Also verschwinde dorthin, wo du hergekommen bist!"

Mit diesen Worten gab der ältere Herr den Männern hinter sich ein Zeichen. Zögerlich näherten sich drei von ihnen der Haustür, wobei sie ihre Fackeln wie schützende Schilder vor sich hielten, als hätten sie Angst, dass Garrett sie bei lebendigem Leibe auffressen könnte.

Garretts Mutter begann hinter seinem Rücken zu schluchzen, doch er wagte es nicht, sich nach ihr umzusehen. *Es tut mir leid, Mutter, dass ich dir solche Schwierigkeiten bereitet habe …*

Resignation löste die Wut in ihm ab und ließ sein Entsetzen über den Verrat seines Vaters zu Trauer werden. *Als hätte er mich nicht schon genug gequält … Wie kann er das bloß mit seinem Gewissen vereinbaren?*

Der hilfesuchende Blick in Richtung seines Vaters ging ins Leere. Dietmar hatte die Augen niedergeschlagen und ließ die mit Fackeln bewaffneten Männer ohne Widerstand an sich vorüberziehen. *Schämt er sich für mich?*

Garrett presste die Lippen aufeinander und ballte seine Hände zu Fäusten, um seine Emotionen unter Kontrolle zu halten. *Es nützt nichts, wenn ich nun meine Kräfte einsetze, um das Feuer erlöschen zu lassen. Vermutlich würde es den Hass dieser Leute nur anheizen … und ihre Angst …*

Er atmete mehrmals tief ein und aus, um seinen angespannten Körper ein wenig zur Ruhe zu bringen. Seine Hände lösten sich aus der Verkrampfung und hoben sich ergeben in die Höhe.

Ohne sich noch einmal nach seiner schluchzenden Mutter umzusehen, trat Garrett den Männern mit ihren Fackeln langsam entgegen und ließ sich von ihnen in die Mitte nehmen. Mit einem mulmigen Gefühl im Magen beobachtete er die zuckenden Flammen um sich herum, während die Männer sich mit ihren Fackeln um ihn ringten.

Da Flucht ohne Gewaltanwendung keine Option zu sein schien, ging Garrett mit weiterhin erhobenen Händen mit den Männern mit und ließ seine trauernde Mutter hinter sich zurück.

Seinen Vater konnte er im rötlichen Feuerschein nicht erkennen, glaubte aber, ihn hinter sich zu spüren.

In eisiges Schweigen gehüllt, bahnte sich die Prozession einen Weg durch das Dorf, bis sie die letzten Häuser hinter sich gelassen hatten. Allerdings machten die Männer keine Anstalten, Garrett nun gehenzulassen. Stattdessen marschierten sie weiter in die Nacht hinein, ihren wehrlosen Gefangenen in ihrer Mitte und ohne erkennbares Ziel.

Garretts Magen krampfte sich mit wachsender Beunruhigung zusammen und er warf einen suchenden Blick über seine Schulter, in der Hoffnung, das Gesicht seines Vaters zu finden. Hinter ihm warteten jedoch bloß weitere düstere Gesichter und bedrohliche Fackeln auf ihn und ließen sein Herz schneller schlagen. *Wo führen sie mich hin? Was haben sie mit mir vor? Reicht es ihnen nicht, mich aus dem Dorf zu verjagen?*

Die Antwort wurde deutlich, als die Männer um ihn herum schließlich stehenblieben. Die Menge teilte sich vor ihm und gab den Blick auf den älteren Herrn frei, welcher Garrett mit gehässigem Grinsen musterte.

„Zeit für dich in deine wahre Heimat zurückzukehren, Dämon! Dein Meister wartet sicher schon auf dich ..."

Mein Meister?? Garrett runzelte verwirrt die Stirn. Für eine kurze Schrecksekunde durchzuckte ihn ein Bild, wie sein Meister ihn an die wütende Menge auslieferte, doch dann holte die Realität ihn ein. *Er spricht nicht von meinem Meister – er meint den Teufel!*

Gerade, als diese Erkenntnis sich in ihm breit machte, trat der ältere Herr zwei Schritte zur Seite und gab den Blick auf ein düsteres Gebilde hinter ihm frei. Es überragte die Männermenge mit unheilvollen Schatten und jagte Garrett bereits einen Schauer über den Rücken, bevor er überhaupt erkannte, was es war.

Als seine Augen jedoch die Dunkelheit durchbohrten und die gestapelten Äste erfassten, weiteten sie sich in ungläubigem Entsetzen. *Ein Scheiterhaufen!*

„Wieso die Furcht, Dämon? Hast du etwa Angst davor, zu deinem Schöpfer zurückzukehren? Oder fürchtest du dich vor den irdischen Qualen des Feuers?"

Mit höhnischem Gelächter wies der ältere Herr seine Männer an, Garrett an dem Holzpfahl in der Mitte des Scheiterhaufens festzubinden.

Garrett stand immer noch da wie gelähmt, während sein Kopf panisch nach einem Ausweg suchte. *Der Sommer war zu trocken. Die Böden enthalten nicht genug Feuchtigkeit, um alle Fackeln auszulöschen. Selbst das Grundwasser ist abgesackt. Außerdem ist das Feuer zu nah an mir dran. Was ist, wenn mich einer der Männer angreift, sobald ich versuche, die Fackeln auszulöschen? Sie könnten mich in Brand stecken oder selbst verletzt werden …*

Seine Gedanken rasten, hatten aber trotzdem noch keine Lösung gefunden, als zwei der Männer ihn an den Armen packten und zum Scheiterhaufen zerrten.

„Nein!"

Angst mischte sich in seine Stimme, während er mit verzweifeltem Blick nach seinem Vater Ausschau hielt.

„Bitte! Tut das nicht."

Er riss sich von den beiden Männern los, doch es waren sofort drei weitere zur Stelle und packten ihn von allen Seiten.

„Ich verspreche euch, dass ich nie wieder in dieses Dorf zurückkehren werde! Aber bitte … lasst mich gehen …"

Sein Flehen verhallte in der Nacht, ohne dass jemand ihm zur Hilfe eilte. *Oh Gott! Bitte, hilf mir! Lass nicht zu, dass ... dass ...*

In diesem Moment fiel sein Blick auf das Gesicht seines Vaters. Er stand etwas abseits des Feuerscheins und beobachtete das Geschehen mit regungsloser Miene.

„Vater!"

Garrett bäumte sich ein weiteres Mal auf und versuchte, sich von den Männern um ihn herum loszureißen.

„Vater! Bitte! Hilf mir!"

Das faltige Gesicht rührte sich nicht.

„Vater ..."

Zwei weitere Männer gesellten sich zu den Anderen hinzu und packten Garrett mit eisernem Griff. Sie umringten ihn, so dass ihm die Sicht auf seinen Vater versperrt wurde und schleiften ihn auf den Scheiterhaufen zu. *Vater ... wie kannst du das zulassen? Ich bin dein Sohn! Wieso lässt du mich so im Stich?*

Mit einem letzten Aufbäumen stemmte Garrett sich gegen die Kraft der Männer und rief in wütender Verzweiflung die Worte, von denen er glaubte, dass sie seinen Vater berühren könnten:

„Eli, Eli, lama asabtani?"

Kapitel 8

Am Montag war die Aufregung bereits zu meinem ständigen Begleiter geworden. Immer wieder malte ich mir aus, welche Fragen die Bundeskanzlerin mir stellen könnte und versuchte, mir aussagekräftige Antworten zu überlegen.

Gegen Mittag fuhr ich dann zu einer abschließenden ‚Krisen-Sitzung' mit Charlotte und Fiona in den Nachbarort, wo ich an der Haustür mit einer Tasse Tee und einer großen Tafel Schokolade begrüßt wurde.

„Damit du mal auf andere Gedanken kommst", begrüßte mich Charlotte und drückte mir beides in die Hand. „Das ist ein beruhigender Kräutertee. Er heißt ‚innerer Frieden' und hat mir immer geholfen, wenn ich im Studium mal nicht weiterkam."

„Öhm … danke. Aber … hast du dein Studium nicht irgendwann abgebrochen?"

„Doch." Charlotte grinste schuldbewusst. „Aber das lag nicht am Tee, glaub mir! Eher an der fehlenden Überzeugung für den Beruf, den meine Eltern für mich ausgesucht hatten."

„Ach was! Deine Eltern wollten, dass du Chemie studierst?"

„Ja. Sie meinten, es sei das Richtige für mich, weil ich in der Schule immer Spaß an Chemie gehabt hatte. Dass dies eher an den lustigen Experimenten lag, die unser Lehrer mit uns gemacht hat und dass ich mir eine Karriere als Chemikerin nicht vorstellen konnte, haben sie dabei wohl übersehen …"

„Oh", murmelte ich betroffen. „Da habe ich ja echt Glück, dass meine Eltern akzeptiert haben, dass ich vorerst als Elementaren-Diplomatin unterwegs bin und mich nicht direkt auf das nächstbeste Studium stürze …"

Charlotte lachte laut auf.

„Verdammtes Glück!", ergänzte sie grinsend. „Meine Eltern haben mich sofort angerufen, nachdem sie die Elementaren-Offenbarung in Berlin im Fernsehen angeschaut hatten. Eigentlich wollten sie mich nur fragen, ob ich es auch gesehen hätte, doch als ich ihnen dann gebeichtet habe, dass ich eine Pyro bin … Sie konnten kaum glauben, dass ihr ‚kleines Töchterchen' zu so etwas fähig sein könnte …"

Ein bitterer Unterton hatte sich in Charlottes Stimme gemischt und ließ darauf schließen, dass ihre Eltern nicht gerade begeistert reagiert hatten. *Es muss schrecklich sein, von den eigenen Eltern abgelehnt zu werden. So wie Garrett in seiner Kindheit, als er das Wasser in seiner Badewanne geteilt hat. Ich hoffe bloß, dass unsere Offenbarung nun für mehr Toleranz und Akzeptanz in der Bevölkerung sorgen wird. Es sollte immerhin keiner für seine besonderen Fähigkeiten ausgegrenzt werden – genauso wenig wie für Hautfarbe, Religion oder sexuale Gesinnung.*

„Tut mir wirklich leid für dich", beendete ich das betretene Schweigen. „Ich hoffe sehr, dass deine Eltern eines Tages verstehen werden, was für ein Geschenk dein Talent ist."

Charlotte lächelte dankbar und verwandelte sich dann innerhalb weniger Sekunden in den lächelnden Sonnenschein, als welchen ich sie kannte und liebte.

„So! Genug Trübsal geblasen. Du trinkst jetzt erstmal schön deinen Entspannungs-Tee und ich hole Fiona runter. Sie sitzt schon den ganzen Tag an ihrer Master-Arbeit, da kann sie bestimmt mal eine Pause gebrauchen."

„Oh. Ich möchte sie nicht stören", setzte ich an, doch Charlotte winkte lachend ab.

„Keine Sorge. Sie hat mir ausdrücklich befohlen, ihr Bescheid zu sagen, wenn du da bist, damit wir noch mal eine gemeinsame Sonnen-Meditation machen können."

„Ach so. Na dann ..."

Ich ließ Charlotte davoneilen, während ich vorsichtig an meinem Kräutertee nippte. Er duftete nach Zitronenmelisse und Süßholz und glitt wärmend meinen Rachen hinunter, um das nervöse Kribbeln in meinem Bauch zu beruhigen.

Kurz darauf saß ich mit Charlotte und Fiona erneut im kleinen Garten hinter dem Haus und richtete meine Aufmerksamkeit der Sonne entgegen. Die beiden taten es mir gleich und gaben mir ein Signal, sobald sie mit unserer feurigen Verbündeten in Verbindung getreten waren.

Ich atmete einmal tief durch und bat dann, wie schon bei Gregor, die Sonne darum, eine Nachricht für mich zu übermitteln. Die Herausforderung war dieses Mal, dass ich versuchte, meine geistige Botschaft an zwei Personen gleichzeitig zu schicken.

Somit waren nicht nur Fiona und Charlotte gespannt auf den Ausgang unseres Experimentes. Gemeinsam warteten wir auf eine Veränderung, wobei ich mich immer wieder daran erinnerte, ruhig weiter zu atmen.

Bereits nach wenigen Sekunden öffneten Charlotte und Fiona gleichzeitig ihre Augen und starrten mich mit halboffenen Mündern an.

„Was ist?", rief ich sofort. „Hat es geklappt?"

„Und wie!", antworteten die beiden im Chor.

Charlotte strahlte mich an, während Fiona eher überrascht wirkte. *Ich hatte ja auch meine Zweifel, ob es gelingen würde, mit beiden zugleich in Kontakt treten zu können. Doch wie es aussieht, scheinen wir alle dieser neuen Herausforderung gewachsen zu sein.*

„Das war großartig", freute sich Charlotte, sobald sie ihre erste Verblüffung überwunden hatte. „Am besten machen wir das gleich noch mal. Und morgen können Fiona und ich uns ab 14 Uhr ebenfalls hier in den Garten setzen. Dann sind wir jederzeit bereit, falls du uns brauchst."

Sie zwinkerte mir aufmunternd zu. Ich lächelte dankbar, wobei ich ein aufgeregtes Kribbeln im Magen nicht unterdrücken konnte. *Morgen! In 24 Stunden sitze ich bei der Bundeskanzlerin. Oh weh ... Hoffentlich geht alles gut!*

Kapitel 9

Für einen kurzen Moment wurde es still. Die Männer, welche Garrett immer noch zwischen sich festhielten, waren für einen Augenblick in ihrer Bewegung erstarrt und sahen ihn ungläubig an.

Das Gesicht, nach dem sich seine Augen sehnten, wurde jedoch von den Körpern seiner Eskorte verdeckt. *Hat er mich gehört? Konnte er mich verstehen?* Da seine Worte bei der mit Fackeln bewaffneten Menge Eindruck gemacht zu haben schienen, wiederholte Garrett sie ein weiteres Mal, jedoch auf Deutsch und mit neuer Entschlossenheit:

„Mein Gott, mein Gott, warum hast du mich verlassen?"

Das Zitat verfehlte seine Wirkung nicht. Einige der Männer ließen mit beschämtem Blick ihre Fackeln sinken und schienen sich nicht mehr so sicher zu sein, ob das, was sie zu tun gedacht hatten, wirklich rechtens war.

Bevor allerdings neue Hoffnung in Garrett aufkeimen konnte, ertönte eine höhnische Stimme aus der Menge.

„Er ist nicht *dein* Gott, Dämon!"

Der ältere Herr, welcher Garrett bereits zuvor verspottet hatte, trat nun vor ihn und sah abschätzig auf ihn herab.

„Der Heilige Vater gibt sich nicht mit Kreaturen wie dir ab. Du bist eine Ausgeburt der Hölle! Und deshalb werden wir dich genau dorthin zurückschicken."

Als hätten die Worte ihres Anführers sie erneut in ihrem Vorhaben bestärkt, schienen die Männer neuen Mut zu fassen und reckten ihre Fackeln in die Höhe. Der flackernde Feuerschein tauchte den Scheiterhaufen in sein rötliches Licht und ließ bedrohliche Schatten um ihn herumtanzen, während die Männer um Garrett herum ihren Griff erneut verfestigten und ihn zu dem gestapelten Holz hinüberzerrten.

Für einen kurzen Augenblick erhaschte Garrett dabei einen Blick auf seinen Vater, konnte aber im Halbdunkel nicht erkennen, ob seine Worte bei ihm etwas bewirkt hatten. *Er wird mir nicht zur Hilfe eilen ... Ich bin tatsächlich verlassen ...*

Garrett ließ seinen Kopf hängen und gab es auf, gegen die Männer um ihn herum anzukämpfen. Jeglicher Rest an Hoffnung wich aus seinem Herzen und ließ seine Glieder schlaff werden. *Es tut mir leid, Johanna. Ich werde wohl nie zu dir zurückkehren können ... Ich hoffe, du kannst mir verzeihen ... Und ... Mutter ...*

„Das genügt!"

Garretts Kopf schoss nach oben. Er erkannte sofort die Stimme seines Meisters, welche wie scharfe Klingen durch die Nacht schnitt.

Die Männer um ihn herum schienen ebenfalls die Bedrohlichkeit der energischen Stimme erfasst zu haben, denn sie blieben verblüfft stehen und ermöglichten Garrett somit einen Blick auf die Geschehnisse um ihn herum.

Direkt vor dem Scheiterhaufen stand sein Meister, groß und gebieterisch, während der ältere Herr, welcher Garrett verhöhnt hatte, verwirrt neben den Männern stehengeblieben war, welche Garrett in ihrer Mitte gefangen hielten.

Garretts Herz machte einen Satz und begann vor Aufregung zu rasen. Neue Hoffnung verlieh seinem Körper wieder Kraft, so dass er sich zu seiner vollen Größe aufrichtete und bereit machte, aus dem eisernen Griff der Männer um ihn herum loszureißen.

Sein Meister warf ihm einen kurzen Blick zu, bevor er seine Aufmerksamkeit auf den älteren Herren richtete, welcher sich nun gefasst zu haben schien und seine Fackel in die Höhe hielt, um das Gesicht des Fremden zu beleuchten.

„Wer sind Sie und was wollen Sie hier?"

„Das Gleiche könnte ich Sie fragen", erwiderte Garretts Meister kühl. „Vor allem wüsste ich gerne, wieso Sie meinen Schüler auf den Scheiterhaufen werfen wollen. Ist das nicht ein wenig altmodisch?"

„Ihren ... Ihren Schüler?"

Der grauhaarige Mann runzelte die Stirn und ließ für einen kurzen Augenblick seine Fackel ein wenig sinken.

„Sie meinen, Sie sind sein Lehrer?"

„Allerdings. Und ich würde ihn gerne behalten – in einem Stück, wenn es möglich wäre. Von daher wäre es sehr freundlich, wenn Sie ihn nun gehenlassen würden."

„Aber ... aber ... er ist ein Dämon!"

„Unsinn. Er ist ein Elementarer – genauso wie ich."

Die unterschwellige Drohung in der Stimme seines Meisters ließ die Männer um Garrett zusammenzucken. Einige von ihnen vergaßen, ihren festen Griff aufrechtzuerhalten und Garrett begann langsam, sich Stück für Stück von ihren Händen zu befreien, ohne dass sie etwas bemerkten.

„Sie ... Sie sind einer von denen?"

Der ältere Herr wirkte erschrocken, fing sich aber schnell wieder und musterte Garretts Meister mit grimmiger Miene.

„In diesem Fall sind Sie kein Stück besser als er! Was sind Sie? Ein Dämon? Oder der leibhaftige Teufel?"

„Nichts dergleichen. Ich bin ein normaler Mensch mit besonderen Fähigkeiten, nichts weiter. Und ich hätte nun wirklich gerne meinen Schüler zurück. Ein weiteres Mal werde ich nicht darum bitten."

„Ha! Sie haben hier gar nichts zu sagen! Dieser Dämon hier hat sich in unser Dorf geschlichen, um …"

„… seine Eltern zu besuchen. Völlig legitim, oder nicht?"

„Was? Nein … Er ist … Er wollte Sünde und Verderben in unsere Häuser bringen …"

„Sagt wer?"

„Ich!"

„Aha. Und seit wann sind Sie der Allmächtige in Person? Ist es nicht Gottes Recht – und seines allein – zu entscheiden, wer ein Sünder ist? Obliegt es nicht Gott selbst, die Sünder zu richten?"

„Öhm … Ja, schon … Aber …"

„Also ist das alles eindeutig ein Missverständnis. Der liebe Garrett hier wollte bloß seinen Eltern einen kurzen Besuch abstatten. Immerhin hat er sie jahrelang nicht gesehen. Ein vollkommen verständliches Bedürfnis, oder nicht? Schließlich heißt es in der Bibel ‚Du sollst deinen Vater und deine Mutter ehren', also ist es doch wohl nur natürlich, dass Garrett seine Eltern besuchen wollte."

Schweigen erfüllte die Nacht. Viele der Männer ließen langsam ihre Fackeln sinken, als schienen sie unsicher zu sein. ob an den Worten des Fremden nicht etwas Wahres dran sei.

Garrett nutzte die Gelegenheit, um sich endgültig von den Händen der Männer um sich herum loszureißen. Sie ließen es geschehen und warfen sich fragende Blicke zu, als seien sie sich ihrer Sache keineswegs mehr sicher.

„Schön, dass wir das geklärt hätten", durchbrach die Stimme von Garretts Meister die erwartungsvolle Stille. „Komm, Garrett. Wir gehen."

Garrett folgte nur allzu bereitwillig dieser Aufforderung. Unter den unsicheren Blicken der Menge eilte er an den Männern und ihren Fackeln vorbei, ohne dass es jemand wagte, ihn aufzuhalten.

Sobald er bei seinem Meister angekommen war, legte dieser ihm väterlich eine Hand auf die Schulter und musterte die Versammelten mit ernster Miene.

„Ich hoffe sehr, dass die Vernunft in dieses Dorf Einzug hält und sich jeder hier die Worte ‚liebe deinen Nächsten' etwas mehr zu Herzen nimmt."

Mit einem letzten Blick auf den erstarrten, grauhaarigen Mann wandte Garretts Meister sich um und ging in die Dunkelheit hinein.

Garrett folgte ihm, wobei er über seine Schulter hinweg das Gesicht seines Vaters beobachtete. Dieser stand mit weit aufgerissenen Augen mitten in der Menge und hatte eine Hand leicht erhoben, als wolle er Garrett zurückhalten. *Dafür ist es nun zu spät. Ich gehöre hier nicht mehr her. Meine Heimat ist dort, wo ich willkommen bin – bei meinem Meister und Johanna!*

Kapitel 10

Am Abend war meine Nervosität nicht mehr zu bändigen. An frühes ins Bett gehen war somit nicht zu denken, weshalb es mich keineswegs störte, als um 21 Uhr mein Handy klingelte.

„Hello Johanna. Am I interrupting?"[3]

Ich erkannte sofort die sanfte Stimme von Ilsa Evergreen und ließ mich überrascht auf meinen Schreibtischstuhl sinken.

„Good evening, Miss Evergreen … um, Ilsa, I mean. It's nice to hear from you. And you're definitely not interrupting. I'm far too nervous to go to bed yet."[4]

Ilsa lachte leise und meinte, sie könne meine Aufregung gut verstehen. Somit kam sie auch gleich zum eigentlichen Anlass für ihren Anruf: das Treffen mit der Kanzlerin.

Offenbar hatte Gregor sie darüber informiert, dass ich mich am nächsten Tag mit der Regierungsebene von Deutschland zusammensetzen würde und wollte mir deshalb ein wenig Beistand leisten.

Gespannt lauschte ich ihrer ruhigen Stimme, während sie mir berichtete, dass ihre Forschung bezüglich des Ursprungs der Kräfte von Elementaren bisher keinen Unterschied zwischen uns und normalen Menschen ergeben hatte. Laut ihren Ergebnissen unterschied sich unsere DNA nicht von der der Menschen, was mich zwar einerseits überraschte, mir aber andererseits ein Argument

---

[3] Hallo Johanna. Störe ich?

[4] Guten Abend, Miss Evergreen … öhm, Ilsa, meine ich. Es ist schön, von dir zu hören. Und du störst definitiv nicht. Ich bin viel zu nervös um schon ins Bett zu gehen.

in die Hand gab, weshalb wir Elementaren die gleichen Menschenrechte haben sollten, wie jeder ‚Normale'.

Als Ilsa fertig war, hatte sich die Nervosität in meinem Bauch ein wenig gelegt – *Ihre Stimme ist ähnlich beruhigend wie Charlottes Tee* – und meine Augenlider wurden langsam schwer.

Ich bedankte mich bei ihr für ihre Unterstützung, wobei sie mir für den morgigen Tag noch viel Erfolg wünschte, bevor wir uns verabschiedeten.

Sobald ich im Bett lag, überkam mich endlich die lang ersehnte Müdigkeit und ich glitt langsam in einen sanften Schlaf hinein.

Das laute Klingeln des Weckers ließ mich hochschrecken. In meinem Zimmer war es noch dunkel und ich brauchte einen Moment, um in der Realität anzukommen. *Es ist irgendwie merkwürdig, ohne den Sonnenaufgang aufzustehen …*

Gähnend erhob ich mich aus dem Bett und reckte meine Glieder gen Himmel. Nach einer kurzen kalten Dusche waren meine Lebensgeister weitgehendst geweckt und ich gesellte mich nach unten an den Frühstückstisch, wo meine Eltern bereits beisammensaßen.

„Guten Morgen, mein Engel", begrüßte meine Mutter mich liebevoll und drückte mich kurz an sich. „Bereit für deinen großen Tag?"

Ich zuckte die Schultern und nickte.

„Hoffen wir's mal. Falls nicht, ist es sowieso zu spät, um sich noch große Sorgen zu machen. Irgendwie werde ich schon mit der Kanzlerin zurechtkommen. Sie ist ja auch nur ein Mensch."

„Da hast du recht", stimmte mein Vater mir aufmunternd zu und schob mir einen grünen Smoothie entgegen. „Hier noch ein bisschen natürliche Power für Kopf und Körper. Dann kann's losgehen."

Wir prosteten uns mit unseren Smoothies zu und verbrachten den Rest des Frühstücks damit, über Alltägliches zu reden, so dass meine Nervosität sich vorerst im Hintergrund hielt.

Erst als wir unsere Sachen ins Auto geladen und unser Lunchpaket eingepackt hatten, breitete sich das leichte Kribbeln wieder in meiner Magengegend aus. Ich versuchte es zu ignorieren, während ich mich von meiner Mutter verabschiedete und stieg dann mit klopfendem Herzen ins Auto. *Ruhig weiteratmen. Noch sind wir ja nicht in Berlin. Wir haben mehrere Stunden Autofahrt vor uns. Ruhig weiteratmen.*

Um das leicht angespannte Schweigen zu überbrücken, legte ich eine CD ein und im nächsten Moment erklangen beruhigende Orchester-Klänge aus den Autolautsprechern. *Ich könnte auch mal wieder Klavier spielen. Oder vielleicht Violine? Ein bisschen Abwechslung zum Leben als Elementare könnte sicherlich nicht schaden …*

Ich ließ meine Gedanken in die Ferne wandern, während wir auf die Autobahn fuhren und Bäume und Schallschutzwände an uns vorbeizogen. Wie immer, wenn man etwas lieber herausschieben würde, verging die Zeit viel zu schnell und nach etwas mehr als fünf Stunden tauchten bereits die Häuser der äußeren Bezirke von Berlin vor uns auf.

Mein Herz begann sofort, schneller zu schlagen, wobei sich die Nervosität in eine positive Aufregung verwandelte. *Ich werde einfach mein Bestes geben. Immerhin haben sie uns im Abi nicht beigebracht, wie wir mit Regierungspersonen zu sprechen haben. Also kann keiner von mir erwarten, dass ich perfekt bin. Niemand ist perfekt. Nicht einmal die Bundeskanzlerin. Von daher wird sie mich schon nicht auffressen ...*

Mit einem zarten Lächeln auf den Lippen betrachtete ich die gräulichen Häuser und bunten Graffitis, an denen wir vorüberfuhren.

Die Autolautsprecher unterlegten alles mit einer ruhigen Klaviermelodie, während die Sonne ab und zu zwischen den Wolken hervorblitzte und die Hauptstadt in ihr goldenes Licht tauchte. *Mit Wolken habe ich gar nicht gerechnet. Aber sie sollten eigentlich kein Problem für den geistigen Kontakt zur Sonne darstellen ...*

Probeweise ließ ich meinen Kopf leer und meinen Geist weit werden, bis ich die mächtige, feurige Präsenz meiner weitentfernten Verbündeten spüren konnte. *So weit, so gut. Ich hoffe nur, dass Charlotte und Fiona nachher auch mit ihrer Sonnen-Meditation zurechtkommen.*

Ich hatte jedoch keine Zeit, mir irgendwelche Sorgen zu machen. Bald schon hielten wir vor der Polizeiwache an und ich wappnete mich für meine offizielle Stellungnahme. *Das Wichtigste ist, der Polizei klarzumachen, dass wir Elementaren mit unserer Offenbarung ausschließlich friedliche Absichten verfolgten. Wenn ich das geschafft habe, kann ich erstmal durchatmen.*

„Das lief doch schon mal ganz gut", stellte ich zufrieden fest, als mein Vater und ich die Polizeiwache zwei Stunden später wieder verließen.

„Du warst sehr souverän", lobte mich mein Vater. „Und ziemlich erwachsen."

„Tja, ich wachse eben an meinen Herausforderungen – und davon gab es in der letzten Zeit definitiv genug! Aber das wird sich so schnell wohl nicht ändern. Immerhin kommt bald noch der Führerschein dazu ..."

„Damit brauchst du dich ja nicht zu beeilen", wiegelte mein Vater schnell ab. „Ich habe nichts dagegen, dich ein wenig zu chauffieren. Immerhin gibt es mir das Gefühl, ein klein bisschen auf dich aufpassen zu können."

„Ach, Papa ... Ich kann mittlerweile ziemlich gut auf mich selbst aufpassen. Und ich möchte dir und Mama nicht zur Last fallen, indem ich euch als Fahrer ‚benutze' ..."

„Du bist uns doch keine Last! Du bist unsere Tochter und wir haben dich unheimlich lieb. Außerdem war es unsere Entscheidung, dich in die Welt zu setzen, also liegt es genauso in unserer Verantwortung, dafür zu sorgen, dass du bis zu deinem 18. Geburtstag einigermaßen mobil bist. Natürlich könntest du auch mit der Bahn oder mit dem Bus fahren, aber bei so einem Anlass wie jetzt muss ich ja sowieso als deine Aufsichtsperson dabei sein."

„Und es stört dich nicht, dass du dafür extra freinehmen musstest?"

„Unsinn! Du bist Zuhause schon unabhängig genug und fährst überall mit dem Fahrrad hin. Da werde ich dich dieses eine Mal schon fahren können. Es macht mir immerhin Spaß, Zeit mit dir zu verbringen. Früher haben wir viel öfter etwas zusammen unternommen ..."

„Das stimmt wohl. Aber vielleicht gehört das zum Erwachsenwerden dazu: Eigenständigkeit ... von den Eltern abnabeln und so ..."

„Du klingst wie ein Erziehungsratgeber", erwiderte mein Vater lachend und schloss mich in eine feste Umarmung. „Erwachsenwerden hin oder her – ich bin gerne für dich da."

„Danke, Papa. Ich weiß das sehr zu schätzen. Auch dass Mama und du mir so viel Freiheit lasst, um als Sprecherin für die Elementaren unterwegs zu sein. Ich weiß, dass das nicht selbstverständlich ist ... Von daher ... danke!"

„Gern geschehen."

Wir gaben uns ein High Five und ich musste grinsen, als unsere Mägen kurz darauf gleichzeitig anfingen zu knurren.

„Klingt so, als könnten wir zwei eine kurze Mittagspause gebrauchen, bevor wir der Kanzlerin einen Besuch abstatten. Was hältst du von einem Zwischenstopp im Großen Tiergarten? Wir könnten uns unterwegs etwas zu Essen holen…"

Ich nickte begeistert und folgte meinem Vater zum Auto, welches er in der Nähe geparkt hatte. Der Große Tiergarten war zum Glück nicht allzu weit entfernt und wir fanden einen Parkplatz nahe der Einkaufszone. Dort holten wir uns im nahegelegenen ‚Ram Restaurant' etwas zu Essen und machten uns damit auf den Weg durch die weitläufige Parkanlage.

Dabei hielten wir immer wieder kurz an, um die diversen Sehenswürdigkeiten und Denkmäler zu betrachten. Wir passierten das Denkmal für die ermordeten Juden Europas, das Goethe-Denkmal und das Denkmal für die im Nationalsozialismus verfolgten Homosexuellen. Als wir danach am Lessing-Denkmal stehenblieben, fragte ich mich, ob es eines Tages wohl ebenfalls ein Denkmal für die Elementaren geben würde. *Vielleicht sogar eines zum Tag unserer Offenbarung. Dann könnten sie das Denkmal direkt beim ‚Brunnen der Völkerfreundschaft' errichten. Oder es gesellt sich zu den vielen anderen Denkmälern hier im Tiergarten.*

Letztendlich ließen wir uns bei der Skulpturengruppe ‚Gobal Stone Project' auf dem trockenen Rasen nieder, um unser Essen zu genießen.

Mittlerweile hatte die Sonne die Wolken vom Himmel vertrieben und schien uns wärmend ins Gesicht, als wolle sie mir für das bevorstehende Treffen mit der Bundeskanzlerin Mut zusprechen. Ich schloss meine Augen und hielt sie den wärmenden Sonnenstrahlen entgegen, während ich die letzten Bissen meines leckeren Gemüses in Currysauce genoss.

Auf dem Rückweg durch den Großen Tiergarten machten wir noch einen kurzen Abstecher zum Brandenburger Tor, bevor wir uns erneut ins Auto setzten und die paar Minuten bis zum Bundeskanzleramt weiterfuhren, wo wir pünktlich um kurz vor 14 Uhr eintrafen und in Empfang genommen wurden.

Zu meiner großen Erleichterung waren bei der Begrüßung keine Reporter mit blitzenden Kameras dabei, so dass ich es schaffte, meine Aufregung einigermaßen im Zaum zu halten.

Dennoch schlug mein Herz einen Schlag schneller, als ich der Bundeskanzlerin die Hand schüttelte und ich musste mehrmals tief durchatmen, um meinen Geist weit genug werden zu lassen, um mit der Sonne in Kontakt zu treten und eine geistige Nachricht an Charlotte und Fiona zu senden.

,Jetzt wird's ernst. Es geht los! Wünscht mir Glück.'

Die motivierenden Antworten der beiden ließen nicht lange auf sich warten.

,Wir drücken dir die Daumen.'

,Viel Erfolg. Du schaffst das!'

Gestärkt durch die mitschwingende Zuversicht, folgte ich der Kanzlerin und ihren Kollegen in den Besprechungsraum, während mein Vater dicht hinter mir blieb und mir das Gefühl vermittelte, nicht allein zu sein. *Nur noch ein paar Stunden und dann habe ich das Schlimmste hinter mir. Das Gespräch mit der Polizei ist ja ganz gut verlaufen. Also kann jetzt eigentlich nicht mehr viel schiefgehen …*

Kapitel 11

„Deshalb sollten für uns Elementare die gleichen Menschenrechte gelten wie für jeden anderen auch."

Ich atmete einmal tief durch und schaute gespannt in die Runde. Zu meiner Verwunderung hatten die Bundeskanzlerin und ihre Berater mich ohne Zwischenfragen ausreden lassen, so dass ich mich nun ein wenig entspannter in meinem Stuhl zurücklehnen und auf ihre Reaktion warten konnte.

„Interessante Erkenntnisse, die Sie uns da mitteilen, Fräulein Faystone", erwiderte die Kanzlerin mit einem freundlichen Lächeln. „Ist diese Miss Evergreen eine gute Freundin von Ihnen?"

„Nicht direkt, Wir kennen uns zwar seit einer Weile, haben uns aber nur einmal persönlich getroffen. Trotzdem habe ich das größte Vertrauen in ihre Forschung und Ergebnisse."

„Sind Letztere unter Verschluss oder wäre es möglich, solche Forschungserkenntnisse mit der Berliner Charité zu teilen? Es wäre für die Anerkennung der Daten hilfreich, wenn sie von unseren Wissenschaftlern und Medizinern verifiziert werden könnten."

„Ich bin mir sicher, dass Miss Evergreen ihre Ergebnisse gerne mit Anderen teilt", erwiderte ich vorsichtig. „Immerhin soll es kein Geheimnis sein, dass zwischen uns Elementaren und den normalen Menschen kein genetischer Unterschied besteht."

„Zumindest keiner", ergänzte die Kanzlerin, „der mit aktuellen Forschungsmethoden nachweisbar wäre."

„Korrekt."

Wir musterten einander für ein paar schweigsame Sekunden. Ich versuchte, aus ihrem geübten Politiker-Poker-Face herauszulesen, ob sie uns Elementaren tendenziell wohlgesonnen war, doch die leicht herabhängenden Mundwinkel gaben genauso wenig Auskunft über ihre Gedanken wie ihr gelegentliches freundliches Lächeln.

Ich ließ meinen Geist weit werden und sandte eine Nachricht an meine beiden Freundinnen.

‚Charlotte? Fiona? Seid ihr noch da?‘

‚Natürlich!‘, kam es sofort von Charlotte zurück.

‚Ich bin mir nicht sicher, ob die Kanzlerin auf unserer Seite ist. Sollte ich da genauer nachhaken?‘

‚Nur, wenn es die Situation zulässt‘, antwortete Fiona bestimmt. *‚Wir sollten nicht zu fordernd rüberkommen. Immerhin haben wir die Politik ganz schön überrumpelt, als wir an die Öffentlichkeit gegangen sind. Da sollten wir ihnen genügend Zeit geben, mit der Situation klarzukommen.‘*

‚Da hast du wohl recht. Danke!‘

Ich richtete meine Aufmerksamkeit erneut auf die Bundeskanzlerin, welche sich mittlerweile zu ihren Beratern gebeugt hatte und leise mit ihnen sprach.

Verstohlen warf ich meinem Vater einen kurzen Seitenblick zu. Er reckte seinen Daumen in die Höhe und grinste mir aufmunternd zu.

„Nun gut", beendete die Bundeskanzlerin dann schließlich unser Schweigen. „Sie haben uns alle Auskünfte gegeben, die wir von Ihnen erfragt haben, Fräulein Faystone. Ich danke Ihnen für Ihr Entgegenkommen. Dem aktuellen Stand der Kenntnisse nach zu urteilen, sollte es möglich sein, für die Elementaren ganz normale Menschenrechte durchzusetzen. Allerdings wird das Ausreiseverbot wohl weiterhin bestehen bleiben, bis sich alle Länder und

Nationen in diesem Punkt einig sind. Das verstehen Sie sicherlich ...?"

„Natürlich", erwiderte ich mit unterdrückter Resignation. „Meinen Sie denn, dass es lange dauern könnte, bis eine einheitliche Regelung getroffen sein wird?"

„Das lässt sich derzeit nicht mit Bestimmtheit sagen. Es gibt ein paar Länder, welche die Lage etwas kritischer einschätzen, als wir es tun."

Ich glaubte, einen Hauch von Ungeduld in der Stimme der Kanzlerin auszumachen. *Vielleicht möchte sie die Angelegenheit genauso schnell hinter sich bringen wie ich. Und ich kann mir schon denken, von welchen Ländern sie spricht ... Zumindest haben Fiona und Charlotte erzählt, dass Russland und China von unserer Offenbarung wenig begeistert waren ... genauso wie die Türkei, der Iran und Nordkorea ... Es wird sich auf der Welt wohl einiges ändern müssen, bis wir allgemeine Akzeptanz und Anerkennung erlangen können. Doch Veränderung gehört zum Leben nun mal dazu – und bei einigen Ländern könnte es nicht schaden, die politische Gesinnung der Staatsoberhäupter gleich mit zu ändern ...*

„Wie Sie sehen, ist es nicht ganz einfach", riss mich die Stimme der Bundeskanzlerin aus meinen Gedanken heraus. „Doch wir geben unser Bestes, um Gerechtigkeit für Sie und die Elementaren zu erlangen."

„Vielen Dank", entgegnete ich mit einem aufrichtigen Lächeln. *Immerhin gibt es in Deutschland die Pressefreiheit, welche die Sache zusätzlich vorantreiben sollte. Das ist nicht in jedem Land eine Selbstverständlichkeit ...*

Nachdem die Berater der Kanzlerin noch kurz ihren Senf zur Lage der Nation geäußert hatten, einigten wir uns auf ein gemeinsames Statement, welches wir in der angeschlossenen Pressekonferenz vortragen wollten.

Meine Nervosität, welche während des Gesprächs mit der Kanzlerin ein wenig in den Hintergrund gerückt war, meldete sich sofort zurück, als wir den Reportern gegenübertraten. Die blitzenden Kameras trugen ihren Anteil dazu bei und ich musste mich stark zusammenreißen, um nicht die Augen zu schließen. *Bald habe ich es geschafft!*

In respektvollem Abstand lauschte ich den wohlgewählten Worten der Bundeskanzlerin, während sie sich an das deutsche Volk wandte und von einer „transparenten Zusammenarbeit" zwischen Elementaren und den Normalen sprach.

Anschließend gab es noch ein halbminütiges Blitzgewitter, während dem die Kanzlerin und ich uns mit bemühtem Lächeln die Hände schüttelten. *Nun heißt es abwarten und gucken, wie die Welt mit unserer Existenz umgehen wird …*

„Du hast es geschafft!"

Ein wenig müde und erschöpft von der Rückfahrt blickte ich in die leuchtenden Gesichter von Charlotte, Fiona und meiner Mutter.

„Egal was die Politiker daraus machen: du hast dein Bestes gegeben!"

Charlotte umarmte mich stürmisch, was dazu führte, dass ich mich bald in einem großen Knäuel aus Händen, Armen und Schultern wiederfand. Nach einer Runde Gruppenkuscheln überreichte Fiona mir ein Sektglas und wir stießen gemeinsam auf die erfolgreiche Berlinfahrt an.

Dabei vergaß ich nicht, mich mehrmals bei meinem Vater für seine Unterstützung zu bedanken und beglückwünschte Charlotte und Fiona zu ihrer gelungenen Sonnen-Kommunikation.

„Es war total abgefahren, sich über die Sonne mit dir zu unterhalten", schwärmte Charlotte begeistert. „Diese Feuer-Meditation ist der Hammer! Wenn sich das unter den Pyros erstmal rumspricht, können wir bald auf der ganzen Welt miteinander kommunizieren – was auch nötig sein wird, wenn dieses alberne Ausreiseverbot noch länger andauert."

„Immerhin müssen wir uns bisher nicht als Elementare registrieren lassen oder so", entgegnete Fiona mit Nachdruck. „Es könnte schlimmer sein, als es jetzt ist."

„Stimmt", pflichtete ich ihr bei. „Wie steht's eigentlich um die Gruppe aus Elementaren in Russland, die nach ihrer etwas ausschweifenden Offenbarungsaktion verhaftet wurden?"

„Soweit ich weiß, gibt es noch keine genauen Infos", antwortete Fiona. „Das offizielle Statement lautet, dass Ermittlungen wegen Ruhestörung und Vandalismus laufen. Aber was da hinter den Kulissen abgeht, wird bisher unter Verschluss gehalten."

„In China und Nordkorea das gleiche Spiel", fügte Charlotte betreten hinzu. „Außerdem soll der Staats-präsident von China geäußert haben, dass Elementare keine Führungspositionen in der Politik und Wirtschaft bekleiden dürfen, solange nicht geklärt sei, ob hinter unserer Offenbarung eine politische Verschwörung stecken könnte."

Ich seufzte und musterte meine beiden Freundinnen mit müden Augen. *Irgendwie hatte ich mir das alles etwas einfacher vorgestellt ... Aber das war vermutlich naiv ... Nichts im Leben ist einfach, schon gar nicht, wenn es etwas mit Politik zu tun hat.*

„Genug Trübsal geblasen", riss Charlotte mich mit einem heiteren Grinsen aus den Gedanken. „Heute Abend wird gefeiert! Wir haben unseren Teil dazu beigetragen, dass die Elementaren öffentlich anerkannt werden. Darauf sollten wir anstoßen!"

Sie hob herausfordernd ihr Sektglas in die Höhe und ich konnte nicht anders, als mich von ihrer guten Laune anstecken zu lassen. Wir prosteten uns zu und setzten uns für einen nächtlichen Snack zusammen, während ich von meinen Erlebnissen in Berlin berichtete.

Als unsere ausgelassene Runde sich dann auflöste, war es bereits so spät, dass ich Charlotte und Fiona überredete, in unserem Gästezimmer zu übernachten, bevor ich mich erschöpft in mein eigenes Bett fallen ließ und sofort in einen erholsamen Schlaf versank.

Kapitel 12

Am nächsten Morgen wurde ich, wie gewohnt, vom Sonnenaufgang geweckt und genoss es, die ersten Sonnenstrahlen mit einer Runde Tai Chi im Garten zu begrüßen.

Zu meinem Erstaunen gesellte sich Fiona nach einer Weile zu mir und stieg in meine Morgenroutine mit ein. Es war zuerst etwas ungewohnt, die Übungen nach längerer Zeit mal wieder zu zweit durchzuführen, doch es tat gleichzeitig gut, die Anwesenheit einer bekannten Person zu spüren.

„Machst du das jeden Morgen?", fragte Fiona beeindruckt, als wir fertig waren und unsere Gesichter noch kurz der warmen Sonnen entgegenstreckten.

„Jap. Hilft beim Wachwerden und Klären des Geistes. Außerdem gibt es mir irgendwie Stabilität für den Tag, wenn ich mit einer energetischen Übung durchstarte."

„Kann ich verstehen." Fiona grinste zufrieden. „Ich glaube, das würde mir auch guttun. Durch die Masterarbeit bin ich momentan oft viel zu verkopft. Da ist es schön, einfach mal wieder die Sonne auf der Haut zu spüren und dem Zwitschern der Vögel zu lauschen."

Ich nickte verständnisvoll und sog die frische Morgenbrise ein, die sanft um unsere nackten Arme strich. *Ob Rose wohl Wind-Meditationen gemacht hat? Es ist bestimmt schön, sich als Aero in den Wind zu stellen und von seinem Element umspielen zu lassen …*

Meine Gedanken wanderten von Rose zu Garrett, wobei ich mich wieder einmal fragte, wo er wohl stecken mochte. *Ich hoffe bloß, dass die Suche nach seinem Meister ihm keine Schwierigkeiten bereitet – oder sein Meister selbst. Immerhin hat er mir gegenüber behauptet, dass er seinen Schüler gerne wieder hätte. Also würde er sich doch nicht vor Garrett versteckt halten … oder ihm gar etwas antun … oder?*

„Alles in Ordnung bei dir?", riss Fionas besorgte Stimme mich aus meinen Grübeleien heraus.

Hastig öffnete ich die Augen und blickte in ihr fragendes Gesicht, welches von der Sonne in ein warmes Orange getaucht wurde.

„Ja, alles okay. Ich habe nur kurz an Garrett gedacht."

„Oh! Ich verstehe. Er hat sich immer noch nicht bei dir gemeldet?"

Ich schüttelte traurig den Kopf, versuchte jedoch, meine Enttäuschung nicht allzu sehr zu zeigen.

„Er hat ja auch kein Handy. Von daher wäre es sowieso schwierig, mit ihm in Kontakt zu treten …"

„Das ist kein Grund, sich gar nicht bei dir zu melden", erwiderte Fiona bestimmt. „Immerhin kennt er deine Telefonnummer! Und es gibt auch jetzt im digitalen Zeitalter noch vereinzelte, öffentliche Telefone. Oder er könnte dir einen Brief schreiben – oder vorbeikommen."

„Da hast du recht. Aber vielleicht hat er Probleme, seinen Meister zu finden und … befindet sich in einem Gebiet, wo es keine Telefonzellen gibt …"

Fiona sah mich mit hochgezogenen Augenbrauen an. Ihr skeptischer Blick sprach mehr als tausend Worte und tadelte mich dafür, dass ich Ausreden für Garrett erfand.

„Ja, okay, er hätte sich melden können. Irgendwie." Ich seufzte und ließ die Schultern hängen. „Wenigstens mal kurz, um mir ein Lebenszeichen zu senden. Ehrlich gesagt, mache ich mir schon ein wenig Sorgen um ihn …"

„Sollen wir ihn suchen gehen?"

Überrascht wandte ich mich um und schaute in Charlottes warme braune Augen. Anscheinend hatte sie meine letzten Worte gehört, während sie sich barfuß zu Fiona und mir auf den Rasen gesellte.

„Ich ... Also ich weiß nicht ... Das ist vermutlich gar nicht nötig. Bestimmt geht es ihm gut ...“

„Aber du machst dir Sorgen“, stellte Charlotte entschieden fest und warf Fiona einen vielsagenden Blick zu. „Es wäre doch eine tolle Übung für uns, wenn wir unsere frisch erlernte Sonnen-Meditation dafür einsetzen, um mal herumzufragen, ob irgendwer Garrett gesehen hat. Wir könnten ein Bild von ihm aus unserer Erinnerung an andere Pyros weiterleiten ...“

„Moment mal“, fuhr ich aufgeregt dazwischen. „Wir wissen ja gar nicht, ob er in Schwierigkeiten steckt. Wenn wir daraus jetzt eine große Sache machen und er einen Tag später hier auftaucht, wäre das irgendwie ...“

„... beruhigend für dich zu wissen, dass es ihm gutgeht und er bald zu dir zurückkehren wird.“

Charlotte strahlte mich an und ich konnte mir ein Grinsen nicht verkneifen. *So viel gute Laune, gebündelt in einer Person – immer wieder erstaunlich!*

„Tja. das mag sein“, lenkte ich ein. „Aber ich will keinen großen Wind um die Sache machen ...“

„Werden wir auch nicht“, erwiderte Charlotte sofort. „Wir sind schließlich keine Aeros! Wir würden höchstens Feuer um die Sache machen, aber das wird sicherlich nicht nötig sein. Garrett wird sich schon finden lassen.“

„Vielleicht sollten wir ein paar Hydros um Mithilfe bitten“, fügte Fiona hinzu. „Die haben untereinander bestimmt bessere Möglichkeiten, Leute ihresgleichen aufzuspüren, als wir.“

„Gute Idee!“, rief Charlotte aus und zückte ihr Handy. „Ich habe seit der Offenbarung eine Gruppe von Hydros zusammengestellt, die hier in Deutschland wohnen. Vielleicht kann uns einer von denen helfen."

Ich beobachtete beeindruckt, wie Charlotte in hoher Geschwindigkeit auf ihrem Smartphone-Bildschirm herumwischte und -tippte. *Ich wusste nicht mal, dass sie ihre neugewonnenen Kontakte nach Elementaren-Gruppen sortiert hat. Ist in dem Fall gar keine schlechte Idee, um den Überblick zu behalten ...*

„So! Fertig." Charlotte steckte ihr Handy weg und schaute uns herausfordernd an. „Mal sehen, ob einer von ihnen etwas weiß. In der Zwischenzeit könnten wir eine gemeinsame Sonnen-Meditation machen und unter den uns bekannten Pyros eine Such-Anfrage starten."

Sie und Fiona setzten sich sofort auf den sonnigen Rasen, während ich noch ein wenig skeptisch dreinschaute.

„Meinst du nicht, dass wir abwarten sollten, ob einer der Hydros ihn vielleicht gesehen hat? Falls dies der Fall wäre, bräuchten wir gar keine anderen Leute involvieren."

„Ach, Johanna!", rief Charlotte und warf theatralisch die Hände in die Luft. „Es kann doch wohl nicht schaden, mal ein bisschen rumzufragen. Ich sage ja nicht, dass wir gleich eine Vermisstenanzeige aufgeben sollen oder so. Aber es könnte doch sein, dass ihn jemand zufällig gesehen hat. Dann wüsstest du immerhin ungefähr, wo er sich gerade aufhält."

„Wenn du meinst ..."

Ich ließ mich neben den beiden auf das Gras fallen und atmete einmal tief ein und aus, bevor ich meine Augen schloss, um mich auf die Sonne zu konzentrieren. Mein Geist kannte den Ablauf mittlerweile schon so gut, dass er bereitwillig weit wurde, um sich mit unserer feurigen Verbündeten zu verbinden.

Sobald der Kontakt hergestellt war, rief ich mir Garretts Gesicht vor Augen und bat dann die Sonne darum, dieses Bild – zusammen mit einer Anfrage, ob jemand Garrett gesehen hätte – an alle erreichbaren Pyros in Deutschland zu schicken.

Es war ein gewagtes Unterfangen. Immerhin hatte ich noch nie mehr als zwei Pyros gleichzeitig über die Sonne kontaktiert. Doch ich ließ meine Zuversicht gar nicht erst ins Wanken geraten.

Aufkommende Zweifel beiseiteschiebend, hielt ich meine Konzentration aufrecht, bis ich spürte, wie meine Anfrage bei den ersten Pyros ankam. Innerhalb von Sekunden verteilte sich meine Nachricht im ganzen Land. Es war ein unbeschreibliches Gefühl.

Vor meinem inneren Auge konnte ich Deutschland in der Aufsicht erkennen und jedes Mal, wenn meine Anfrage jemanden erreichte, sah es aus, als würde sich ein kleines Feuer entzünden, bis alle Bundesländer mit leuchtenden Lichtpunkten übersät waren.

Der Anblick festigte meine Zuversicht und vermittelte den Eindruck, nicht allein zu sein. *Erstaunlich, dass es so viele Pyros allein hier in Deutschland gibt! Ich habe mich bisher nie gefragt, wie viele es wohl sein könnten ...*

Mit einem zufriedenen Lächeln lauschte ich in die Weite und wartete, ob jemand mit mir in Kontakt treten würde. Eine angenehme Ruhe schien mich auszufüllen, während das Zwitschern der Vögel wie aus der Ferne an mein Bewusstsein drang.

Dann wurde ich jedoch plötzlich von einem lauten Ausruf aus meiner Meditation gerissen. Verwirrt öffnete ich die Augen und starrte Charlotte an, welche sich die Hand an die Stirn geschlagen hatte.

„Wie dumm von uns! Die Anderen wissen doch vielleicht gar nicht, wie sie mit der Sonne in Verbindung treten sollen, um Kontakt zu uns aufzunehmen."

„Oh!" *Da hat sie recht ...*

Fiona hatte ebenfalls ihre Augen geöffnet und sah nun unsicher von mir zu Charlotte.

„Und jetzt?"

Ich brauchte nicht lange zu überlegen.

„Charlotte? Du hast doch sicherlich guten Kontakt zu Pyros in ganz Deutschland, oder?"

„Öhm ... Ja, klar. Aber nur per Internet ..."

„Das genügt. Wäre es möglich, mit denen eine Videokonferenz zu machen? Dann könnten wir ihnen die Sonnen-Meditation zeigen und ihnen sagen, dass sie diese Art der Kommunikation auch an andere Pyros weitergeben sollen."

„Natürlich!" Charlotte strahlte mich an. „Du bist genial, Johanna! Wieso bin ich da nicht gleich draufgekommen?!"

Sie zückte erneut ihr Smartphone und hatte innerhalb weniger Minuten eine Videokonferenz mit allen Pyros eingerichtet, die sie auf die Schnelle erreichen konnte. Dann richtete sie die Kamera auf Fiona und mich und sah uns erwartungsvoll an. *Oh Mist! Will sie etwa, dass ICH alles vormache??*

„Öhm ... Hallo zusammen", setzte ich an und blickte nervös in die Kamera. „Ich bin Johanna Faystone. Einige von euch kennen mich vielleicht von der Offenbarung her oder aus dem Fernsehen ... Jedenfalls habt ihr eventuell gerade auch eine Such-Anfrage bezüglich eines gewissen ‚Garrett' erhalten. Diese Anfrage kam von mir. Ich habe sie über die Sonne an euch geschickt und möchte euch nun gerne zeigen, wie ihr ebenfalls über die Sonne mit mir oder anderen Pyros in Kontakt treten könnt. Meine Freundin

Fiona hier und ich werden euch vormachen, wie ihr eine Sonnen-Meditation durchführen könnt, um eine geistige Verbindung zur Sonne aufbauen zu können. Also ... seid ihr bereit?"

Ich sah kurz zu Fiona hinüber, welche mir aufmunternd zunickte.

„Gut. Dann mal los."

In wenigen Sätzen erklärte ich die Grundlagen der Sonnen-Meditation und führte diese dann mit Fiona vor, wobei ich immer wieder kurze Zwischenerklärungen anfügte.

Irgendwann gab Charlotte mir ein Zeichen und bedeutete mir, dass alle Pyros meine Anweisungen verstanden hatten. Einige von ihnen versuchten sogar direkt mit mir in Kontakt zu treten und waren begeistert, wenn ihre Nachrichten bei mir ankamen.

Es war ein großartiges Gefühl, mit so vielen Pyros zu kommunizieren. *Wenn wir es schaffen könnten, die Elementaren in der ganzen Welt auf diese Art und Weise zu vernetzen, müsste sich niemand allein gelassen fühlen – egal wie die Normalen uns behandeln. Als Gemeinschaft können wir alles erreichen!*

Kapitel 13

Nach einer einstündigen Sonnen-Meditation, während der ich mit unzähligen Pyros kommunizierte, öffnete ich erschöpft, aber zufrieden, die Augen und sah meine beiden Freundinnen mit einem strahlenden Lächeln an.

„Das war großartig!"

Charlotte und Fiona nickten eifrig.

„Absolut!"

„Auf diese Art und Weise könnten wir mit Pyros in der ganzen Welt kommunizieren, wenn wir erst einmal genug geistige Konzentration aufbringen können."

Mit einem breiten Grinsen auf den Gesichtern erhoben wir uns und machten uns auf den Weg vom mittlerweile sonnendurchfluteten Garten zurück ins Haus. Dort saßen meine Eltern schon am Frühstückstisch und lauschten fasziniert unseren Erzählungen, als wir alle drei gleichzeitig anfingen, von unserer Sonnen-Meditation zu berichten.

„Und habt ihr Garrett gefunden?", fragte mein Vater, als wir den beiden die ganze Geschichte erzählt hatten.

„Das noch nicht", antwortete ich mit unterdrückter Besorgnis. „Aber er wird schon wieder auftauchen. Und jeder, der unsere Such-Anfrage erhalten hat, wird nun nach ihm Ausschau halten. Da wird er sich bald finden lassen."

Als wollte das Universum meine Worte unterstreichen, klingelte in diesem Augenblick das Telefon.

„Ich geh schon", rief ich sofort und sprang von meinem Stuhl auf, während mein Herz wie wild zu rasen begann. *Bitte, bitte, lass es Garrett sein!*

„Hallo? Johanna Faystone hier", meldete ich mich mit aufgeregter Stimme und hielt dann gespannt die Luft an.

„JOHANNA!"

Hastig hielt ich den Hörer auf Armeslänge von meinem Kopf weg und massierte mein dröhnendes Ohr, bevor ich das Telefon vorsichtig wieder näherhielt.

„Wer ist denn da ...?"

„Johanna! Willst du mich verarschen?! Erkennst du nach so kurzer Zeit schon die Stimme deiner besten Freundin nicht mehr? Oder ist dir dein Elementaren-Dasein zu Kopf gestiegen??"

Meine Augen wurden groß und ich musste ein lautes Lachen unterdrücken. *Dieser vorwurfsvolle Unterton ... und diese Direktheit ... Das kann doch nur ...*

„Melanie? Bist du das?"

„Aha! Dein Gedächtnis funktioniert also doch noch. Da bin ich aber beruhigt! Denn du scheinst irgendwie vergessen zu haben, mir mitzuteilen, dass du eine Elementare bist! Und dass es sowas überhaupt gibt! Ich meine ... seit wann hast du deine Superkräfte schon? Wieso hast du mir nie etwas davon erzählt? Ich habe dich bei dieser Aktion in Berlin zuerst gar nicht erkannt, bis du gestern dann deinen Auftritt mit der Bundeskanzlerin hattest. Ich meine ... *Hallo?!!* Du warst in Berlin und hast mir nicht Bescheid gesagt??"

Dem aufgebrachten Redefluss folgte eine vorwurfsvolle Pause, in welcher ich mich mit einem kurzen Handzeichen vom Frühstückstisch entschuldigte und nach oben in mein Zimmer verschwand.

„Hilft es, wenn ich sage, dass es mir leidtut?"

„Hm!", brummte Melanie. „Es wäre zumindest ein Anfang. Aber ich erwarte trotzdem eine *ausführliche* Erklärung, meine Liebe!"

Ich lachte leise und ließ mich rücklings auf mein Bett fallen, während ich mich für ihren Ansturm von Fragen wappnete.

„Also gut. Was möchtest du wissen?"

„Alles natürlich! Was denkst du denn?! Ich meine, da hat man schon mal eine Freundin mit Superkräften und dann weiß man es nicht mal!"

„Okay, um das von vornherein klarzustellen: es sind keine Superkräfte. Es ist einfach die Begabung, mit einem der vier Elemente – Feuer, Wasser, Luft, Erde – in Verbindung zu treten. In meinem Fall ist es Feuer…"

„Das habe ich gesehen! Wie du diese Feuerbälle durch die Luft jongliert hast – der Hammer! Ich kann es kaum erwarten, das mal live zu erleben! Womit wir beim nächsten Punkt wären: Wieso hast du mir nicht Bescheid gesagt, als du in Berlin warst?"

„Tja … also … da habe ich, ehrlich gesagt, gar nicht dran gedacht … Es war ja nur ein kurzer Besuch in Berlin. Nach dem Treffen mit der Bundeskanzlerin bin ich sofort wieder nach Hause gefahren, weil mein Vater ja heute arbeiten muss und …"

„Dein Vater hat dich gefahren?"

„Ja. Ich brauchte eine erwachsene Begleitperson."

„Aber ihr hättet doch wenigstens mal auf einen Kaffee vorbeikommen können! Ein kurzes ‚Hey Melanie, ich bin übrigens eine Elementare' wäre schon ganz schön gewesen. Stattdessen sehe ich dich im Fernsehen und frage mich, wieso ich von der ganzen Sache nichts wusste. Wie lange hast du das alles geheim gehalten?"

„Öhm … eine Weile …"

„Während des Abiturs?"

„Ja …"

„Und warum hast du nie etwas gesagt?"

„Weil es nicht in meiner Macht lag, die geheime Existenz der Elementaren an die Öffentlichkeit zu tragen. Zuerst musste ich abklären …"

„Wer spricht denn gleich von Öffentlichkeit? Du hättest es *mir* sagen können. Ich hätte dein Geheimnis für mich behalten! Und Sophia, Laura und Linda bestimmt genauso. Außerdem… Oh! Warte mal! Wusste David Bescheid? Habt ihr deswegen Schluss gemacht?"

„Nein, David wusste nichts davon. Aber es war quasi indirekt einer der Gründe, weshalb wir Schluss gemacht haben. Immerhin stand damals noch nicht fest, ob wir mit unserer Existenz jemals an die Öffentlichkeit gehen würden und ich wollte kein Doppelleben führen – zumindest nicht mehr, als sowieso schon."

„Du hast also niemandem etwas erzählt? Nicht einmal deinen Eltern?"

„Jap, nicht mal denen."

„Wow."

Wir schwiegen eine Weile, während der ich an die Decke starrte und mit den Gedanken in der Vergangenheit versank. *Wie es wohl gewesen wäre, wenn ich Melanie mein Geheimnis anvertraut hätte? Es wäre bestimmt schön gewesen, mit einer Freundin darüber sprechen zu können. Bin ich froh, dass diese Geheimhaltungssache vorbei ist!*

„Ich will ehrlich mit dir sein", unterbrach Melanie nach einer Weile die nachdenkliche Stille. „Ich war ziemlich schockiert, als ich diese Sache über die Nachrichten erfahren habe. Ich dachte immer, wir könnten uns alles erzählen … Stattdessen haben wir uns in der letzten Abi-Phase total auseinandergelebt. Ich habe mich immer gefragt, ob ich etwas falsch gemacht hatte … Ob es an mir lag … Aber anscheinend war ich nicht die Einzige, die du aus deinem Leben verbannt hattest …"

„Mel, es tut mir wirklich soooo leid! Ich hätte mit dir sprechen sollen. Aber … ich … war mit der Situation einfach total überfordert … Und am Anfang konnte ich meine

Kräfte ja nicht einmal kontrollieren. Wie hätte ich dir da zeigen sollen, dass ich nicht durchgeknallt bin?"

„Du hättest mir vertrauen sollen ... als Freundin."

„Ja ... vielleicht ... Aber hättest du mir geglaubt?"

„Keine Ahnung! Aber du ... Verdammt nochmal! Wir waren beste Freundinnen! Du hättest es wenigstens versuchen können! Vor allem, als du deine Kräfte dann besser kontrollieren konntest. Da hättest du es mir ja zeigen können!"

„Das stimmt. Aber dann war Gregor da und ..."

„Who the fuck is Gregor?"[5]

„Mein ... öhm ... Lehrer ... quasi. Er hat mir beigebracht, meine Kräfte zu kontrollieren und zu fördern."

„Aha. Und ...? Ist er dein Freund? Onkel? Geheimer Zwillingsbruder? Lover?"

„Er ist so etwas wie ein Mentor für mich – und viel zu alt, um als Beziehungskandidat in Frage zu kommen!"

Ich kicherte leise und zu meiner großen Erleichterung stieg Melanie sofort mit ein.

„Na, da bin ich aber beruhigt", meinte sie mit deutlich heiterer Stimme. „Eine geheime Liebesbeziehung hätte ich dir nämlich nicht verziehen! Du warst damals immerhin noch mit David zusammen."

„Das stimmt. Und ich bin kein Mensch für heimliche Affären, das steht fest! Allerdings ... seit ich nicht mehr mit David zusammen bin ..."

„Oh - mein - Gott!! Sag bloß, du hast jemanden Neues kennengelernt?! Erzähl!!! Jemanden den ich kenne? Oder einen Elementaren? Der süße Typ von eurem Auftritt beim Brunnen vielleicht? Der mit den dunklen Haaren und wasserblauen Augen, der diese abgefahrenen Kunststücke

---

[5] Wer zum Teufel ist Gregor?

mit dem Wasser des Brunnens veranstaltet hat, kurz bevor die Polizei eure Show beendet hat?"

„Du kennst mich einfach viel zu gut", erwiderte ich schmunzelnd und hielt mir hastig den Hörer vom Ohr weg, um nicht taub zu werden – keine Sekunde zu früh.

„Ohhhhhh! Wie aufregend! Ich wusste es! Wie geil ist das denn?! Feuer und Wasser vereint! Wie nennt ihr euch nochmal? Pyros?"

„Ja, genau. Ich bin eine Pyro und er ein Hydro."

„Ach, ist das *süß!* Wie Romeo und Julia – nur hoffentlich mit Happy End!"

„Tja, das hoffe ich auch ..."

„Oh, oh! Höre ich da Zweifel heraus? Du machst dir doch nicht ernsthaft Sorgen, nur weil er ein Hydro ist, oder? Wahre Liebe geht tiefer als sowas ..."

„Ja, ich weiß. Das ist es auch nicht ... Es ist eher ... Na ja, er ist ... verschwunden."

„Wie jetzt?"

„Er ist vor ein paar Wochen weggegangen, um ... jemanden zu suchen und ... seitdem ist er noch nicht wieder aufgetaucht."

„Kein Anruf? Keine SMS? Keine Sprachnachricht? Kein Lebenszeichen? Gar nichts??"

„Jap."

Ich seufzte traurig und konnte mir nur allzu gut Melanies entsetztes Gesicht am anderen Ende der Leitung vorstellen. *Es täte echt gut, wenn ich sie jetzt sehen könnte.*

„Also ich weiß ja nicht, wie das bei euch Elementaren läuft, aber ich hätte bei dem Typen schon längst Sturm geklingelt."

„Er hat kein Handy."

„Waaaas?? Lebt der noch im Mittelalter oder was?"

„Na ja … eigentlich finde ich das gar nicht schlimm. Es gibt sowieso viel zu viel Technik und Medienbeschallung heutzutage. Da kann ich gut verstehen, wenn sich jemand das nicht antun möchte …"

„Aber das ist keine Entschuldigung dafür, dich einfach so hängen zu lassen! Hast du schon mal bei seinen Eltern angerufen?"

„Nein. Mit denen hat er seit seiner Kindheit keinen Kontakt mehr gehabt."

„Oh … Tragische Geschichte, was? Aber das kannst du mir ein andermal erzählen. Jetzt müssen wir erstmal deinen Typen wiederfinden. Wie heißt er eigentlich?"

„Garrett."

„Und weiter?"

„Öhm … Keine Ahnung?"

„Wie jetzt? Ich dachte, ihr seid zusammen?! Wie kannst du da seinen Nachnamen nicht kennen? Ist der Mann ein Geist oder was?"

„Nein. Aber … das hat mit seinen Eltern zu tun … Er hat quasi keinen Nachnamen … Oder er benutzt ihn nicht. Jedenfalls hat er ihn mir nie genannt."

„Wow! Der Kerl ist ja ein echtes Mysterium! Kein Nachname, kein Handy, keine Eltern … Wenn du mir jetzt noch erzählst, dass er keine feste Postanschrift hat …"

„Öhm … Also …"

„Bingo!", rief Melanie so laut, dass ich den Hörer erneut ein wenig von meinem Ohr entfernen musste. „Dann ist er doch ein Geist – zumindest was soziale Netzwerke und Datenerfassung angeht. Ich wusste gar nicht, dass sowas in Deutschland einfach so möglich ist … Tja, Johanna, da hast du dir wohl einen Unsichtbaren ausgesucht. Oh! Vielleicht ist er ja Geheimagent! Oder Spion! Oder beides!!!"

„Nun mal langsam mit den jungen Pferden! Garrett ist sicherlich kein Spion. Für wen denn auch? Und ein Geheimagent ist er ebenso wenig. Er ist nur als Kind von seinen Eltern … Jedenfalls hat er den Kontakt zu seiner Vergangenheit abgebrochen und lange Zeit auf See gearbeitet. Deshalb keine Postanschrift."

„Ohhh, ein echter Seemann! Wie cool! Deshalb auch die breiten Schwimmerschultern. Hat er irgendwelche abgefahrenen Piraten-Tattoos oder so?"

„Nicht, dass ich wüsste …"

„Moooment mal! Du hast ihn doch aber schon mal nackt gesehen, oder? Oder?"

„Ja, das schon. Aber … da war ich … abgelenkt …"

„Ha! Ihr hattet also schon Sex!?"

„Öhm … ja …"

„Die kleine Johanna – keine Jungfrau mehr! Und das noch vor deinem 17. Geburtstag. Hätte ich gar nicht von dir erwartet. Wissen deine Eltern Bescheid?"

„Nicht direkt …"

„Das wird ja immer besser! Wie war denn das erste Mal? Hattet ihr danach noch öfter Sex? Oder hat er sich mit ‚Ich bin mal kurz Zigaretten holen' aus dem Staub gemacht?"

„Ha, ha! Sehr witzig, Mel."

„Okay, sorry. Das war gemein. Aber nun erzähl doch mal! Wie war's? Romantisch? Schön? Angenehm? Oder eher schmerzhaft? Komisch? Lange oder nur kurz? Hattest du einen Orgasmus? Und er? Ist er … Oh! Ihr habt aber verhütet, oder? Nimmst du eigentlich die Pille?"

„Ich fange mal von hinten an, ja?"

„Och, Johanna! Mach es doch nicht so spannend!"

„Selbst schuld, wenn du so viele Fragen stellst." Ich streckte ihr in Gedanken die Zunge raus. „Also zu deiner letzten Frage: die Pille habe ich mal ausprobiert, aber nicht so gut vertragen. Letztendlich hat mein Vater – auch wenn er kein *Frauen*arzt ist – gesagt, dass es sowieso nicht allzu gut sei, dem Körper ständig Hormone zuzuführen. Es gibt viele Nebenwirkungen und einige davon sind nicht einmal endgültig erforscht. Deshalb habe ich die Pille wieder abgesetzt und ...“

„Was für Nebenwirkungen hattest du denn? Bist du dick geworden?“

„Nein, das nicht. Obwohl es ja häufig vorkommen soll. Ich hatte dafür Stimmungsschwankungen, Hitzewallungen, manchmal Kopfschmerzen und oft Unterleibskrämpfe. Als ich die Pille dann abgesetzt habe, war mein natürlicher Zyklus erstmal völlig aus der Bahn geworfen. Das war echt ätzend ...“

„Klingt gar nicht schön. Aber verhütet habt ihr trotzdem, oder? Du und Garrett meine ich?“

„Ja. Wir haben ein Kondom benutzt.“

„Sehr vernünftig. Immerhin weißt du nicht, ob es auch *sein* erstes Mal war. Habt ihr zwei euch mal auf Geschlechtskrankheiten testen lassen?“

„Öhm ... nein ... bisher nicht ...“

„Wäre ja vielleicht eine Option. Aber jetzt raus mit der Sprache! Wie war dein erstes Mal?“

Kapitel 14

Nach einem zweistündigen Telefonat mit Melanie klingelten mir die Ohren. Sie hatte sich nicht erweichen lassen und mir alle Details bezüglich Sex, Garrett und meinem Leben als Pyro entlockt, welche sie interessierten.

Ich hatte ihr mehr oder weniger bereitwillig Auskunft gegeben, wobei ich merkte, dass es mir insgeheim guttat, mit einer alten Freundin über Beziehungsangelegenheiten zu sprechen.

Am Ende rang mir Melanie noch das Versprechen ab, dass ich sie so bald wie möglich in Berlin besuchen würde – am besten natürlich mit Garrett, den sie unbedingt kennenlernen wollte.

„Du hast nicht mal ein Foto von ihm!", stellte sie entrüstet fest, kurz bevor wir uns verabschiedeten. „Das werden wir definitiv ändern! Du wirst mich und meine Spiegelreflex noch fürchten lernen!"

Ihre Drohung nahm ich lachend zur Kenntnis, wobei ich mir sicher war, dass sie sie mit wachsender Begeisterung in die Tat umsetzen würde, sobald Garrett und ich einen Fuß in ihre kleine Wohnung setzen würden.

Als wir schließlich aufgelegt hatten, gesellte ich mich wieder nach unten ins Wohnzimmer, wo jedoch lediglich meine Mutter auf mich wartete.

„Sind Charlotte und Fiona schon gegangen?"

„Ja. Die beiden wollten sich gerne etwas anderes anziehen und Fiona muss noch an ihrer Masterarbeit weiterschreiben." *Verdammt! Das hatte ich ganz vergessen.* „Und dein Vater ist arbeiten. Von daher haben wir zwei sturmfreie Bude – von der Rasselbande dort mal abgesehen."

Wie aufs Stichwort kamen Charly und die Katzen angelaufen und holten sich bei meiner Mutter und mir eine ausgedehnte Streicheleinheit ab.

„Konntest du dich mit Melanie aussprechen?", fragte meine Mutter, während sie zwei der Katzen liebevoll kraulte. „Ihr habt schon lange nicht mehr miteinander telefoniert ..."

„Ja, viel zu lange! Es tat wirklich gut, ihre Stimme zu hören. Auch wenn sie mich ziemlich fertiggemacht hat, weil ich ihr meine Fähigkeiten vorenthalten habe. Aber das hatte ich wohl verdient."

„Dafür sind Freunde nun mal da. Sie helfen dir in der Not und rücken dir auch mal den Kopf zurecht, wenn es sein muss. Konnte sie deine Sicht der Dinge denn verstehen?"

„Ich glaube schon ... Aber sie wird mir wohl nie ganz verzeihen, dass ich ihr mein Geheimnis damals nicht anvertraut habe ..."

„Bereust du das?"

„Eigentlich nicht ... Na gut, ein bisschen schon ... Aber es war das Richtige ... Oder? Ich meine, ich wusste ja selbst nicht genau, wohin diese ganze Elementaren-Sache führen würde. Wie hätte ich darüber sprechen können, ohne mir zuerst selbst einen Überblick zu verschaffen?"

Meine Mutter sah mich nachdenklich an. Charly legte mir seine Schnauze in den Schoß und musterte mich mit seinen dunklen Hundeaugen. *Na toll! Macht selbst Charly mir jetzt Vorwürfe?*

„Ich weiß nicht, ob es da ein richtig oder falsch gibt", erwiderte meine Mutter schließlich. „Du hättest es ihr vielleicht vor eurer Offenbarung erzählen können. Immerhin wohnte sie da bereits in Berlin, oder?"

„Verdammt! Daran habe ich zu dem Zeitpunkt gar nicht gedacht! Sie wäre bestimmt gerne dabei gewesen. Dann hätte sie die ganze Sache live miterleben können ... und mir sicherlich schneller verziehen ... Wieso bin ich da nicht selbst draufgekommen?!"

„Du warst eben aufgeregt und mit deinem Kopf woanders", beschwichtigte meine Mutter meinen plötzlichen Gefühlsausbruch.

Mir stiegen dennoch die Tränen in die Augen und ich sah betreten zu Charly hinab, während ich ihm den Kopf streichelte. *Verdammt, verdammt, verdammt! Ich hätte selbst draufkommen können, Melanie in Berlin zu besuchen. Wenn ich vor der Offenbarung zu ihr gegangen wäre ... Sie hätte mir auf jeden Fall geglaubt. Da konnte ich meine Kräfte ja schon kontrollieren ... Und sie hätte von der Geschichte nicht erst aus dem Fernsehen erfahren ... Ich bin aber auch zu blöd!*

„Bevor du dich nun weiter fertigmachst", riss meine Mutter mich aus meinen Gedanken, „schlage ich vor, dass wir zusammen mit Charly einen Spaziergang machen. Frische Luft wird dir guttun. Und du bist doch sonst im Sommer auch immer den ganzen Tag draußen."

„Von mir aus."

Mit wenig Begeisterung folgte ich meiner Mutter zur Haustür. Sobald Charly merkte, was los war, lief er sofort wedelnd um unsere Beine herum und konnte es kaum abwarten, das Haus zu verlassen.

Auf dem Feldweg angekommen, ließen wir ihn ohne Leine laufen und beobachteten schmunzelnd, wie er zwischen den Feldern umhertobte.

„Jeder macht mal Fehler", setzte meine Mutter irgendwann vorsichtig an. „Doch deshalb sind wir keine schlechten Menschen. Solange wir aus unseren Fehlern lernen, bringen sie uns im Leben genauso weiter, wie unsere Erfolge. Wie Nelson Mandela mal so schön gesagt hat: ‚I never lose. I either win or learn'[6]. Und Melanie wird dir sicherlich verzeihen können, auch wenn es vielleicht eine Weile dauert."

„Glaubst du, sie und ich können trotzdem beste Freundinnen bleiben?"

„Wenn ihr das beide wollt – wieso nicht?"

„Na ja ... sie wohnt in Berlin ... und ist eine Normale."

„Und das ist ein Hindernis?"

„Nicht unbedingt. Wir können ja telefonieren und uns ab und zu treffen. Wenn ich dann erstmal den Führerschein habe, kann ich zu ihr fahren ..."

„Ich meinte eigentlich, ob es ein Problem ist, dass sie eine Normale ist?"

„Oh! Das ... Nein, nicht wirklich. Es ist nur ... Diese ganze Verhandlungssache mit der Politik und das Kämpfen um die öffentliche Akzeptanz ... Ich hatte mir das alles deutlich einfacher vorgestellt. Aber wie es scheint, wird es eine ganze Weile dauern, bis wir die weltweite Anerkennung erlangt haben, die uns vorschwebte."

„Ist nicht gerade deine Freundschaft mit Melanie der beste Beweis dafür, dass Elementare und Normale in einer friedlichen Gemeinschaft zusammenleben können?"

Ich sah meine Mutter überrascht an und runzelte die Stirn. *Wenn sie das sagt, klingt es so offensichtlich. Wieso komme ich nicht von selbst auf solche Ideen?*

„Ja, da hast du wohl recht ..."

Mein Blick wanderte zu Charly, der gerade einen spontanen Hürdenlauf um die Büsche am Wegesrand unternahm. *Vielleicht sollte ich die Dinge im Leben auch weniger als Hindernisse und mehr als Herausforderungen*

---

[6] Ich verliere nie. Entweder ich gewinne oder ich lerne.

betrachten. Dann wird nicht immer gleich alles zum Problem, nur weil es mir erstmal im Weg steht …

„Danke, dass du für mich da bist, Mum!"

Ich nahm meine Mutter spontan in den Arm und sie erwiderte die Umarmung liebevoll.

„Immer gerne, Darling."

Wir drückten uns noch einmal fest, bevor wir uns wieder losließen und langsam weitergingen. Mein Blick blieb erneut an Charly hängen, während meine Gedanken in die Ferne wanderten.

„Mum? Wo du schon gerade dabei bist, gute Ratschläge zu verteilen … Würdest du sagen, dass es komisch ist, dass Garrett keine Postanschrift hat? Und keinen Nachnamen?"

„Das kommt ganz darauf an, was du als ‚komisch' definierst, Liebes."

„Na ja … es ist nicht normal … oder?"

„Ach, Darling. Du bist die Tochter eines homöopathischen TCM-Arztes und eines hawaiianischen Models. Und du bist eine Elementare! Wieso sollte dich also interessieren, ob etwas normal ist oder nicht?"

„Ich weiß, dass unsere Familie noch nie so richtig ‚normal' war – und das hat mich auch nie gestört – aber ich möchte einfach … Braucht nicht jeder in Deutschland eine feste Postanschrift? Was ist, wenn die Polizei von Garrett auch ein Statement haben möchte? Wie sollen sie ihn da erreichen, wenn er nicht einmal ein Handy hat?"

„Letzteres ließe sich ja ändern, falls er das möchte. Wann hat er nochmal Geburtstag?"

„Im November."

„Na gut, das ist noch eine Weile hin …"

„Ich habe der Polizei bei meinem Statement gesagt, dass sie Garrett über mich erreichen können. Aber das stimmt momentan eigentlich gar nicht, weil ich ja selbst nicht weiß, wo er steckt … Was soll ich denen denn sagen, wenn sie mich wegen ihm anrufen?"

„Dass er zur Zeit nicht im Haus ist und sobald wie möglich zurückrufen wird."

„Hm. Sobald wie möglich … Wer weiß, wann das sein wird! Falls er überhaupt wiederkommt …"

„Natürlich wird er zu dir zurückkommen."

„Wie kannst du dir da so sicher sein?"

„Ich habe beobachtet, wie er dich angesehen hat. Er liebt dich wirklich, vielleicht sogar mehr, als du denkst. Also wird er dich nicht einfach im Stich lassen."

Hat er das nicht schon längst? Er hätte sich wenigstens kurz melden können … damit ich mir keine Sorgen mache … und weiß, dass es ihm gut geht …

Ich ließ meinen Blick gen Horizont schweifen, während Charly wild wedelnd um unsere Beine herumlief und uns zum Zurückgehen motivierte.

„Hast du etwa Hunger?", murmelte ich und konnte ein Lachen nicht unterdrücken, als er zustimmend bellte. „Ich auch, alter Freund."

Wir waren gerade im Begriff umzudrehen, als plötzlich mein Handy klingelte. Ich hatte völlig vergessen, dass ich es eingesteckt hatte und zuckte deshalb erschrocken zusammen, bevor ich den Klingelton erkannte und hastig in meine Hosentasche griff.

„Hallo? Charlotte? Bist du das?"

„Johanna! Gut, dass ich dich erreiche. Du musst dir das unbedingt angucken! Wo bist du gerade?"

„Öhm … Auf dem Feldweg … mit Charly und …"

„Seid ihr schon auf dem Rückweg?"

„Jetzt schon", erwiderte ich und legte einen Zahn zu, während ich meiner Mutter bedeutete, dass wir uns beeilen sollten. „Was genau ist denn los?"

„Du musst das sehen! Der Staatspräsident von China gibt gerade eine Erklärung ab, wie er vorläufig mit dem ‚Aufbegehren der Elementaren' umgehen will …"

„Aufbegehren? Moment mal! Wir haben uns ganz friedlich und zivilisiert an die Öffentlichkeit gewandt. Da war kein Aufbegehren oder etwas dergleichen …"

„Ich weiß! Aber er behauptet, dass wir Elementaren eine Gefahr für die Normalen seien – und eine Bedrohung für die Sicherheit von China."

„Du meine Güte!"

Ich verfiel in einen Laufschritt und schaltete mein Handy auf Lautsprecher, damit meine Mutter mithören konnte, während sie neben mir und Charly her joggte.

„Ich mach dich mal auf laut", meinte Charlotte in just diesem Moment und kurz darauf klang die gebieterische Stimme von Xi Jinping – oder eher des deutschen Übersetzers – aus dem Lautsprecher.

„… werden dieses Aufbegehren nicht dulden. Mit ihrem unverantwortlichen Auftreten haben die Elementaren die Welt ins Chaos gestürzt. Doch China wird nicht tatenlos zusehen, während die Elementaren die Macht an sich reißen. Wir sind in der Überzahl …"

„Das darf doch alles nicht wahr sein!", rief ich laut aus und sprintete die Einfahrt hoch. „Welcher Sender?"

Sobald ich das Wohnzimmer erreicht hatte, schaltete ich den Fernseher ein und starrte im nächsten Moment in das Gesicht des chinesischen Staatsoberhauptes.

„Es wird auf allen Sendern übertragen", hörte ich Charlotte noch sagen, bevor ich den Lautsprecher ausschaltete.

„Ja, ich hab's schon gefunden", erwiderte ich und starrte wütend auf den Bildschirm. „Und ich kann's trotzdem nicht glauben!"

Als wolle er auf meine Aussage hin noch eins draufsetzen, holte der chinesische Staatspräsident nun zum Radikalschlag aus:

„Bis wir die wahre Natur und die Absichten der Elementaren erforscht und durchschaut haben, werden wir alle Vertreter ihrer Art aus dem Staatsdienst entlassen. Alle Elementaren, welche in China leben oder ihren Hauptwohnsitz in China haben, sind dazu verpflichtet, sich bei den Behörden zu melden und registrieren zu lassen. Dies dient dem Erhalt der Sicherheit des chinesischen Volkes. Eine Missachtung dieser Vorschrift wird nicht geduldet werden.“

Das leicht rundliche Gesicht verschwand und wurde durch einen etwas blassen Reporter ersetzt, welcher unsicher in die Kamera schaute.

Hastig schaltete ich den Fernseher aus und starrte verzweifelt auf den schwarzen Bildschirm. *Das darf alles nicht wahr sein …*

„Das können wir nicht dulden“, rief Charlotte empört und verlieh damit meinen Gefühlen einen Ausdruck. „Das können die nicht von uns Elementaren verlangen! Was ist, wenn Deutschland oder andere Länder auch eine solche Regel einführen? Sollen wir uns demnächst noch chippen lassen, damit sie uns überwachen können? Gibt es dann eine Geburtenkontrolle für Elementare, damit wir nicht ‚zu mächtig‘ werden?! Oder vielleicht gleich ein Fortpflanzungsverbot??!“

Ich schwieg betreten, während mir Tränen der Wut in die Augen stiegen. *Nein, nein, nein! Das kann einfach nicht sein! Wieso? Haben wir es nicht schon schwer genug??*

Eine zarte Berührung an meiner Schulter ließ mich erschrocken zusammenzucken. Meine Mutter legte mir sanft die Hand auf den Arm.

„Keine Sorge. In Deutschland wird es sicherlich nicht soweit kommen."

„Johanna?", drang Charlottes Stimme erneut aus dem Handy. „Bist du noch dran?"

„Ja", brachte ich zwischen zusammengepressten Zähnen hervor. „Aber ich bin sprachlos! Ich kann einfach nicht glauben, dass das gerade passiert ist ..."

„Ich weiß, was du meinst. Aber ich bin so wütend! Ich könnte platzen! Was erlaubt der Kerl sich? Er kann doch nicht einfach ... Die ganze Welt sollte *gemeinsam* entscheiden, wie sie mit der Situation umgehen soll. Nicht jeder für sich! Das erzeugt nur Unsicherheit und Unmut ... Es ist so ungerecht!!!"

Charlotte schnaubte verärgert und ich konnte mir vorstellen, wie sie wutentbrannt im Wohnzimmer auf- und ablief. *Es würde mich nicht wundern, wenn ihre Haare vor lauter Aufregung anfangen würden zu brennen ... Hoffentlich steckt sie vor Zorn nicht das Haus in Brand!*

„Charlotte? Soll ich vorbeikommen?"

„Gerne. Oder ... nein! Fiona und ich kommen zu dir – wenn du nichts dagegen hast. Oder deine Eltern. Aber ... bei dir sind wir etwas ungestörter. Ich könnte echt ausrasten! Und es wäre nicht gut, wenn die Nachbarn das mitbekommen ..."

„Alles klar! Ihr könnt gerne vorbeikommen."

„Okay. Bis gleich."

Kapitel 15

Es dauerte nicht lange, bis Charlotte und Fiona mit hochrotem Kopf vor unserer Haustür standen. Allem Anschein nach hatten sie sich beim Fahrradfahren ein wenig abreagiert und waren dementsprechend etwas aus der Puste.

Wir schnappten uns ein paar Wasserflaschen und begaben uns nach draußen auf die sonnenbeschienene Terrasse, wo ich die Gartenstühle für uns bereits mit Auflagen versehen hatte.

Fiona ließ sich dankbar auf einen der Stühle fallen, während Charlotte aufgebracht vor uns auf- und ablief und sofort begann, ihrem Unmut freien Lauf zu lassen.

„Ich meine, jetzt mal ganz ehrlich: Darf der Kerl das überhaupt machen? Es ist doch total diskriminierend, von Elementaren zu verlangen, sich registrieren zu lassen! Gibt es in China keine Menschenrechte oder was?"

Zwar konnte ich ihre Wut sehr gut nachempfinden, doch ich wusste beim besten Willen nicht, was wir hätten tun können, um die Lage noch zu retten.

„Ich befürchte, er sieht uns nicht als Menschen", meinte Fiona. „Er betrachtet uns Elementare als eine Bedrohung und solange er uns als nicht menschlich darstellt, wird es bei der aktuellen Lage keiner wagen, seine Menschenrechtsverletzungen anzuprangern. Ich befürchte sogar, dass Länder wie Russland oder Nordkorea ähnliche Maßnahmen gegen uns in Erwägung ziehen. Und falls China damit durchkommt, werden sie bestimmt nicht zögern, um diesem Beispiel zu folgen."

„Aber das geht doch nicht", wütete Charlotte. „Wir müssen etwas unternehmen. Oder sollen wir tatenlos zusehen, wie diese ... diese ... heimlichen Diktatoren all unsere Bemühungen zunichtemachen? Das können wir nicht zulassen!"

„Da stimme ich dir zu", erwiderte ich. „Wir können auf jeden Fall nicht tatenlos zusehen. Keiner von uns – auch die Regierung nicht. Wir sollten uns vereint gegen solcherlei Diskriminierungen und Anfeindungen aussprechen."

„Aber wie denn?", wandte Fiona skeptisch ein.

„Na ja", setzte ich zögerlich an. „Ich bin mit der Bundeskanzlerin zwar noch nicht per Du, aber ... sie kann das nicht unbeantwortet lassen. Vielleicht kann ich sie sogar darum bitten, mich ebenfalls an die Medien wenden zu dürfen."

„Wir alle sollten uns äußern", ergänzte Charlotte sofort. „Wir sollten uns gemeinsam gegen diese Frechheit erheben! Jeder Elementare hat ein Recht darauf, sich zu dieser Sache zu äußern. Immerhin geht es hier um *unsere* Zukunft und *unsere* Rechte ..."

„Allerdings sollten wir nichts überstürzen", versuchte Fiona, ihre hitzköpfige Freundin zu beschwichtigen. „Wir sollten uns untereinander absprechen und unsere Worte gut auswählen. Immerhin wollen wir in Zukunft friedlich mit den Normalen zusammenleben können – und auf keinen Fall einen Krieg provozieren!"

„Natürlich nicht!", antwortete ich. „Aber wir müssen sofort handeln. Bevor andere Länder auf die Idee kommen, auch solche Maßnahmen einzuführen."

„Okay", ergriff Charlotte entschieden das Wort. „Johanna, du rufst bei der Kanzlerin an. Fiona und ich bereiten ein Statement für uns vor, welches wir im Internet posten können. Und ich werde direkt eine Nachricht an all unsere Kontakte weltweit verfassen. Jetzt heißt es handeln! Und zwar schnell!"

Gesagt, getan.

Charlotte ließ sich natürlich nicht davon beeindrucken, dass ich keine direkte Nummer der Kanzlerin persönlich hatte. Mit einem einfachen „Du machst das schon!" ließ sie mich stehen und begann wie wild auf ihrem Smartphone herum zu tippen.

Fiona hingegen hatte ihr Laptop dabei und widmete sich ebenfalls der Online-Offensive.

Von daher blieb mir nichts anderes übrig, als mich bei Herrn Strohmann zu melden und um ein Gespräch mit der Kanzlerin zu bitten. Wie erwartet, stieß meine Anfrage nicht gerade auf Begeisterung.

„Die Kanzlerin ist beschäftigt. Vielleicht lässt sich Ihr Anliegen ja auch anderweitig ..."

„Ich müsste wirklich dringend persönlich mit der Kanzlerin sprechen, wenn das möglich wäre. Bitte."

„Die Kanzlerin ist derzeit verhindert, Fräulein Faystone. Vielleicht versuchen Sie es später noch einmal ..."

„Wie Sie wünschen! Dann richten Sie der Kanzlerin aber bitte aus, dass wir Elementaren die menschenunwürdige Vorgehensweise von China keineswegs gutheißen und nicht unbeantwortet lassen werden."

Kurzes Schweigen.

„Wie meinen Sie das?", drang die nun etwas nervöse Stimme von Herrn Strohmann aus dem Telefon.

„Ich meine damit, dass wir bereits ein Online-Statement vorbereiten und uns zu dieser politischen Unverschämtheit äußern werden. Natürlich hätte ich mich gerne diesbezüglich mit der Kanzlerin abgesprochen – immerhin wollen wir nichts Unrechtes tun – aber wenn sie gerade verhindert ist ..."

„Einen Moment bitte."

Es wurde wieder still am anderen Ende der Leitung.

Ich lief nervös im Wohnzimmer auf und ab, wobei mir immer wieder eine unserer Katzen um die Beine strich, bevor sie nach draußen in die Sonne verschwanden.

„Fräulein Faystone? Sind Sie noch dran?"

„Ja, ich bin noch da."

„Die Kanzlerin würde gerne kurz mit Ihnen sprechen. Ich verbinde Sie."

„Vielen Dank."

Ich hatte kaum Zeit, einmal tief durchzuatmen, bevor bereits die aufgeregte Stimme von Angela Merkel an mein Ohr drang.

„Fräulein Faystone? Sie sollten nichts überstürzen. Bitte tun Sie nichts, was Ihrer Position oder unserem Land schaden könnte. Die politische Lage ist derzeit ohnehin angespannt genug."

„Ich weiß. Keine Sorge, wir wollen niemandem schaden. Aber wir können genauso wenig tatenlos zusehen, wie Elementare öffentlich fertiggemacht werden!"

„Da bin ich ganz Ihrer Meinung", erwiderte die Kanzlerin zu meiner Überraschung. „Ein solches Verhalten ist nicht tolerierbar. Die EU wird sich diesbezüglich in Kürze äußern. Wir bereiten gerade ein Gegenstatement vor. Von daher wäre es schön, wenn Sie noch ein wenig abwarten könnten …"

„Was heißt denn ‚ein wenig'?"

„Zwei Stunden. Sobald Deutschland und die anderen Länder sich geäußert haben, dürfen Sie gerne ebenfalls ein friedliches Statement abgeben."

„In Ordnung."

„Werden Sie persönlich sprechen?"

„Vermutlich wird es eher eine Art Gruppen-Statement von mehreren Elementaren werden. Aber ich werde auch darunter sein."

„Sind Sie denn die öffentliche Sprecherin für alle Elementaren?"

„Eher nur in Deutschland. Zumindest gibt es in Amerika und einigen anderen Ländern eigene Sprecher, die dort mit der Regierung verhandeln. In Schottland ist es zum Beispiel mein ... Kollege Gregor Gallerhyn."

„Aha. Nun gut, Sie werden schon wissen, was richtig ist. Aber geben Sie uns bitte zwei Stunden Zeit um selbst reagieren zu können."

„Das werden wir."

„Gut. Auf Wiederhören."

„Auf Wiederhören."

Ich legte auf und eilte sogleich zu Charlotte und Fiona auf die Terrasse zurück. Sie wurden mittlerweile von zweien unserer Katzen belagert, welche sich auf Fionas Schoß niedergelassen hatten und gespannt beobachteten, wie sie in die Tasten hämmerte.

„Und?", rief mir Charlotte entgegen, wobei sie kurz von ihrem Smartphone aufschaute. „Hast du mit der Kanzlerin gesprochen?"

„Ja. Sie hat uns ihr O.K. gegeben, aber wir sollen den anderen Staatsoberhäuptern zwei Stunden Zeit geben, um selbst eine offizielle Äußerung zu tätigen."

„Zwei Stunden??"

Charlotte rollte mit den Augen und wandte sich wieder ihrem Smartphone zu.

„Immerhin haben sie sich nicht dagegengestellt", meinte Fiona zufrieden und gab mir einen Daumen hoch. „In zwei Stunden habe ich locker für alle Webseiten etwas vorbereitet. Zumindest in den Sprachen, die ich spreche. Aber ich habe schon ein paar Leute informiert, die für andere Webseiten etwas vorbereiten. Das geht dann alles pünktlich in zwei Stunden online."

„Perfekt", erwiderte ich und sah die beiden erleichtert an. „Ihr seid echt die Besten!"

„Na, nun stell dich selbst mal nicht in den Schatten", gab Charlotte sogleich zurück, wobei sie nicht mehr von ihrem Smartphone aufblickte. „Du hast schon Vieles für uns erreicht und kannst auch jetzt mithelfen."

„Wie denn?"

„Du könntest dein Sonnen-Talent nutzen und alle Pyros über den Stand der Lage informieren. Ich hatte überlegt, ob alle Elementaren-Gruppen für sich so etwas wie ein Gemeinschafts-Video erstellen, wo wir solidarische Äußerungen für unsere Kollegen in China sammeln."

„Coole Idee!", stimmte ich begeistert zu und machte mich sofort an die Arbeit.

Nach einer Weile gesellten sich sogar meine Eltern zu unserer kleinen Runde dazu und unterstützten Fiona bei ihren Übersetzungen, um für alle möglichen Online-Foren ein Statement vorzubereiten.

Sobald die zwei-Stunden-Frist abgelaufen war, checkten wir die Nachrichten und fanden sofort mehrere öffentliche Kundgebungen von Politikern, welche sich gegen die radikale Politik von China aussprachen.

„Das ist dann wohl unser Start-Signal", meinte Fiona und tippte demonstrativ auf ‚Hochladen'.

Innerhalb weniger Minuten gingen sowohl ihre Statements, als auch das Video, welches ich gemeinsam mit Charlotte zusammengeschnitten hatte, online.

Fast alle Pyros aus Deutschland hatten sich in dem Video mit einer kurzen Äußerung beteiligt – entweder, um den Elementaren in China ihre Solidarität zu zeigen oder um klar zu äußern, dass sie das Verhalten der chinesischen Regierung für unrechtmäßig hielten.

Und nicht nur wir waren fleißig gewesen.

Dank Charlotte hatte sich die Nachricht über unsere Video-Aktion schnell genug verbreitet, so dass auch die Hydros, Aeros und Soils ein Video vorbereitet hatten, was nun innerhalb der nächsten Minuten hochgeladen wurde.

Bald gesellten sich Videos aus anderen Ländern und in anderen Sprachen hinzu, so dass selbst die internationalen Nachrichtensender den sogenannten „Online-Protest" aufgriffen. Unsere Botschaften gingen um die ganze Welt und verbreiteten sich wie ein Lauffeuer.

Dabei blieben alle ihrem Wort treu, ausschließlich friedliche Meinungen kundzutun. Allerdings zeichnete sich ab, dass Viele nicht davor zurückschrecken würden, auf die Straßen zu gehen, falls sich in der chinesischen Politik nicht zügig eine Kursänderung abzeichnen würde.

Wir können nur hoffen, dass selbst dem chinesischen Staatspräsidenten klar werden wird, dass er es nicht darauf anlegen sollte, sich mit den Elementaren anzulegen. Noch mag unser Protest friedlich sein, doch ich weiß nicht, wie lange die Offensiven unter uns die Füße stillhalten werden, falls irgendwer versuchen sollte, uns Elementare auf Dauer zu unterdrücken …

Kapitel 16

Charlotte und Fiona entschieden sich, für eine Weile bei uns im Gästezimmer zu übernachten. So konnten wir uns jederzeit austauschen und gegebenenfalls sofort reagieren, falls sich in Chinas Politik neue Entwicklungen ergeben würden.

„Außerdem ist bei euch das Internet besser", meinte Charlotte, welche mittlerweile kaum noch ohne ihr Smartphone anzutreffen war.

„Tja, wir gehören wohl zu den glücklichen Ortschaften hier auf dem Lande, die endlich Glasfaserleitungen bekommen haben", erwiderte ich grinsend und zwinkerte meinem Vater über den Abendbrottisch zu.

Er hatte sich vor einigen Jahren dafür eingesetzt, dass die Straßen in der Umgebung endlich an das Glasfasernetz angeschlossen wurden – wobei er einen Teil der Kosten selbst übernommen hatte, um die Sache voranzutreiben.

„Bei uns hätte vor einigen Monaten schon Glasfaser kommen sollen", grummelte Charlotte. „Aber irgendwie haben sie es nicht auf die Reihe bekommen."

Bevor ich etwas erwidern konnte, klingelte plötzlich das Telefon. Aus reiner Gewohnheit erhob ich mich als Erste vom Essenstisch und lief eilig zum Hörer, wobei der hoffnungsvolle Teil meines Herzens wieder damit rechnete, vielleicht Garretts Stimme zu hören.

„Hallo?"

„Johanna? Bist du das?"

„David??"

Mir blieb vor Überraschung beinahe der Mund offenstehen, während ich aus dem Augenwinkel sah, wie Charlotte mit den Lippen ein lautloses ‚Wer ist David?'

formte. Ich schüttelte nur den Kopf und presste den Hörer an mein Ohr, sobald er wieder zu sprechen begann.

„Ja, ich bin's. Sorry, dass ich dich so spät störe …"

„Ist schon okay. Ich war quasi gerade fertig mit dem Abendessen."

„Oh! Ich meine … gut. Ich wollte dich nicht … Können wir vielleicht miteinander reden? Persönlich?"

„Wieso? Ist etwas passiert?"

„Das würde ich dir lieber unter vier Augen sagen. Nicht übers Telefon. Wenn du gerade Zeit hättest … Ich will echt nicht stören oder so …"

Seine Stimme klang merkwürdig angespannt. Mein Herz begann sofort, schneller zu schlagen, während meine Gedanken rasten und sich ausmalten, was wohl der Grund für Davids Geheimnistuerei sein könnte.

„Gut, dann treffen wir uns eben", erwiderte ich möglichst ruhig. „Soll ich zu dir kommen? Oder wollen wir uns woanders treffen?"

„Ich könnte auch zu dir kommen …"

„Öhm … Ich habe gerade Besuch …"

„Oh! Also wenn es nicht passt … Wir können das auch wann anders machen …"

„Du klingst aber so, als wäre es dringend."

„Na ja …"

„Ich komme jetzt zu dir. Keine Widerrede!"

„Warte! Dann können wir uns lieber auf halbem Weg treffen. Ich will nicht, dass du im Dunkeln noch mit dem Fahrrad alleine durch die Gegend fahren musst."

„Ich bitte dich! Es ist Sommer. Bis es dunkel wird, haben wir noch locker ein paar Stunden."

„Trotzdem. Ich komme dir entgegen. Dann können wir zwischen den Feldern spazieren gehen und … reden."

„Okay. Dann bis gleich."

Ich legte auf und starrte mit gerunzelter Stirn auf den Telefonhörer in meiner Hand. *Was war das denn gerade?*

„Johanna?", riss die besorgte Stimme meiner Mutter mich aus meinen Gedanken. „Ist alles in Ordnung?"

„Hm? Ja ... Ich denke schon. Aber ich muss noch mal kurz los ... Dauert bestimmt nicht lange ..."

„Moment mal!", unterbrach Charlotte mich mit großen Augen. „Wer ist denn nun David? Und wieso habe ich noch nie von ihm gehört?"

„Weil du ihn nicht kennst und er eigentlich nicht mehr ein Teil meines Lebens ist. Dachte ich zumindest ..."

Charlotte sah mich mit hochgezogenen Augenbrauen an, welche mir unmissverständlich zu verstehen gaben, dass sie mich mit dieser unzufriedenstellenden Antwort auf keinen Fall gehen lassen würde.

„Er ist mein Ex-Freund, falls du es genau wissen willst."

„Aha!", rief sie laut aus. „Wusste ich's doch! Für wen sonst solltest du auch gleich deine Freundinnen sitzen lassen und davoneilen? Sicher, dass das mit dem ‚Ex' so richtig ist ...?"

„Charlotte!", stöhnte Fiona empört. „Nun lass Johanna doch einfach mal machen. Sie wird schon wissen, was für sie das Beste ist."

„Ich meine ja nur", verteidigte sich Charlotte. „Lässt ihr Abendessen stehen und liegen, will sofort los ... Das klingt für mich nicht sehr nach ‚Ex' ..."

Kopfschüttelnd wandte ich mich von den beiden ab und sah flehend zu meinen Eltern hinüber.

„Darf ich bitte schon losfahren? Ich hatte sowieso keinen Hunger mehr."

„Natürlich", erwiderte meine Mutter, während mein Vater mit vollem Mund nickte.

„Danke!", rief ich und eilte bereits in den Hausflur, um meine Schuhe zu holen.

Kurz darauf radelte ich mit dem Fahrrad durch die warme Abendluft und zerbrach mir dabei den Kopf, was David dazu bewegt haben könnte, sich so spontan bei mir zu melden. *Es muss verdammt wichtig sein, wenn er mich sofort sprechen will – und persönlich.*

Zum Glück musste ich nicht lange auf meine Antworten warten. Wie versprochen, kam mir David auf seinem Rennrad entgegen und winkte mir bereits von Weitem zu, als er mich erblickte.

„Danke, dass du so spontan kommen konntest", begrüßte er mich, als er – ein wenig außer Atem – vor mir zum Stehen kam. „Und tut mir echt leid, dass ich dich gestört habe. Hätte ich gewusst, dass du Besuch hast …"

„Ja, ja. Ist schon in Ordnung. Die beiden verstehen das. Und meine Eltern auch. Also? Was ist denn nun überhaupt los? Ist irgendwas Schlimmes passiert?"

„Nicht direkt …"

David wich meinem Blick aus und spielte an den Bremsen seines Fahrrads herum.

„Ach, komm schon! Du rufst mich aus heiterem Himmel an, willst mich unbedingt sofort sehen … Raus mit der Sprache! Was ist los?"

David seufzte und stellte sein Fahrrad an den Rand des Feldweges.

„Können wir ein bisschen Spazierengehen? Ich kann besser darüber sprechen, wenn ich mich bewege …"

„Von mir aus."

Wir schlossen unsere Fahrräder aneinander und schlenderten schweigend zwischen den Maisfeldern hindurch. Ich versuchte, meine Neugier im Zaum zu halten, während David nervös an seinen Fingern herumspielte.

Irgendwann konnte ich die Spannung jedoch nicht mehr ertragen und blieb abrupt stehen.

„Okay, jetzt reicht's! Wenn du mir nicht endlich sagst, was los ist, fahre ich wieder nach Hause."

David blieb ebenfalls stehen und wandte sich zögerlich zu mir um. Seine Augen schienen Schwierigkeiten zu haben, mit meinen Kontakt aufzunehmen, doch ich schaffte es, seinen Blick einzufangen und hob fragend meine Augenbrauen.

„Also?"

„Ja ... Öhm ... Wie soll ich das erklären? Es ist ... Ich ... ich habe ... Also ich bin ... Wie soll ich sagen?"

„David! Ich werde dich schon nicht auffressen. Versprochen, okay?"

Er sah mich verzweifelt an. Seine braunen Augen schienen in meinen nach etwas zu suchen, während seine Locken von der sanften Brise zerzaust wurden.

„Ich ... ich bin ... ein ... Elementarer."

Sein Blick wurde schüchtern und ich konnte sehen, wie er die Luft anhielt. Nach einer Weile des Schweigens schlug er nervös die Augen nieder, suchte aber immer wieder meinen Blick, während er auf eine Antwort wartete.

Ich hingegen war sprachlos. Mit offenem Mund stand ich da und starrte ihn an. Mein Kopf war wie leergefegt. Das Rauschen des Maises war lange Zeit das Einzige, was ich hörte. Und meinen aufgeregten Herzschlag, der mich an mein erstes Treffen mit David erinnerte.

„Seit wann?", brachte ich schließlich leise hervor, während meine Gedanken zu rasen begannen. *Was bedeutet das? War er etwa schon immer einer? Schon damals? Hat er es genauso verheimlicht wie ich?*

Seine braunen Augen nahmen zögerlich Kontakt zu meinen auf, bevor seine Worte plötzlich wie ein Schwall aus ihm herausbrachen.

„Seit gestern. Oder schon immer. Keine Ahnung! Auf jeden Fall habe ich es gestern Abend erst herausgefunden. Also … bemerkt … Ich meine, woher weiß man so etwas schon? Wie war das denn bei dir? Hat es dir jemand gesagt? Oder hast du es selbst entdeckt?"

„Letzteres."

„Hm. Ja, so war es bei mir auch."

Er atmete erleichtert auf und ein zaghaftes Lächeln umspielte seine Lippen.

„Und wie hast du es entdeckt?", hakte ich nach.

„Einfach so. Ich lag im Garten auf dem Rasen und habe gelesen. Dabei haben meine Finger mit der trockenen Erde gespielt und plötzlich … Ich weiß gar nicht, wieso es passiert ist … Vielleicht habe ich an dich gedacht? Auf jeden Fall stand dort plötzlich dein Name."

„Wie jetzt? Mein Name? Wo?"

„Im Gras – oder besser gesagt: der Erde. Die Buchstaben haben sich einfach so geformt, ohne dass ich etwas tun musste. Zuerst konnte ich es gar nicht glauben. Ich hatte gerade erst den Bericht über deinen Besuch bei der Bundeskanzlerin gesehen und … vielleicht habe ich deshalb an dich gedacht. Zumindest wusste ich zuerst nicht, was das alles bedeuten soll. Aber dann ist es mir wie Schuppen von den Augen gefallen: Ich muss ein Elementarer sein. Ein Soil oder wie die sich nennen."

Er sah mich erwartungsvoll an, wobei er erneut mit seinen Fingern herumspielte, als könne er gar nicht fassen, wozu diese imstande waren.

Ich konnte es auch nicht fassen.

„Du willst mir also erzählen, dass du mit Erde meinen Namen auf den Boden geschrieben hast und deshalb glaubst, dass du ein Elementarer bist?"

„Ja! Ich meine … nein … Ich habe ja gar nichts gemacht. Die Erde hat die Buchstaben selbst geformt, nachdem ich an dich gedacht habe."

„Und seitdem hast du nicht probiert, deine Fähigkeiten nochmal zu benutzen?"

„Natürlich nicht! Ich habe ja keine Ahnung, was ich damit anrichten könnte. Vielleicht löse ich aus Versehen ein Erdbeben aus oder so …"

David warf einen nervösen Blick auf seine Hände, als würde er ihnen nicht recht vertrauen.

„Unsinn", erwiderte ich bestimmt. „Du wirst schon nichts kaputt machen, solange du es nicht beabsichtigst. Also lass mal sehen."

„Was?"

„Na, deine Fähigkeiten. Irgendwas. Hier ist ja genug Erde überall. Von mir aus kannst du jeden Namen schreiben, der dir einfällt. Völlig egal."

„Du willst, dass ich es jetzt ausprobiere?"

„Natürlich! Woher sollen wir denn sonst wissen, ob das nicht bloß ein Versehen war?"

„Wie kann sowas denn ein Versehen sein?"

„Keine Ahnung! Mir hat am Anfang auch keiner gesagt, was ich tun soll. Ich habe es einfach versucht! Und genau das solltest du jetzt tun. Denn sonst wirst du dich vor deinen Fähigkeiten fürchten und das ist völlig unnötig."

„Wenn du meinst …"

David blickte unsicher auf seine hellbraunen Hände hinab – *Er hat einen echt schönen, natürlichen Teint!* – und ging dann in die Knie. Vorsichtig legte er eine Handfläche auf den Boden und starrte konzentriert auf die Erde zwischen seinen gespreizten Fingern.

Ich folgte seinem Blick, konnte jedoch nichts Ungewöhnliches sehen. Nach kurzem Warten ging ich ebenfalls in die Hocke und beobachtete, wie sich leichte Schweißperlen auf Davids Stirn bildeten.

Gerade, als ich ihm mitteilen wollte, dass er sich vielleicht geirrt und seine Fähigkeiten nur eingebildet hatte, begann die Erde um seine Fingerspitzen sich zu bewegen.

Zuerst war es nur ein leichtes Beben. Einzelne Erdklumpen rollten von seiner Hand weg und blieben scheinbar willkürlich auf dem Boden liegen. Dann wurden es jedoch immer mehr, bis sich erste Buchstaben auf der Erde abzeichneten.

Gespannt beobachtete ich, wie sie sich zu einem Wort formten, während David angespannt die Lippen aufeinanderpresste.

Als er fertig war, entfuhr ihm ein erleichtertes Seufzen, während er seine Hand hob und sein Werk betrachtete. Meine Lippen formten lautlos den Namen, den er geschrieben hatte: Johanna.

„Und?", entfuhr es David, sobald er sich erhoben hatte. „Was sagst du nun?"

Ich folgte seinem Beispiel und richtete mich langsam auf, während mein Blick auf dem Erdboden haften blieb.

„Öhm … Du hättest durchaus einen anderen Namen nehmen können …"

„Echt jetzt? Ist das das Einzige, was dir dazu einfällt?"

„Nein. Ich meine ja nur … Aber du scheinst tatsächlich ein Elementarer zu sein. Ein Soil. Das ist … ziemlich … unglaublich."

„Und cool!", ergänzte David.

Seine neugewonnene Zuversicht zauberte ihm ein breites Grinsen auf das Gesicht. Zufrieden musterte er sein Werk, wobei dennoch Überraschung und Ungläubigkeit in seinem Blick zu sehen waren.

Meine Augen wanderten zu seinen hinauf, welche mir begeistert entgegenleuchteten.

„Jetzt bin ich einer von euch", verkündete David unerwartet und hielt mir die ausgestreckte Hand für ein High Five hin.

Ich schlug ein, wobei ich mir ein Grinsen meinerseits nicht verkneifen konnte.

„Sieht ganz danach aus. Willkommen im Club! Allerdings hast du dir echt eine schwierige Zeit ausgesucht – zumindest aus politischer Sicht. Vielleicht hättest du mit der Entdeckung deiner Fähigkeiten warten sollen, bis wir weltweite Anerkennung und Akzeptanz erlangt haben."

„Tja, dafür ist es nun zu spät. Aber ich könnte euch helfen … irgendwie … So etwas wie diese Video-Botschaften, die ihr heute alle gepostet habt. Kann ich sowas auch machen? Wie komme ich denn überhaupt mit anderen Elementaren in Kontakt? Gibt es da besondere Chatrooms oder so?"

„So ähnlich. Zu deinem Glück habe ich gerade die beiden Experten unseres Online-Netzwerkes hier in der Gegend bei mir zu Besuch. Sie würden dir bestimmt gerne Auskunft geben."

„Du bist also eher für die politischen Sachen zuständig?", fragte David neugierig. „Treffen mit der Regierungsebene und so?"

„Öhm … So könnte man das sagen … Wobei ich mich natürlich auch bei den Online-Aktionen beteilige …"

„Ja, das habe ich gesehen. Ziemlich cool, was ihr da gemacht habt. Diese Videos wegen China, meine ich."

Er lächelte mich verlegen an, wobei ich eine leichte Nervosität aus seiner Stimme heraushören konnte.

„Danke", erwiderte ich zögerlich und wandte mich zum Gehen um. „Sollen wir dann zu mir fahren? Charlotte würde dich sicherlich gerne kennenlernen und auch Fiona könnte dir einiges über Online-Kontakte und Foren für Soils erzählen."

„Da gibt es extra Foren?"

„Klar. Wir sind eine ziemlich gut vernetzte Online-Community. Natürlich tauschen wir uns auch elementübergreifend untereinander aus, aber manche Dinge lassen sich besser in den jeweiligen Elementen-Gruppen besprechen."

„Hm. Verstehe. Aber ich kann trotzdem Zeit mit dir verbringen, oder?"

Ich blieb abrupt stehen. David stolperte in mich hinein und taumelte gegen eine Maispflanze, bevor er sich wieder fing und mich überrascht ansah.

„Wie meinst du das?", fragte ich vorsichtig.

„Na ja ... Wir sind doch jetzt quasi ... Teil einer Gemeinschaft oder so ... Ich dachte nur, dass wir ... jetzt wo ich auch ein Elementarer bin ... wieder mehr miteinander zu tun haben könnten. Immerhin kann ich dich jetzt besser verstehen und ..."

Er schaute nervös auf seine Hände hinab, wobei mir nicht entging, dass sein Blick zu meinem Namen auf dem Erdboden hinüberhuschte. Seine Wangen wurden ein wenig rot, während meine Augen sich in plötzlichem Verstehen weiteten.

„Oh! Du meinst ... Willst du damit sagen, dass du wieder mit mir zusammen sein möchtest? Also ... nicht nur als Elementare oder Verbündete, sondern ... als Freunde ... oder Partner?"

Seine braunen Augen nahmen eher zögerlich den Kontakt zu meinen auf, wobei ich eindeutig einen Hoffnungsschimmer in ihnen entdecken konnte.

„Ich liebe dich, Johanna", flüsterte er. „immer noch."

Mein Mund öffnete sich für eine Erwiderung, aber die Worte blieben mir im Hals stecken. Mein Herz raste wie verrückt und schnürte mir mit seinem wilden Pochen die Kehle zu.

„Können wir es nicht noch einmal versuchen?", fuhr David fort, da er mein Schweigen fälschlicherweise als Zustimmung zu deuten schien. „Ich bin jetzt immerhin einer von euch, richtig? Endlich verstehe ich, wieso du dich damals so verändert hast – ich habe mich nun auch verändert! Wir könnten wieder mehr Zeit miteinander verbringen ... uns austauschen ... endlich über die gleichen Themen sprechen ..."

„Nein."

„Wie? Nein? Was ‚nein'?"

„Nein. Ich kann nicht ..."

„Aber wieso?" Verzweiflung mischte sich in seine Stimme. „Ich bin jetzt auch ein Elementarer. So wie du! Oder liegt es daran, dass wir nicht das gleiche Element haben? Kannst du nur mit einem Pyro zusammen sein?"

„Nein ... das ist es nicht. Ich bin ... also ... Um ehrlich zu sein ... Ich bin mittlerweile mit ... jemand anderem zusammen."

„Oh." David schlug enttäuscht die Augen nieder. „Ich verstehe. Da komme ich wohl ungelegen ..."

„Tut mir leid, falls ich deine Gefühle verletzt habe. Das war nie meine Absicht."

„Dir muss nichts leidtun. Du kannst zusammen sein, mit wem du willst. Ich bin anscheinend nicht der Richtige für dich ... oder einfach zu spät ..."

„David …"

„Ist schon gut. Ich geh dann mal lieber."

Er wandte sich von mir ab und verschwand mit zügigen Schritten in Richtung der Fährräder. Ich blieb kurz verdutzt stehen, rannte ihm dann aber hinterher und holte ihn noch vor den Fahrrädern ein.

„Jetzt warte doch mal! Wir müssen nicht gleich im Streit auseinandergehen."

„Tun wir auch nicht", erwiderte David kurz angebunden und lief weiter. „Wir haben uns ja nicht gestritten. Nur festgestellt, dass ich nicht zu dir passe."

„So war das gar nicht gemeint. Wir können trotzdem … du weißt schon …"

„… Freunde sein?"

Ich sah ihn entschuldigend an und nickte.

„Ich weiß, dass dieser Satz total abgedroschen klingt. Aber … ja. Einfach Freunde. Wäre das in Ordnung?"

Wir traten aus dem Maisfeld heraus und David blieb zögerlich neben den Fahrrädern stehen.

„Ich weiß nicht, ob ich mit dir befreundet sein kann", gab er leise zu. „Es ist ja nicht so, als könnte ich meine Liebe für dich einfach abstellen oder so …"

Mein Herz machte einen Satz. *Ich hätte nie gedacht, dass er noch so tiefe Gefühle für mich hat. Sogar jetzt noch, wo wir schon länger nicht mehr zusammen sind.*

„Tut mir leid", murmelte ich, weil ich nicht wusste, was ich sonst sagen sollte.

„Nun hör doch endlich mal auf, dich zu entschuldigen! Das macht es auch nicht besser. Es gibt nichts, was du falsch gemacht hast. Es ist meine Schuld, dass ich dich liebe. *Ich müsste derjenige sein, der sich entschuldigt … Ich hätte dich gar nicht erst anrufen sollen …"*

„Was? Nein! Es war gut, dass du mich angerufen hast. Ich bin froh, dass du mir von deiner Entdeckung und deinen Fähigkeiten erzählt hast. Du bist jetzt einer von uns und gerade wegen der aktuellen politischen Lage sollten wir Elementaren zusammenhalten. Also lass mich dich wenigstens Charlotte und Fiona vorstellen, in Ordnung?"

David sah mich unentschlossen an.

„Bitte?", fragte ich mit flehenden Augen. „Nur damit du Kontakte zu anderen Soils knüpfen kannst, okay? Ich würde mir sonst immer Vorwürfe machen, dass ich dich mit deinen neuentdeckten Fähigkeiten im Stich gelassen habe."

„Hm. Na, bevor du dir Vorwürfe machst ..."

„Danke!"

Ich fiel ihm spontan um den Hals, ließ ihn jedoch hastig wieder los, als ich bemerkte, wie nah ich dabei seinem Gesicht kam. *Er soll jetzt bloß keine falschen Schlüsse ziehen.*

„Also dann", rief ich etwas zu enthusiastisch. „Auf zu neuen Abenteuern ... oder so ..."

Hastig schwang ich mich auf mein Fahrrad, bevor mein Mund eine weitere Albernheit von sich geben konnte und fuhr mit David in Richtung meines Elternhauses, um ihn Charlotte und Fiona vorzustellen.

Kapitel 17

„Johanna!"

Charlotte kam mir bereits auf der Einfahrt entgegen-gelaufen, blieb jedoch abrupt stehen, als sie David entdeckte.

„Oh. Öhm … Hallo."

Ihre Augen musterten David interessiert, welcher seinerseits ein wenig rot anlief, während er sich bemühte, Charlottes feurigen Blick zu erwidern.

„Guten Abend", erwiderte er mit erstaunlich tiefer Stimme. *Will er Charlotte etwa mit seiner Männlichkeit beeindrucken? Oder liegt es daran, dass er nun ein Soil ist? Macht seine Erdverbundenheit seine Stimme tiefer?*

„Guten Abend. Ich bin Charlotte, eine Freundin von Johanna – wie du vielleicht schon gehört hast."

Charlotte schenkte David ein strahlendes Lächeln, wobei ihre braunen Augen fröhlich blitzten. *Hoffentlich spricht sie ihn nicht auf das ‚Ex'-Thema an …*

„Ja, Johanna hatte gerade eben von dir gesprochen. Ich bin übrigens David."

„Na, dann hat sie hoffentlich nur Gutes erzählt", entgegnete Charlotte heiter und wandte sich dann an mich. „Johanna? Das kommt jetzt vielleicht etwas ungelegener als ich dachte, aber … wir haben Besuch."

„Wie jetzt? Außer Fiona und dir, meinst du?"

„Jap."

Charlotte warf einen schnellen Blick über ihre Schulter.

„Aber vielleicht kann das ja auch warten. Fiona würde bestimmt gerne David kennenlernen und … Ich könnte sie ja mal eben holen …"

„Moment mal!"

Mein Blick wanderte zum Haus und mein Herz begann, schneller zu schlagen.

„Du meinst doch nicht etwa …?"

„Oh doch. Genau den meine ich."

Ich war viel zu überrumpelt, um einen klaren Gedanken fassen zu können. Ohne zu überlegen, sprang ich vom Sattel, stellte mein Fahrrad ab und rannte in Richtung Haus. David hatte ich in diesem Moment völlig vergessen.

„Öhm … Ich warte dann mal hier …?", hörte ich seine Stimme wie aus weiter Ferne, doch mein Kopf war bereits ganz woanders.

Garrett!

Meine Sandalen von mir schmeißend, stürmte ich ins Wohnzimmer. Es war leer. Ich blieb kurz stehen, während das Blut in meinen Ohren rauschte und selbst meine aufgeregten Gedanken übertönte. *Garrett, wo bist du?*

Einem spontanen Impuls folgend, lief ich auf die Terrasse hinaus – und erstarrte.

Der Anblick, der sich mir bot, kam so unerwartet, dass ich im halben Lauf zur Salzsäule gefror und die skurrile Szenerie mit großen Augen betrachtete.

Meine Augen huschten sofort zu Garrett hinüber, welcher auf einem der Liegestühle am Pool saß und angespannt zwischen seinem Meister und meinem Vater hin- und herblickte.

Meine Eltern hatten sich wie zwei schützende Wächter vor dem Haus aufgebaut und versperrten den beiden Hydros den Weg, während sie Garretts Meister feindselig musterten.

Fiona stand zwischen den beiden Fronten und hatte beschwichtigend die Hände erhoben, als sei sie im Begriff, einen Kampf zu verhindern.

Als ich hinzukam, wandte sie sich sofort mit hilfesuchendem Blick in meine Richtung, doch meiner ruhte auf Garrett.

Er hatte mich ebenfalls gesehen und sprang von der Sonnenliege auf, woraufhin mein Vater drohend seinen Zeigefinger erhob.

„Keinen Schritt weiter, Garrett. Ich will erst wissen, was dieser Kerl dort im Schilde führt, bevor du wieder einen Fuß in mein Haus setzen darfst!"

„Dad", rief ich, sobald ich endlich aus meiner Schockstarre erwachte. „Es ist alles in Ordnung." *Hoffe ich zumindest!* „Das ist Garretts ... Lehrer."

Meine Eltern fuhren überrascht zu mir herum, doch ich eilte an ihnen vorbei und blieb mit pochendem Herzen vor Garrett stehen.

Seine dunkelbraunen Haare waren ein wenig nass und zerzaust, seine Haut gebräunt, als hätte er tagelang in der Sonne verbracht.

Ich hatte jedoch nur Augen für die seinen. Sie wirkten noch tiefer und blauer als zuvor, wie eine aufgewühlte See, in der gleichzeitig eine unergründliche Ruhe schlummerte.

Die Zeit schien stillzustehen, während ich in seinen Augen versank. Keiner sprach ein Wort oder rührte sich.

Dann hob Garrett langsam eine Hand und streichelte zärtlich über meine Wange. Ein angenehmes Kribbeln erfüllte meinen Körper und ließ mein Herz noch schneller schlagen.

„Ich habe gehört, dass du nach mir suchst", flüsterte er schuldbewusst und sah mich ernst an. „Es tut mir leid, dass ich mich nicht bei dir gemeldet habe. Irgendwie ging alles so schnell ... nach dem Besuch bei meinen Eltern ..."

„Du warst bei deinen Eltern?", brach es aus mir heraus und ich trat unwillkürlich einen Schritt zurück. „Ich dachte, du wolltest nur nach deinem Meister suchen. Warum hast du denn nichts gesagt? Ich hätte mit dir gehen können ..."

„Nein. Das war etwas, was ich alleine machen musste. Immerhin wusste ich nicht, wie sie auf mich reagieren würden. Da wollte ich sie nicht gleich mit meiner Freundin überraschen."

Mein Herz machte einen Satz. *Freundin! Er sieht mich also wirklich als seine Freundin. Mum hatte recht. Er liebt mich wirklich! Und er ist zu mir zurückgekommen ...*

„Und? Wie haben deine Eltern denn reagiert?"

„Öhm ... Das erzähle ich dir lieber später mal in Ruhe. Sagen wir, es war nicht gerade schön, aber ... ich hatte es auch nicht anders erwartet. Jedenfalls ging dann alles etwas drunter und drüber ... Ich habe danach völlig die Zeit vergessen. Tut mir wirklich leid, dass du dir meinetwegen Sorgen gemacht hast."

„Schon okay. Wenn ich gewusst hätte, dass du zu deinen Eltern gehst ... Aber jetzt bist du ja wieder hier. Und deinen Meister scheinst du auch gefunden zu haben."

Ich warf besagter Person einen kurzen Blick zu. *Irgendetwas an diesem Kerl ist komisch. Ich werde ihm wohl nie wirklich vertrauen ... Ich kenne nicht mal seinen Namen.*

„Tja, eigentlich hat er eher mich gefunden", erwiderte Garrett. „Und das keinen Moment zu früh. Aber das erzähle ich dir später. Jetzt ist erst mal wichtig, dass du weißt, dass es mir gut geht und du dir keine Sorgen mehr zu machen brauchst."

„Hm? Moment! Das klingt so, als wolltest du gleich wieder gehen ..."

Bevor Garrett zu einer Erwiderung ansetzen konnte, ertönten eilige Schritte hinter uns.

„Sorry, Johanna", rief Charlottes aufgeregt. „Aber David wollte nicht länger warten und ... Oh!"

Ich fuhr sofort herum, doch es war bereits zu spät. David starrte mich und Garrett mit großen Augen an. Obwohl Garrett nun langsam seine Hand sinken ließ, gab es keinen Zweifel, dass David genau wusste, wen er hier vor sich hatte. *Verdammt! Worst timing ever!*[7]

„David", setzte ich an, wusste jedoch nicht, was ich sagen sollte.

Ich machte ein paar Schritte auf ihn zu, während meine Eltern verwirrt beiseitetraten, um uns ein wenig Raum zu geben.

Fiona gesellte sich zu Charlotte, welche ihr im Flüsterton erklärte, um wen es sich bei unserem Neuankömmling handelte. Ihre Augen wurden groß, während sie zwischen mir und David hin und her huschten.

„Ich verstehe schon", erwiderte David mit harter Stimme. „In deinem Leben gibt es keinen Platz mehr für mich. Ich sollte wohl lieber gehen."

„Nein! Warte …"

„Habe ich etwas verspasst?", fragte Garrett hinter mir und trat einen Schritt vor, um sich zu mir zu gesellen.

David funkelte ihn hasserfüllt an und seine sonst so schönen braunen Augen verengten sich zu Schlitzen.

„Keine Sorge. Sie hat sich sowieso schon für dich entschieden."

Ich konnte hören, wie Garrett hinter mir scharf die Luft einsog, als er verstand, was David damit meinte.

„Johanna?", fragte Garrett leise. „Was ist hier los?"

„Ich … ich kann das alles erklären …"

„Nicht nötig", fuhr David mir dazwischen. „Ich gehe!"

Mit diesen Worten machte er auf dem Absatz Kehrt und eilte in Richtung Einfahrt davon.

---

[7] Schlechtestes Timing überhaupt!

„David! Warte doch!"

Ohne nachzudenken, rannte ich ihm hinterher, wobei ich hörte, wie Garrett mir zögerlich folgte.

„David!", rief ich erneut und legte einen Zahn zu.

Bevor er auf sein Fahrrad steigen konnte, hatte ich ihn eingeholt und kam schlitternd vor ihm zum Stehen.

„David, bitte! Lass mich doch ... Ich will nicht, dass wir so auseinandergehen ..."

„Wieso denn nicht?", fragte David herausfordernd. „Du hast doch jetzt deinen Traumprinzen gefunden. Ist er auch ein Pyro, so wie du?"

„Nein, ist er nicht ..."

„Ach, stimmt ja. Das ist der Hydro von eurem Auftritt in Berlin, richtig? Ist auch egal! Du hast dich entschieden. Ich habe hier nichts mehr verloren."

„Das stimmt nicht ..."

„Wirklich?" Er funkelte mich wütend an. „Dann sag mir, was ich hier noch soll!"

„Du ... Ich ... Wir könnten doch ..."

„Nein, wir werden keine Freunde bleiben! Du hast jetzt ein neues Leben und darin ist ganz offensichtlich kein Platz mehr für mich. Ich will nicht zwischen euch stehen, als Teil einer Vergangenheit, mit der du abgeschlossen hast."

„Aber ... wir könnten doch zusammenarbeiten ... Als Elementare meine ich ... als Verbündete ..."

„Johanna, versteh das doch endlich! Wie sollte ich denn aufhören dich zu lieben, wenn ich dich jeden Tag sehen würde? Meine Gefühle für dich sind nicht einfach weg, nur weil du einen Neuen gefunden hast!"

Ich konnte förmlich spüren, wie Garrett hinter mir erstarrte. Davids Blick huschte über meine Schulter und verdüsterte sich.

„Wie gesagt: Ich gehöre hier nicht mehr her."

„Doch! Du bist hier stets willkommen. Als Gast, als Freund, als …"

„… Außenseiter. Ihr seid eine feste Gemeinschaft. Da möchte ich mich nicht einmischen."

Ohne mich eines weiteren Blickes zu würdigen, ging er um mich herum und stieg auf sein Fahrrad. Ich wandte mich hastig zu ihm um und ergriff seinen Lenker.

„David … Bitte! Ich möchte nicht, dass wir uns im Streit trennen …"

„Zu spät", murmelte er und versuchte, meine Finger von seinem Lenker zu lösen. „Aber mach dir bitte keine Vorwürfe. Es ist nicht deine Schuld."

„Doch! Ist es! Ich war ignorant und habe dich hier einfach so stehenlassen. Das war nicht fair! Ich hatte dir meine Hilfe versprochen … und stattdessen …"

„… hat Charlotte mir geholfen. Sie hat mir gezeigt, wie ich mit anderen Soils in Kontakt treten kann. Und genau das werde ich tun: mich mit meinesgleichen zusammentun."

„Oh." Ich sah betreten zu Boden. „Ich verstehe."

Widerwillig ließ ich seinen Lenker los. Sofort spürte ich, wie sich ein Kloß in meinem Hals bildete und mir die Tränen in die Augen stiegen. Mein Herz schlug Alarm, als sei es noch nicht bereit, David gehenzulassen.

„Viel Erfolg", murmelte ich, während ich die Tränen wegblinzelte und seinen Blick suchte.

„Danke. Dir auch."

Seine Augen huschten zu mir hinüber, blieben jedoch nicht an den meinen hängen. Mit einem abschließenden Nicken schwang sich David in den Sattel und radelte vom Hof, während ich ihm mit gemischten Gefühlen hinterher-blickte. *Wieso tut es jetzt bloß mehr weh ihn loszulassen, als damals, wo er mit mir Schluss gemacht hat??*

„Ich glaube, wir haben uns gegenseitig viel zu erzählen", brach Garrett nach einer Weile das Schweigen.

„Scheint so", murmelte ich mit gebrochener Stimme und versuchte verzweifelt, den Kloß in meinem Hals herunterzuschlucken. „Zum Beispiel wüsste ich gerne, was zwischen deinem Meister und meinen Eltern vorgefallen ist. Und was deine Eltern zu deinem Besuch gesagt haben."

„Mein Meister wollte nicht den ganzen Weg rennen. Deshalb hat er mich per ‚Wassertransport' hergeflogen …"

„Er hat was??"

„Sollen wir zurückgehen? Dann können wir das alles in Ruhe besprechen."

Ich nickte und ließ mich von ihm zurück auf die Terrasse führen, wo die Anderen gespannt auf uns warteten.

„Ist David weg?", fragte Charlotte betreten. „Ich wollte nicht, dass er Garrett sieht, aber …"

„Es war das Beste so", erwiderte ich hastig. „Keine Sorge. Du hast alles richtig gemacht! Danke, dass du für ihn da warst und … du weißt schon …"

„Keine Ursache."

Betretene Stille machte sich breit, bis mein Vater plötzlich einen Schritt auf Garretts Meister zumachte und ihm die Hand entgegenstreckte.

„Tja, wie es scheint, sind Sie ein Freund von Garrett. Tut mir leid, dass die Begrüßung vorhin etwas unfreundlich ausgefallen ist. Mein Name ist Tom Faystone. Ich bin der Vater von Johanna – die Sie ja zu kennen scheinen."

Ich hielt die Luft an, während ich gespannt wartete, wie Garretts Meister reagieren würde. Zu meiner Überraschung – und großen Erleichterung – ergriff er die Hand meines Vaters ohne Umschweife und schüttelte sie fest.

„Freut mich, Sie kennenzulernen, Herr Faystone. Mein Name ist Richard Jones."

Kapitel 18

Wie genau Garrett und ich es schafften, uns von den Anderen zurückzuziehen, um uns in Ruhe zu unterhalten, konnte ich im Nachhinein nicht mehr sagen.

Auf jeden Fall machten wir es uns in einer ruhigen Ecke des Gartens gemütlich und erzählten uns gegenseitig, was bei uns vorgefallen war, seit wir uns das letzte Mal gesehen hatten.

Ich war schockiert über das Verhalten seiner Eltern und insbesondere den Verrat seines Vaters, welcher bereit gewesen war, seinen Sohn der Gewalt der radikalen kirchlichen Anhänger zu überlassen.

„Du hättest aber nicht wirklich zugelassen, dass sie dich verbrennen, oder?"

„Keine Ahnung", erwiderte Garrett, wobei er meinem Blick auswich. „Ich wollte meinem Vater keinen Ärger machen. Wenn ich meine Elementaren-Kräfte angewandt hätte, wäre er doch in seiner Überzeugung, dass ich böse bin, nur bestätigt worden! Das wollte ich vermeiden…"

„Das verstehe ich. Aber … sie wollten dich verbrennen!"

„Tja, zum Glück ist Richard ja genau im richtigen Moment aufgetaucht."

„Stimmt. Womit wir beim nächsten Thema wären: Wo genau hast du dich mit deinem Meister denn rumgetrieben, dass ihr so lange weg wart?"

„Wir sind ans Meer gegangen. Da wir beide kein Auto haben, hat es natürlich eine Weile gedauert…"

„Moment mal! Er hat auch kein Auto? Habt ihr beide gar keinen Führerschein?"

„Nicht wirklich. Ich habe nur einen Gefälschten."

„Aber was ist denn mit dem Ausweis, den du der Polizei vorgezeigt hast, als sie uns in Berlin kontrolliert haben?"

„Der Perso war echt. Den habe ich noch aus der Zeit, in der ich im Waisenhaus gelebt habe. Zum Glück hatte ich gerade erst einen Neuen bekommen, kurz bevor ich abgehauen bin. Von daher ist er noch gültig."

„Darf ich ihn mal sehen?"

„Klar."

Garrett griff in seine Hosentasche und zog seinen Personalausweis hervor. Ich nahm ihn entgegen und überflog neugierig die angegebenen Namensdaten.

„Das ist aber nicht dein echter Nachname, richtig?"

„Stimmt. Den haben sie mir gegeben, als ich so getan habe, als könne ich mich nicht an meinen echten Namen erinnern."

„Garrett Meier. Klingt irgendwie komisch."

„Deshalb habe ich ihn auch nie verwendet. Garrett hat bisher meistens gereicht."

„Hm."

Ich hielt mich zurück, ihn nach seinem wirklichen Nachnamen zu fragen – *Nach einer so unangenehmen Begegnung mit seinen Eltern wäre das jetzt wohl nicht das Richtige* – und wandte mich stattdessen der nächsten Zeile des Personalausweises zu.

„Und du bist am 24. November 1991 geboren? Oder ist das auch eine erfundene Angabe?"

„Nein, der Teil stimmt."

„Also wirst du dieses Jahr 21 Jahre alt?"

„Gut erkannt, du Mathe-Genie."

Wir mussten beide grinsen, während ich ihm seinen Personalausweis zurückgab und mich an seine Schulter anlehnte.

137

„Schön. Jetzt, wo wir die Formalitäten geklärt haben, können wir ja mit deiner Erzählung fortfahren. Du warst also mit deinem Meister am Meer?"

„Du kannst ihn gerne Richard nennen, aber ja. Wir waren am Meer. Er hat mir einige ziemlich abgefahrene Sachen gezeigt und von seiner Vergangenheit erzählt. Plötzlich hat alles irgendwie einen Sinn ergeben … Ich war so überrascht und … es hat sich so gut angefühlt, wieder mit jemandem über meine Fähigkeiten sprechen zu können, der versteht, was ich meine."

Ich senkte beschämt den Kopf.

„Tut mir leid", murmelte ich.

„Was?"

„Dass du mit mir nicht so über das Wasser sprechen kannst. Ich versuche natürlich, nachzuvollziehen wie es für dich sein muss … aber letztendlich sind wir, was unsere Elemente angeht, eben sehr verschieden …"

„Na und? Das ist doch nichts Schlimmes! Es macht mir Spaß mit dir und dem Feuer zu trainieren. Und mit dir zu sprechen. Es ist nur eine andere Art von Austausch. Aber das ist ja nicht schlecht."

„Du wärst also nicht lieber mit einer Hydro zusammen, die dich besser versteht als ich?"

„Wer sagt denn, dass mich jemand besser verstehen könnte als du, nur weil sie die gleichen Fähigkeiten hätte wie ich?"

„Hm."

Ich hob nachdenklich den Kopf und sah zu seinen wasserblauen Augen hinauf. *Wie kann er sich da so sicher sein? Oder sagt er das nur, um mich zu beruhigen?*

„Wärst *du* denn lieber mit einem Pyro zusammen?", fragte Garrett unvermittelt und sah mich ernst an. „Oder mit diesem David?"

138

„Was?? Nein! Natürlich nicht. David und ich – das war einmal. Wir sind schon seit einer Weile getrennt. Und ich möchte gar nicht mit jemand anderem zusammen sein. Ich liebe *dich!*"

Ein glückliches Lächeln umspielte seine Lippen, bevor er sich hinunterbeugte und sanft die meinen küsste.

„Und ich liebe *dich*", flüsterte er und gab mir einen weiteren, leidenschaftlichen Kuss.

„Hey, ihr beiden Turteltauben", erklang plötzlich Charlottes amüsierte Stimme von der Terrasse. „Es wird langsam dunkel und Herr Jones wüsste gerne, ob er seinen Schüler heute nochmal zu sehen bekommt!"

Ich musste ein Lachen unterdrücken, während ich Garrett entschuldigend ansah.

„Sieht so aus, als müssten wir unsere Unterhaltung ein andermal fortführen ..."

„Das Wichtigste haben wir ja gerade geklärt", erwiderte er mit einem breiten Lächeln und gab mir einen letzten Kuss. „Alles andere kann warten."

„Alles?"

„Na ja, außer Charlotte vermutlich."

Wir mussten beide grinsen und machten uns Hand in Hand auf den Weg zurück zum Haus.

„Geht doch", begrüßte Charlotte uns ungeduldig. „Die Anderen sind schon reingegangen. Wir hatten bereits befürchtet, dass ihr die Nacht im Garten verbringen wollt."

Sie zwinkerte mir vielsagend zu und ich wurde ein wenig rot. *Ach ja! Meine Eltern wissen immer noch nichts von meiner Entjungferung ... Das sollte ich bald mal ändern ...*

„Jetzt sind wir ja hier", sagte Garrett ruhig und legte mir einen Arm um die Schulter. „Wollen wir?"

Gemeinsam mit Charlotte gesellten wir uns zu den Anderen ins Wohnzimmer, wo sich meine Eltern mit Fiona und Garretts Meister auf unserer Sofalandschaft nieder-gelassen hatten. Es war ein eher ungewohnter Anblick, doch ich nahm an, dass ich mich nun daran würde gewöhnen müssen. *Richard scheint für Garrett eine wichtige Bezugsperson zu sein. Und ich sollte ihm definitiv dankbar sein! Immerhin hat er Garrett quasi das Leben gerettet …*

„Ach, da seid ihr ja", hieß meine Mutter uns fröhlich in der kleinen Runde willkommen. „Die Plätze sind langsam ziemlich ausgebucht …"

Als wolle sie diese Worte unterstreichen, ließ Charlotte sich demonstrativ neben Fiona auf das Sofa fallen und blickte uns herausfordernd an. Da nur noch einer der Sessel frei war, blieb uns nichts anderes übrig, als uns einen Platz zu teilen.

Für Garrett schien dies zum Glück kein Problem darzustellen. Er ließ sich auf dem Sessel nieder und zog mich wie selbstverständlich auf seinen Schoß, während ich ein wenig rot wurde und verlegen zu meinen Eltern hinübersah.

„Ja, da sind wir. Haben wir etwas verpasst?"

„Nicht direkt", entgegnete Garretts Meister sofort. „Wir haben uns nur kurz vorgestellt und über die aktuelle politische Lage gesprochen."

„Apropos vorgestellt", hakte ich nach. „Richard Jones klingt nicht gerade nach einem einheimischen Namen. Darf ich fragen, wo genau Sie herkommen?"

„Das darfst du und genauso darfst du mich Richard nennen und duzen. Deine Frage werde ich allerdings ein andermal beantworten müssen. Es wird schon dunkel und ich möchte die Gastfreundschaft deiner Eltern nicht länger ausnutzen."

„Oh, das macht doch nichts", versuchte meine Mutter zu vermitteln, doch Richard winkte dankend ab.

„Das ist sehr freundlich, Frau Faystone, doch Garrett und ich haben noch ein bisschen Arbeit vor uns. Von daher sollten wir uns jetzt auf den Weg machen."

Während meine Gedanken darum kreisten, was genau Richard wohl mit ‚ein bisschen Arbeit' meinte, machte Garrett tatsächlich Anstalten, sich zu erheben. Ich blieb jedoch auf seinem Schoß sitzen und sah ihn fragend an.

„Und was bedeutet das? Verschwindest du jetzt wieder für mehrere Tage? Wochen? Monate?"

„Na, ganz so lange sicherlich nicht. Eher Tage, höchstens ein paar Wochen."

„Aha. Und wieso?"

„Weil es so aussieht, als würden die Politiker der Weltgeschichte uns in Zukunft weiterhin vor einige Herausforderungen stellen. Und denen wäre ich gerne gewachsen."

„Du gehst also fort, um zu Trainieren und deine Fähigkeiten zu erweitern?"

„Sozusagen."

„Geht das denn nicht hier in der Nähe?"

„Wir möchten niemanden stören, deshalb wollen wir lieber in ein etwas abgelegeneres Gebiet gehen, um die Normalen nicht zu beunruhigen."

„Oh. Ich verstehe." Ich ließ meinen Kopf hängen und seufzte laut. „Wenn es sein muss …"

„Aber ich komme wieder. Versprochen!"

Garrett legte liebevoll eine Hand unter mein Kinn und hob meinen Kopf an, bis unsere Nasenspitzen sich trafen. Mein Herz legte einen Zahn zu, während mein Anstandsbewusstsein mich vergebens daran erinnerte, dass wir einige Zuschauer hatten.

Garrett schien von derlei Gedanken völlig befreit zu sein und gab mir einen zarten Kuss, wobei ich Charlotte leise Kichern hören konnte.

Ich ignorierte meine glühenden Wangen und die Blicke meiner Eltern, welche mir im Rücken brannten. Mit der Leidenschaft des Abschieds erwiderte ich Garretts Kuss und löste mich nur ungerne von ihm, als mein Vater sich hinter uns räusperte.

„Tja, dann gehen wir wohl mal", beendete Richard das leicht angespannte Schweigen. „Vielen Dank für Ihre Gastfreundschaft."

Er schüttelte meinen Eltern die Hand, während ich mich widerwillig von Garretts Schoß erhob und ihn mit einem letzten Kuss gehenließ.

„Kann ich dich irgendwie erreichen?", fragte ich, als ich ihn und Richard zur Tür gebracht hatte.

„Öhm … Nicht wirklich … Aber ich komme sobald es geht zurück, okay? Mach dir keine Sorgen."

„Ha! Das ist leichter gesagt, als getan. Schon allein die Politik bereitet mir ständiges Kopfzerbrechen … Wenn ich dann noch daran denke, wie gerne du dich in Gefahr begibst …"

„Falls es in der Weltpolitik kritisch wird, komme ich eher zurück und unterstütze dich. Versprochen."

„In Ordnung."

Ich umarmte ihn ein weiteres Mal, bevor ich zusah, wie er zusammen mit seinem Meister in der hereinbrechenden Abenddämmerung verschwand. *Immerhin weiß ich dieses Mal, dass Richard bei ihm ist, um Garrett zur Not zu beschützen. Ich kann nur hoffen, dass es dazu keinen Anlass geben wird …*

Kapitel 19

In den nächsten Tagen gaben sich Charlotte und Fiona alle Mühe, mich auf andere Gedanken zu bringen, damit ich Garrett nicht allzu sehr vermissen konnte.

Die Weltpolitik tat ihren Anteil dazu bei, indem China knallhart mit seiner feindseligen Registrierungspolitik fortfuhr, was weltweit zu ersten Unruhen unter den Elementaren führte.

Zwei Tage nachdem Garrett gegangen war, gab der amerikanische Präsident bekannt, dass er jegliche Handelsbeziehungen mit China mit starken Sanktionen belegen würde, solange deren elementarenfeindliche Gesetze weiterhin in Kraft blieben.

„This is not the time for quarrel"[8], erklang Barack Obamas weiche Stimme aus dem Lautsprecher von Charlottes Smartphone, als sie mir nach dem Frühstück eine aktuelle Rede aus den USA zeigte. „We have to unite and solve this matter as a community – not as enemies."[9]

Zu meiner Begeisterung kündigte Obama an, in Kürze ein Gesetz zu verabschieden, welches allen amerikanischen Elementaren in den USA die gleichen Menschenrechte einräumen sollte, wie sie jeder andere Staatsbürger ebenfalls hatte.

„Hoffentlich hören die anderen Länder lieber auf ihn, statt sich an Chinas Politik ein Beispiel zu nehmen", murmelte ich, sobald wir die Rede gehört hatten.

Meine Hoffnungen wurden leider enttäuscht.

---

[8] Dies ist nicht die Zeit für Streitigkeiten.

[9] Wir müssen uns vereinen und diese Angelegenheit als Gemeinschaft lösen – nicht als Feinde.

Es dauerte keine zwei Tage, bis Russland plötzlich verkündete, ebenfalls die Elementaren in ihrem Land registrieren zu lassen.

„Echt jetzt?", rief ich, als Charlotte mir diese Neuigkeiten am Frühstückstisch überbrachte. „Das kann doch nicht wahr sein!"

Vor Schreck hatte ich mich an meinem Smoothie verschluckt und hustete jetzt wütend vor mich hin, während Fiona und Charlotte bereits in eine Diskussion ausbrachen, wie wir uns am besten zu dieser neuen Entwicklung äußern konnten.

Zu meiner Überraschung war es dieses Mal die Bundeskanzlerin, welche sich zuerst bei mir meldete und mir vorschlug, nach Berlin zu kommen. Dort würde am Folgetag eine Art Krisensitzung abgehalten werden, zu der sie mich als offizielle Sprecherin für die deutschen Elementaren einlud.

Natürlich stimmte ich zu und informierte sofort Melanie von meinem Ausflug nach Berlin. Sie bestand darauf, dass ich bei ihr übernachten würde, so dass ich das Fahr-Angebot meines Vaters dieses Mal ablehnen konnte.

„Ich werde mit dem Bus fahren. Dann musst du dir nicht extra freinehmen. Außerdem weiß ich ja gar nicht, wie lange das dauern wird."

„Bist du dir sicher?", fragte mein Vater leicht besorgt. „Muss nicht ein Erwachsener bei dir sein?"

„Ich werde fast die ganze Zeit ausschließlich von Erwachsenen umgeben sein. Die können bestimmt auf mich aufpassen."

„Aber Vanessa könnte dich sonst auch fahren."

Ich sah skeptisch zu meiner Mutter hinüber, welche sofort nickte.

„Natürlich. Ich habe ja aktuell keine Model-Kampagne. Es wäre kein Problem, wenn ich länger mit dir in Berlin bleiben müsste."

„Ich weiß nicht. Melanie ist ja schon achtzehn. Sie kann zur Not mitkommen, falls ich einen Aufpasser benötige."

„Ist sie nicht am Studieren?"

„Doch, aber das Sommersemester hat noch nicht angefangen."

Letztendlich ließen meine Eltern sich dazu überreden, mich alleine fahren zu lassen.

Charlotte war natürlich völlig aus dem Häuschen und machte mir tausend Vorschläge, was ich bei der Krisensitzung alles ansprechen könnte.

„Du kannst denen auf jeden Fall gleich sagen, dass wir so einen Unsinn hier in Deutschland nicht dulden werden. Und die Elementaren in China und Russland sind ebenfalls nicht gerade begeistert. In einigen Foren kursieren schon Gerüchte über einen baldigen Volksaufstand. Von daher sollte die Bundeskanzlerin sich gut überlegen, wie sie mit der Lage umgehen will."

Fiona beschränkte sich darauf, mir viel Erfolg zu wünschen und mir beim Aussuchen meiner Garderobe zu helfen.

„Tut mir echt leid, dass ich dich ständig von deiner Masterarbeit ablenke", meinte ich, als wir mit dem Reißverschluss meiner Reisetasche kämpften.

„Ach was! Freiheit und Gerechtigkeit für die Elementaren sind mir definitiv wichtiger. Mein Professor wird das sicherlich verstehen."

„Trotzdem kannst du gerne Bescheid sagen, wenn es dir mal zu viel wird. Charlotte hat genug Begeisterung für zwei Leute! Von daher wäre es kein Problem, wenn du dir eine

Auszeit gönnst, um dich voll und ganz auf deine Arbeit konzentrieren zu können …"

„Mal schauen, ob ich in den nächsten Tagen dazu komme. Auf jeden Fall werden Charlotte und ich nach Hause fahren und dort nach dem Rechten sehen, während du unterwegs bist. Aber wir sind jederzeit erreichbar, falls du uns brauchst!"

„Danke."

Nachdem wir erfolgreich mein Gepäck im Auto verstaut hatten, ließen die vier es sich nicht nehmen, mich gemeinsam zum Busbahnhof zu fahren, um mich zu verabschieden.

Ich winkte ihnen aus dem Bus zu, bis wir um die nächste Ecke bogen und konnte mir ein Grinsen nicht verkneifen, als Charlotte Anstalten machte, dem Bus winkend hinterherzulaufen.

Gerade als ich mich vom Fenster abwandte, um mich meiner Reiselektüre – „Politik für Dummies" – zu widmen, wurde ich von meiner Sitznachbarin angesprochen.

„Sorry, dass ich dich störe, aber … bist du nicht Johanna Faystone?"

Ich legte überrascht mein Buch nieder und sah in ein blasses Gesicht mit Lippenpiercing, welches von violetten Haaren eingerahmt wurde.

„Öhm … Ja, das ist richtig." *Meine roten Haare sind wohl ein gutes Wiedererkennungsmerkmal … Aber ihre Haare würde ich auch so schnell nicht vergessen!*

„Wow! Ist ja abgefahren! Ich habe dich letztens im Fernsehen gesehen, als du bei der Bundeskanzlerin warst. Fährst du jetzt wieder dorthin? Ich bin übrigens Anna."

Sie streckte mir eine ebenfalls blasse Hand mit Sonnen-Tattoo auf dem Handrücken hin. Ich ergriff sie lächelnd und schüttelte sie höflich.

„Freut mich, dich kennenzulernen, Anna. Und ja, ich fahre wieder nach Berlin, um mich mit der ... Wobei ... Das ist eventuell noch streng geheim."

Ich machte eine bedeutungsvolle Pause und sah mich verschwörerisch zu allen Seiten um. Anna presste sofort ihre dunkelroten Lippen aufeinander und tat so, als würde sie ihren Mund abschließen.

„Keine Sorge. Von mir erfährt keiner etwas."

Ich grinste und nickte freudig.

„Da bin ich ja beruhigt. Und wie sieht's bei dir aus? Weshalb fährst du nach Berlin?"

„Meine Verlobte wohnt dort", erwiderte Anna und deutete auf einen filigran geschwungenen Ring an ihrem linken Ringfinger.

„Oh, herzlichen Glückwunsch zur Verlobung", entfuhr es mir sofort, während ich den Ring musterte. „Wie lange seid ihr schon zusammen?"

„Zwei Jahre. Wir wollten eigentlich nächsten Monat zusammenziehen, aber jetzt ist es in Berlin wegen der ganzen Elementaren-Sache ziemlich unruhig geworden – nichts für ungut."

Ich hob abwehrend die Hände und lächelte.

„Keine Sorge. Ich kann verstehen, dass es für jeden momentan eine schwierige Zeit ist. Da würde ich auch lieber erstmal abwarten, wie sich die politische Lage entwickelt."

„Ja, da hast du recht."

Anna erwiderte mein Lächeln, wobei sich das dunkle Rot ihres Lippenstifts stark von ihren weißen Zähnen abhob. *Sie sieht wirklich gut aus. Der Lippenstift passt toll zu ihren violetten Haaren. Vielleicht sollte ich mir von ihr ein paar Schmink-Tipps geben lassen – jetzt wo ich wohl öfter mal in eine Kamera schauen werde ...*

„Für euch ist es bestimmt auch nicht leicht", riss mich Annas rauchige Stimme aus meinen Gedanken. „Das, was China und Russland da abziehen, ist absolut beschissen! Nur gut, dass die USA gerade einen vernünftigen Präsidenten haben. Und der kanadische Premierminister hat ja ebenfalls schon ein Gesetz auf den Weg gebracht, welches Elementaren die gleichen Menschenrechte einräumen soll, wie allen anderen auch."

„Echt? Kanada auch?"

„Ja. Wurde gerade eben von Stephen Harper persönlich bekanntgegeben."

Ich nickte anerkennend und steckte meine Reiselektüre wieder in meinen Rucksack. *Scheint so, als hätte ich eine bessere Informationsquelle gefunden. Anna wirkt politisch sehr gebildet. Mal sehen, was sie sonst noch so zur Weltpolitik zu sagen hat …*

Kapitel 20

Nach unserer sechsstündigen Busfahrt fühlte ich mich beinahe wie ein Politik-Experte. Nicht nur hatte mir Anna äußerst interessante Einblicke in die allgemeinen politischen Strukturen von Deutschland und der Welt geben können – sie kannte sich sogar mit der Situation der Elementaren erstaunlich gut aus.

„Meine Verlobte – ihr Name ist übrigens Marie – und ich waren schon immer große Feuer-Liebhaber", erzählte sie mir zwischen zwei politischen Anekdoten. „Als wir dann euren Auftritt am Brunnen der Völkerfreundschaft gesehen haben, waren wir im wahrsten Sinne des Wortes Feuer und Flamme für euch Elementare!"

„Das klingt so, als wärt ihr live dabei gewesen", hakte ich nach, während ich ihr freudiges Grinsen erwiderte.

„Ja, wir waren zufällig in der Nähe und haben eure ganze Show live miterleben können. Ziemlich beeindruckend! Zwar standen wir weiter hinten, aber es war trotzdem der Hammer. Wie im Film! Wir konnten zuerst gar nicht glauben, dass das echt sein könnte, aber dann haben wir die Videos aus aller Welt gesehen. Tja und jetzt ist es ja mittlerweile offiziell."

Sie zwinkerte mir zu und fuhr dann fort, mir davon zu erzählen, wie sie und ihre Verlobte sich seitdem für die Elementaren eingesetzt hatten. Ich war überrascht zu erfahren, dass es in Berlin tatsächlich einige Gruppen von Normalen gab, welche uns Elementare unterstützten, indem sie öffentlich ihre Solidarität bekundeten und sich für Gleichberechtigung einsetzten. Manche von ihnen gingen sogar so weit, Plakate mit elementarenfreundlichen Aufschriften überall aufzuhängen, was gerade im Angesicht der feindseligen Politik in China und Russland wohl stark zugenommen hatte.

„Die Leute lieben euch in Berlin", bestätigte mir Anna und deutete auf ihr Tattoo. „Das hier habe ich zwar schon länger, aber es gibt viele, die sich jetzt sogenannte ‚Elementaren-Tattoos' stechen lassen. Marie hat auch eins. Wenn du möchtest, kann ich sie dir bei Gelegenheit mal vorstellen. Dann siehst du, was ich meine."

„Sehr gerne. Allerdings wird es heute dafür schon zu spät sein. Ich muss morgen ja früh raus, wegen des Treffens mit … du weißt schon …"

Anna nickte verständnisvoll, lud mich aber für nach dem Krisentreffen mit der Kanzlerin zu ihrer Verlobten in die Wohnung ein, in welcher sie selbst für ein paar Tage bleiben würde.

„Du kannst dich einfach bei mir melden, wenn du Zeit hast und dann können wir uns auf einen Kaffee oder abends auf ein Bier treffen."

„Öhm … Ich bin noch minderjährig."

„Oh! Na ja, kein Problem. Zur Not besorgen wir dir ein Bier, falls du etwas trinken möchtest. Ansonsten gibt es gute Cafés in Berlin, da können wir uns auch treffen."

Ich versprach ihr, dass ich mich auf jeden Fall bei ihr melden würde. Dann waren die sechs Stunden auch plötzlich rum und wir tauschten noch schnell unsere Nummern aus, bevor wir auf dem nächtlichen Busbahnhof auseinandergingen.

Anna machte sich in Richtung Bahnstation auf, während ich mich nach Melanie umsah. Es dauerte keine zehn Sekunden, bis ich sie entdeckt hatte und mit einem breiten Grinsen auf sie zulief.

„Johanna! Da bist du ja", rief sie und eilte mir entgegen. „Hast du die Frau mit den lila Haaren gesehen? Tolle Farbe!

Da bekomme ich direkt Lust, mir auch mal die Haare zu färben. Vielleicht in blau? Oder türkis? Ich könnte natürlich auch rot, orange und gelb kombinieren, dann würden meine Haare zu deinem Element passen ..."

„Ich habe dich auch vermisst", erwiderte ich lachend und nahm sie ohne Umschweife in den Arm.

Zu meiner Erleichterung drückte sie mich fest an sich, was meine Hoffnung beflügelte, dass sie mir vergeben haben könnte.

„Na, dann wollen wir dich mal in Sicherheit bringen", verkündete Melanie, als sie mich losließ. „Bevor noch irgendwelche Groupies auf dich aufmerksam werden."

„Groupies?"

„Ja, klar! Hast du etwa gar nichts von ‚Gleiches Recht für Elementare' oder ‚Go Pyros' gehört? Jedes Element scheint hier in Berlin eine eigene Fan-Base zu haben und jetzt, wo China und Russland plötzlich gemeinsame Sache machen, wird es immer extremer. Manche Leute lassen sich sogar Flammen, Wassertropfen oder Wirbelstürme tätowieren. Welches Tattoo die Soils haben, weiß ich allerdings nicht ..."

„Vielleicht kannst du ja Marie fragen, wenn wir sie kennenlernen."

„Wer ist Marie?"

„Die Verlobte der Frau mit den lila Haaren, die du eben bewundert hast. Wir haben während der Busfahrt nebeneinandergesessen und wollen uns treffen, sobald ich mit meinen politischen Verpflichtungen durch bin."

„Echt jetzt?" Melanie sprang freudig in die Luft. „Yes! Dann kann ich sie fragen, zu welchem Friseur sie geht. Wärst du eher für Flammenfarben oder blau?"

„Deine schönen, schwarzen Haare einfärben? Das wäre eine Sünde!", erwiderte ich empört, musste aber im nächsten Moment lachen. „Es tut echt gut, dich wiederzusehen."

„Dito! Wobei ich dir schon noch ein bisschen böse bin, dass du mir diese ganze Elementaren-Sache so lange verheimlicht hast ...“

„Dann werde ich mir ab sofort alle Mühe geben, es wiedergutzumachen!“

Wir umarmten uns ein weiteres Mal, bevor Melanie mich zu ihrem winzigen Auto führte – „Das haben meine Großeltern mir zum 18. Geburtstag geschenkt!“ – und zu ihrer Wohnung fuhr.

„Das sind meine ersten, eigenen vier Wände!“

Stolz zeigte mir Melanie jeden Raum ihrer kleinen Wohnung, welche aus einem engen Badezimmer mit Dusche, einer schmalen Küche, einem Wohnzimmer mit Schlafsofa und einem kleinen Schlafzimmer bestand. Alles war ganz in Melanies Stil mit kleinen Figürchen und farbenfrohen Bildern dekoriert, welche die sonst triste Wohnung gleich etwas gemütlicher wirken ließen.

„Es ist zwar nicht viel oder sehr groß, aber zum Studieren reicht’s“, ergänzte sie fröhlich. „Außerdem war es das Günstigste, was ich hier im Umkreis finden konnte. Die Uni ist auch nicht allzu weit weg. Und bis zum Brandenburger Tor brauche ich mit dem Auto ca. 30 Minuten, von daher müssen wir morgen nicht zu früh los. Wann musst du noch mal beim Bundeskanzleramt sein?“

„Um neun Uhr. Aber ich kann auch mit der Bahn fahren. Ich habe schon geguckt, wie die S1 fährt. Ich bräuchte vom Rathaus Steglitz nur 20 Minuten und müsste nicht mal umsteigen.“

„Wie du möchtest. Wir können auch gerne mit der Bahn fahren. Ist spritsparender und somit umweltfreundlicher. Ich gucke gleich mal, wann genau die morgen abfährt ...“

„Öhm ... Du musst mich nicht unbedingt begleiten, Mel. Ich will dich nicht von deinen Studienvorbereitungen abhalten oder so ...“

„Ach was! Ich hatte Bio und Chemie als Leistungskurse und habe die besten Abi-Klausuren in beiden Fächern geschrieben – von dir in Bio mal abgesehen. Was kann da schon an Biochemie so viel schwerer sein?“

Ich wusste, dass Melanie noch nie ein großer Freund von Vorbereitung gewesen war. Sie schob gerne alles auf, doch wenn es dann darauf ankam, war sie trotzdem stets bestens informiert und hatte jahrelang gute Noten erzielt. *Hoffentlich ist diese Strategie auch studientauglich. Wobei Mel viele Dinge schon im Unterricht immer verstanden hat, ohne sie sich noch einmal angucken zu müssen – so wie ich.*

„Alles klar“, riss Melanies begeisterte Stimme mich aus meinen Gedanken. „Um 8:21 Uhr fährt die S1 ab. Dann sollten wir auf jeden Fall pünktlich da sein. Oder möchtest du lieber eine früher nehmen, falls es zu Verspätungen kommt?“

Da Melanie nicht mehr von ihrem Plan abzubringen war, ließ ich mich schließlich darauf ein, mich am nächsten Tag von ihr begleiten zu lassen. Wir sprachen uns ab, wer zuerst ins Badezimmer gehen würde und richteten mir dann auf dem Schlafsofa ein gemütliches Nachtlager ein.

Währenddessen erzählte mir Melanie freudig von ihrem Umzug und wie sehr sie sich bereits auf ihr Studium freute. Zum Glück konnte ich sie davon überzeugen, dass wir beide auch noch ein wenig Schlaf gebrauchen könnten, so dass sie ihre restlichen Erzählungen auf den Folgetag verschob.

Dafür durfte ich mir dann am nächsten Morgen ab dem Frühstück einen ausführlichen Bericht darüber anhören, was seit dem Abitur in Melanies Leben alles passiert war.

Erst als wir am Brandenburger Tor ausstiegen, beendete sie ihre Story zugunsten eines Selfies mit mir vor der berühmten Berliner Sehenswürdigkeit, wobei ich froh war, dass sie mir am Morgen mit dem Schminken geholfen hatte.

Meine Augenringe würden sich auf Pressefotos nicht so gut machen. Wegen der Aufregung bezüglich des Krisentreffens, gepaart mit dem fremden Umfeld und nächtlichen Straßenlärm, hatte ich eher wenig Schlaf gefunden. Stundenlang hatte ich mich auf dem Schlafsofa von links nach rechts gewälzt, bis die Erschöpfung irgendwann die Oberhand gewonnen hatte.

Nun stand ich müde und nervös mit Melanie vor dem Brandenburger Tor und fragte mich, ob ich die nächsten Stunden wirklich lebend überstehen würde. *Hoffentlich erwartet keiner sofort geistige Raffinesse oder Genialität von mir. Mein Gehirn ist schon mit Melanies Erzählung überfordert …*

Immerhin lenkte das ständige Reden mich soweit von meiner Aufregung ab, dass ich erst so richtig unruhig wurde, als wir vor dem Bundeskanzleramt ankamen.

„Soll ich dich hier nachher abholen oder lieber mit reinkommen?", fragte Melanie, nachdem sie ein weiteres Selfie mit mir gemacht hatte.

„Komm erst mal mit. Ich frage mal, ob ich einen erwachsenen Begleiter brauche."

Zu Melanies großer Enttäuschung war dies nicht der Fall. Nachdem ich die Einverständniserklärung meiner Eltern vorgezeigt hatte, welche mir bestätigten, dass sie über meinen Verbleib informiert waren, durfte ich alleine zum Krisentreffen weitergehen.

„Ruf mich einfach an, wenn du fertig bist. Dann hole ich dich ab und wir gehen zusammen shoppen", flüsterte mir

Melanie zum Abschied zu und umarmte mich fest. „Du schaffst das schon! Zeig ihnen, was du draufhast."

Wenn das so einfach wäre …

Ich erwiderte mit klopfendem Herzen die Umarmung und folgte dann Herrn Strohmann, welcher mich zum Krisentreffen mit der Kanzlerin und weiteren wichtigen Politikern und Politikerinnen führte.

Meine Nervosität war nun nicht mehr zurückzuhalten und entfaltete sich in vollem Umfang, während ich die schwarzen Anzüge und geschmacklosen Krawatten um mich herum betrachtete.

Vielleicht sollte ich wirklich mit Mel shoppen gehen und mir einen Anzug zulegen. Scheint hier irgendwie obligatorisch zu sein …

Die Bundeskanzlerin trug ebenfalls eine schwarze Anzughose, ein fliederfarbenes Jackett und eine passende Bluse. Plötzlich kam ich mir in meiner schwarzen Jeans und meiner weißen Bluse ein wenig fehl am Platz vor. Die Blicke der hauptsächlich männlichen Politiker waren da auch keine große Hilfe. *Die schauen mich an, als sei ich im falschen Raum gelandet. Sehe ich wirklich so jung und unreif aus, dass sie mich nicht respektieren können? Oder liegt es daran, dass ich eine Frau bin?*

Erst als die Bundeskanzlerin mich begrüßte und mir freundlich die Hand schüttelte, ließen sich auch die anderen Politiker dazu herab, mich höflich zu begrüßen. *Na, das kann ja heiter werden! Aber vielleicht ist es ihnen auch einfach unangenehm, eine Elementare in ihrer Mitte zu haben. Ob sie befürchten, dass ich den Raum abfackeln könnte…?*

Ich ließ mich auf dem mir zugeteilten Platz nieder und beschränkte mich vorerst darauf, mein Umfeld nur zu beobachten. Die meisten Leute wichen meinen Blicken aus oder beachteten mich gar nicht, so dass ich in Ruhe die verschiedenen Gesichter und Unterhaltungen studieren konnte.

Um halb zehn begaben sich dann alle zu ihren Plätzen und die Bundeskanzlerin eröffnete mit ernster Miene die Sitzung.

„Wir haben uns heute hier zusammengefunden, um über die Situation der Elementaren in der ganzen Welt zu sprechen. Die Lage ist ernst, wie Sie sicherlich alle wissen. Von daher sollten wir zügig handeln, um weitere Krisen vermeiden zu können."

Jetzt geht's so richtig los! Mein Herz begann erneut, laut zu pochen, so dass ich mir Mühe geben musste, den Worten der Kanzlerin folgen zu können, während sie die aktuelle politische Lage schilderte.

Dann eröffnete sie die Diskussion bezüglich möglicher Gegenmaßnahmen, um China und Russland zur Vernunft zu bringen, sowie einen Völkeraufstand zu vermeiden. Dabei stellte ich fest, dass auch die sonst so zivilisiert wirkenden Politiker und Politikerinnen wild durcheinanderrufen konnten und in hitzige Debatten verfielen, wenn es darum ging, ihre Position zu verteidigen.

Wie es scheint, herrscht hier in Berlin nicht nur Einigkeit bezüglich des Umgangs mit Elementaren. Hoffentlich können wir es wirklich schaffen, die Unruhen zu besänftigen und China und Russland zum Umdenken zu bewegen. Ansonsten wird es bald mehr als eine Krisensitzung geben müssen, um die Lage noch retten zu können …

Kapitel 21

„Was sagen Sie denn zur aktuellen Lage, Fräulein Faystone? Wie würden Sie mit der Situation umgehen?"

Alle Augen wandten sich mir zu. Ich hielt vor Schreck die Luft an und musste für einen kurzen Moment einen Fluchtimpuls unterdrücken. *Ich??*

Ich zwang mich, tief durchzuatmen, während ich mit bemühter Gelassenheit die herausfordernden Blicke der teils abfällig dreinschauenden Politiker erwiderte. *Die halten mich sowieso alle für kindlich und unfähig. Da kann ich ihnen genauso gut mal die Meinung sagen!*

„Was ich zur aktuellen Lage sage? Es ist eine Katastrophe. Chinas Entscheidung hätte allein schon ausgereicht, um Unmut unter den Elementaren zu stiften. Russlands Reaktion hat die Lage nur unnötig verschärft und eventuell andere Länder dazu inspiriert, über ähnliche Maßnahmen nachzudenken. Falls dies nicht bald ein Ende nimmt, werden die Elementaren sicherlich gegen diese Ungerechtigkeit aufbegehren. Wie würde ich also mit der Situation umgehen? Ich gebe zu, dass ich keine Politikerin bin. Ich habe nicht so viel Ahnung, wie sie alle und maße mir deshalb nicht an, eine perfekte Lösung zu haben. Doch ich kann ihnen sagen, wie ich als Elementare mit der Situation umgehen würde: Ich würde die Handlungen von China und Russland auf das schärfste verurteilen, mich solidarisch hinter die betroffenen Elementaren stellen und sofortige Maßnahmen verlangen. Entweder ändern China und Russland ihren Kurs oder sie werden bestraft – ob nun durch Sanktionen oder durch den wachsenden Unmut in der Bevölkerung. Auf die eine oder andere Weise werden sie zu spüren bekommen, dass es nicht weise ist, einen so großen Teil des Volkes gegen sich aufzubringen. Denn das sind wir Elementaren: ein Teil der Völkergemeinschaft. Weltweit und ohne Ausnahme. Wir verdienen den gleichen Respekt und die gleichen Rechte wie andere Menschen auch. Und wenn wir ihn nicht bekommen, werden wir ihn einfordern. Friedlich, wenn möglich. Aber ich kann nicht garantieren, dass dieser Frieden auf Dauer gewahrt werden kann, falls nicht bald ein Umschwung in der feindseligen Politik von China und Russland stattfindet."

Ich verstummte und blickte ernst in die Runde. Große Augen starrten zurück. Anscheinend hatten die Politiker nicht mit einer solchen Ansage gerechnet – ich ehrlich gesagt auch nicht. Die Worte waren einfach so aus mir herausgesprudelt, weil sie gesagt und gehört werden mussten. Ich bereute sie nicht, denn ich wusste, dass es die Wahrheit war.

„Vielen Dank für diese ehrlichen Worte", brach die Bundeskanzlerin nach einer Weile das überraschte Schweigen. „Ich kann Ihre Ansichten verstehen und stimme Ihnen zu, dass schleunigst gehandelt werden muss. Die ersten Proteste gab es schon. Wir sollten zusehen, dass es dabei bleibt und nicht noch mehr Unruhen entstehen."

Sofort entbrannte eine weitere Diskussion darüber, welche Maßnahmen die richtigen seien, um den weltweiten Frieden aufrechterhalten zu können. Meine Worte schienen allerdings etwas bewirkt zu haben, denn die Debatte lief nun deutlich gesitteter und konstruktiver ab als zuvor. *Sieht so aus, als hätten sie die Dringlichkeit der Situation verstanden. Das allein wäre schon ein großer Erfolg. Dann werden sie uns in Zukunft hoffentlich etwas ernster nehmen.*

Für den Rest der Sitzung beschränkte ich mich erneut aufs Zuhören, wobei mir am Ende des Tages ein wenig der

Kopf schwirrte. So viel geballte Politik war mein Gehirn nicht gewohnt und ich war heilfroh, als ich endlich aus dem Gebäude hinaustrat, um von frischer Luft und einer aufgeregten Melanie begrüßt zu werden.

„Ich habe deine SMS bekommen", begrüßte sie mich und schleifte mich sofort in Richtung Innenstadt. „Keine Sorge! Die Läden haben hier ja länger auf als bei euch. Da können wir dich mit einer schönen Shoppingtour und einem Eis auf andere Gedanken bringen."

„Eis klingt gut", erwiderte ich erschöpft und folgte ihr bereitwillig zu ihrer Lieblings-Eisdiele, in der es das beste Kirscheis gab, das ich je gegessen hatte.

Anschließend machten wir die Läden der Stadt unsicher und ich war überrascht, wie viel Spaß es mir bereitete, mit Melanie durch die Kleidungsgeschäfte zu ziehen. *Früher war ich nie gerne shoppen. Vielleicht macht das die Berliner Luft? Oder die Tatsache, dass wir endlich mal wieder Zeit miteinander verbringen können ...*

„Oh, guck mal! Das musst du anziehen", rief Melanie begeistert und hielt mir einen eleganten Damenanzug hin. „Darin kann dir kein Politiker widerstehen!"

„Öhm ... Ich möchte mit keinem von denen flirten. Die sind alle viel zu alt. Außerdem bin ich ja mittlerweile in einer festen Beziehung."

„Ach ja! Mit dem mysteriösen Garrett von der See. Wann lerne ich den eigentlich mal kennen? Ist er überhaupt wieder aufgetaucht?"

„Das hatte ich dir noch gar nicht erzählt?"

Melanie schüttelte vorwurfsvoll den Kopf und schob mich in Richtung Umkleide. Während ich den schwarzen Anzug anprobierte, ließ sie sich von mir ausführlich von dem Wiedersehen mit Garrett berichten, wobei ich ihr die Sache mit David natürlich nicht verheimlichen konnte. Sie kommentierte das Ganze mit vielem „Ohh" und „Nein?! Echt jetzt?!!" und schaffte es sogar, gleichzeitig einen Kommentar zu meinem Aussehen abzugeben.

„Der Anzug passt perfekt zu dir!"

Ich musste ihr durchaus zustimmen. Das Material war angenehm seidig und figurbetont geschnitten, so dass ich mir geradezu elegant vorkam.

„Jetzt brauchst du nur noch ein paar schicke Blusen", stellte Melanie fest und verschleppte mich gleich in die nächste Ladenabteilung.

Diverse Blusen und Hemden später hatten wir mein Outfit für die nächsten Tage zusammengestellt und verließen mit zwei großen Tüten den Laden.

„Die Blusen sollten wir langsam steigern", führte Melanie ihren Kleidungsratgeber während der Bahnfahrt fort. „Zuerst die Weiße, damit sie dich morgen noch wiedererkennen. Dann die Grüne, die betont deine Augen so schön. Danach die Blaue – die hat etwas Beruhigendes – und zum Schluss die Rote, um zu zeigen, wie ernst die Lage ist. Außerdem passt das gut zu deinem Element."

Ich nickte bloß und war froh, als wir am späten Abend endlich wieder in Melanies Wohnung ankamen. Das Abendessen fiel einfach und kurz aus, da mir bereits beim Kochen fast die Augen zufielen.

Melanie entdeckte zum Glück früh genug ihre fürsorgliche Seite, um mich bald nach dem Essen ins Bett zu schicken und ich ließ mich ohne Widerrede auf mein Nachtlager sinken. *Hoffentlich finden wir morgen schon gute Lösungsansätze. Ich bin mir nicht sicher, wie viele solcher Tage ich ertragen kann, wenn immer alles in einer politischen Diskussion endet ...*

Immerhin konnte ich in dieser Nacht vor Erschöpfung deutlich schneller einschlafen und erwachte somit am nächsten Morgen erholt und frischen Mutes.

Melanie bestand natürlich darauf, mich erneut bis zum Bundeskanzleramt zu begleiten und ließ es sich davor nicht nehmen, mein neues Outfit mit Make-up und einer eleganten Hochsteckfrisur zu untermalen.

„Ich könnte als deine Stylistin fungieren, falls du jetzt öfter zu Staatsangelegenheiten eingeladen wirst", meinte sie fröhlich, während sie mich mit Haarspray einnebelte.

„Öhm … Darf ich dich kurz an dein kommendes Studium erinnern? Biochemie ist durchaus anspruchsvoll, soweit ich das beim Studien-Infotag mitbekommen habe …"

„Ach, das wird schon. Ich könnte mir nebenbei einen Mode-Kanal im Internet anlegen und ein bisschen was dazuverdienen. Mit dir als Starterprojekt würde ich bestimmt viel Aufmerksamkeit bekommen."

„Soso. Nun bin ich also dein ‚Projekt', hm?"

„Du weißt schon, wie das gemeint ist."

Melanie sah mich mit prüfendem Blick an und verkündete dann, dass ich nun „bereit für die Kamera" war. Ich schaute kurz in den Spiegel und war überrascht, als mir ein Gesicht entgegenblickte, welches vom Cover eines Modemagazins hätte stammen können.

„Eins muss ich dir lassen, Mel: Du hast es echt drauf, wenn es um Make-up und Styling geht."

Melanie strahlte mich an, bevor wir uns eilig in Richtung Bahnstation aufmachten. Nach dem obligatorischen Selfie am Brandenburger Tor – „Ich könnte eine Fotostory als Aufhänger für meinen Mode-Channel daraus machen" – begleitete sie mich wieder bis zum Regierungsgebäude und wünschte mir viel Erfolg.

Meine Aufregung hielt sich im Vergleich zum Vortag zum Glück etwas in Grenzen, was sich jedoch schlagartig änderte, als ich den Besprechungsraum betrat.

Die Blicke der Politiker sprachen Bände.

Von verwirrtem Stirnrunzeln, über missbilligendes Augenrollen, bis hin zu anerkennendem Nicken war alles dabei. *Melanie hat auf jeden Fall ein Händchen dafür, andere auf einen aufmerksam zu machen ...*

„Da will wohl jemand erwachsen wirken", hörte ich einen der Politiker leise zu seinem Kollegen sagen.

Er warf mir einen spöttischen Blick zu und wandte sich dann von mir ab. Sein Gesprächspartner hingegen musterte mich über die Schulter seines Gegenüber hinweg und murmelte dann:

„Also ihre Brüste sehen durchaus recht erwachsen aus."

Die beiden lachten leise.

Ich biss die Zähne zusammen und unterdrückte den Impuls, auf sie zuzugehen, um ihnen meine Meinung zu sagen. *IHR Verhalten ist nicht gerade erwachsen! Aber um Frauenrechte kann ich mich jetzt nicht auch noch kümmern. Erstmal müssen wir eine Lösung für die Elementaren finden.*

Ohne die beiden eines Blickes zu würdigen, begrüßte ich die Bundeskanzlerin und alle anderen, die höflich genug waren, mir in die Augen zu sehen.

Dann ließ ich mich auf meinem Platz nieder und eine weitere Runde politischer Diskussionen über mich ergehen. Der Ablauf war ähnlich wie am Vortag, nur dass wir mittlerweile wenigstens auf einem konstruktiven gemeinsamen Nenner angekommen waren.

Zwischendurch wurde ich kurz zu den bisherigen Forschungsergebnissen von Miss Evergreen befragt, über die ich bereitwillig Auskunft gab. *Zum Glück hat sie mir das nochmal etwas genauer erklärt!*

Die Bundeskanzlerin ergänzte, dass sowohl deutsche als auch amerikanische Forschungsgruppen einen Teil der Ergebnisse bereits bestätigt hatten, so dass davon auszugehen sei, dass es sich bei uns Elementaren um Menschen handele – nur eben mit sehr besonderen Fähigkeiten. Woher genau diese stammten und ob sie sich wissenschaftlich analysieren ließen, blieb jedoch offen.

„Und? Wie war's?", nahm mich Melanie in Empfang, als ich am späten Nachmittag das Regierungsgebäude verließ.

„Es gibt immer noch keine Lösung. Zwar sind sich alle einig, dass schnell etwas passieren muss, aber wie genau das Ganze am besten diplomatisch vonstattengehen soll, steht noch in den Sternen."

„Ach, das wird schon", tat Melanie meine Frustration mit einer flotten Handbewegung ab. „Hat denn irgendwer etwas zu deinem Outfit gesagt? Wie haben sie reagiert?"

„Gemischt. Es waren durchaus anerkennende Blicke dabei, aber die Meisten waren … sagen wir mal, nicht besonders beeindruckt."

Ich versuchte, meinen Unmut nicht zu zeigen, doch Melanie bemerkte sofort, dass ich ihr nicht alles erzählt hatte.

„Raus mit der Sprache! Was haben sie gesagt?"

Ich seufzte.

„Der eine hat so getan, als wolle ich mich mit dem Outfit älter machen, als ich bin, um erwachsen zu wirken. Ha! Als ob die sich alle erwachsen benehmen würden!"

„Und …?"

„Und sein Kollege hat … er hat gesagt, dass meine Brüste ‚durchaus recht erwachsen' aussehen würden."

Melanie blieb abrupt stehen und sah mich mit großen Augen an.

„Das hat er nicht!"

„Oh doch. Hat er."

Melanie war so schockiert, dass es ihr für einen kurzen Moment die Sprache verschlug – was sonst eher selten vorkam. Als sie sich erholt hatte, stapfte sie wutentbrannt in Richtung Innenstadt davon und ließ ihrer Meinung dabei lautstark freien Lauf.

„Das gibt's doch gar nicht! Was erlaubt der sich eigentlich? Frauenfeindlichkeit hoch zehn! Und *der* will erwachsen sein?! Dass ich nicht lache! Dem hätte ich ja etwas erzählt …"

Zwar musste ich Melanie zustimmen, hielt sie aber davon ab, meinen Eltern von der Sache etwas zu sagen.

„Ich möchte keinen Ärger machen. Es geht jetzt erstmal um die Gerechtigkeit für die Elementaren. Ich kann nicht gleich alle Dinge auf einmal lösen."

„Aber sowas kann der Typ sich nicht erlauben, ohne zur Rechenschaft gezogen zu werden. Das ist eine Beleidigung gewesen! Frauenfeindliche Diskriminierung!"

„Ich weiß. Doch ich kann mich nicht um Elementaren- und Frauenrechte gleichzeitig kümmern."

„Wieso denn nicht?"

„Weil die Situation schon schwierig genug ist, ohne dass ich mich als emanzipierte Frau zu vertreten versuche."

„An Emanzipation und Feminismus ist ja wohl nichts auszusetzen – es sei denn, es wird übertrieben. Aber du solltest als Frau nicht herablassend behandelt werden, nur weil du dich schick anziehst. Haben diese Typen nie etwas von Respekt gehört?"

Um Melanie wieder ein wenig zu beruhigen, lud ich sie in ihrem Lieblings-Eiscafé zu einem extra großen Kirscheis ein und brachte sie mit Erzählungen über die politische Lage auf andere Gedanken.

„Deine anderen Blusen habe ich jedenfalls in die Reinigung gebracht", beendete Melanie schließlich selbst das Thema. „Sind schon gewaschen, getrocknet und gebügelt. Das ging etwas schneller, als bei mir."

„Oh! Mel, das wäre doch nicht nötig gewesen."

„Natürlich war es nötig! Als deine Stylistin ist es meine Pflicht, für dein gepflegtes Auftreten zu sorgen. Außerdem habe ich kein Bügeleisen."

„Danke! Du bist die Beste."

„Ich weiß."

Wir grinsten uns zu.

„Ach, Mel! Wie soll ich jemals alles wieder bei dir gutmachen, wenn du mir ständig neuen Grund dazu gibst, mich bei dir zu revanchieren? Ich werde ewig in deiner Schuld stehen, wenn das so weitergeht …"

„Unsinn! Dafür sind beste Freunde doch da, oder? Außerdem heißt das nicht, dass ich dir komplett verziehen habe. Bei eurem nächsten öffentlichen Auftritt – falls es einen geben wird – will ich unbedingt dabei sein!"

„Auf jeden Fall. Ich werde dir definitiv Bescheid sagen, wenn sich etwas in der Richtung ergeben sollte."

„Gut. Und ich habe noch eine Idee, wie du dich bei mir revanchieren kannst."

„Und zwar?"

Mit einem leicht mulmigen Gefühl im Bauch lauschte ich Melanies Ausführungen, wie sie ihren Mode-Channel im Internet gestalten wollte. Sie ließ sich tatsächlich nicht mehr davon abbringen, mich als ihr „Startprojekt" zu verwenden, so dass ich letztlich einwilligte, mit ihr ein paar erste Videos zu drehen.

Hoffentlich erkennt Garrett mich dann überhaupt noch, wenn wir uns das nächste Mal sehen …

Kapitel 22

„Hallo Leute! Hier ist eure Mode Melly, live aus Berlin, wo ich euch einen ganz besonderen Gast vorstellen möchte."

Melanie winkte mich ins Bild und ich lächelte bemüht fröhlich in die Kamera.

„Das ist Johanna Faystone. Wie ihr sicher wisst, ist sie eine Feuerelementare – auch Pyro genannt – und die Sprecherin der Elementaren in Deutschland. Sie war diejenige, welche die Elementaren in aller Welt dazu aufgerufen hat, als vereinte Gemeinschaft an die Öffentlichkeit zu gehen. Seitdem steht sie natürlich oft im Rampenlicht und deshalb zeige ich euch heute, wie sie es schafft, vor den Kameras so wunderschön auszusehen. Seid ihr bereit?"

Ich war sehr in Versuchung ‚Nein' zu sagen, hielt mich aber zurück und ließ die Schmink-Session ohne Murren über mich ergehen.

Somit hatte ich wenigstens etwas Abwechslung zum Rest des Tages und wurde bis zum Abendessen gebührend abgelenkt, so dass ich mir vorerst keine Sorgen um die Zukunft machen musste.

Dies änderte sich allerdings am nächsten Morgen, als Melanie und ich zum Frühstück die aktuellen Nachrichten aus aller Welt anhörten.

„Nach Protesten der Elementaren in Russland und China kam es gestern Abend zu zahlreichen Inhaftierungen. Genaue Informationen über die Zahlen und das weitere Vorgehen in diesem Prozess sind nicht bekannt. Die Regierungen der beiden Länder hatten im Voraus angekündigt, weiterhin mit ihrer Registrierung der Elementaren fortfahren zu wollen. Präsident Obama und Bundeskanzlerin Merkel verurteilten dieses Vorgehen aufs Schärfste und sprachen von einer ‚untragbaren Menschenrechtsverletzung' mit weitreichenden Folgen für alle Länder."

„Klingt so, als würde es ein harter Arbeitstag werden", meinte ich scherzhaft und schaufelte den Rest meines Joghurts in mich hinein. „Am besten machen wir uns bald auf den Weg."

„Aber ich wollte doch die morgendliche Schmink-Routine mit dir aufnehmen!"

„Oh. Können wir das nicht auf morgen verschieben?"

„Du hast es versprochen", erwiderte Melanie und sah mich mit beleidigtem Schmollmund an. *Wenn das so weitergeht, treibt sie mich noch in den Wahnsinn ...*

„Na gut. Aber wir müssen trotzdem pünktlich los."

„Kein Problem!"

Melanie hatte ihr Kameraequipment zum Glück noch aufgebaut und machte sich gleich ans Werk. Meine Wünsche nach einem möglichst natürlichen Look wurden schnaubend abgetan, so dass mir am Ende erneut ein eher modelartiges Gesicht aus dem Spiegel entgegenschaute.

„Ich muss doch am Anfang ein bisschen mit dir angeben können. Das gibt meinem Channel einen besseren Start-Boost. Und du siehst toll aus!"

„Wenn du meinst ..."

Frisch gestylt, inklusive grüner Bluse und Anzug, machte ich mich erneut auf den Weg zu einer weiteren Krisensitzung. Die Blicke der Politiker ignorierte ich dieses Mal geflissentlich und begab mich direkt nach der Begrüßung zu meinem Platz, wo ich ungeduldig darauf wartete, dass es losging.

Zu meiner Überraschung ermahnte die Bundeskanzlerin uns zu Beginn, dass wir heute endlich eine Lösung finden müssten, um den weltweiten Unruhen entgegenzuwirken. Das war natürlich leichter gesagt, als getan.

Dennoch war ich erstaunt, wie konstruktiv die Diskussionen sich im Verlauf des Vormittags entwickelten. Ich fand sogar die Gelegenheit, mich zwischendurch ein wenig einzubringen und war am Ende des Tages ziemlich stolz, als endlich ein Lösungskonzept im Raum stand.

„Hiermit erkläre ich die Krisensitzung vorerst für beendet", verkündete die Kanzlerin zum Schluss. „Wir können nur hoffen, dass es keine Weitere geben muss."

Diese Hoffnung teilte ich, wobei ich die Befürchtung nicht unterdrücken konnte, dass uns noch harte Zeiten bevorstanden.

„Wie jetzt?", rief Melanie, als sie mich vor dem Regierungsgebäude in Empfang nahm. „Ihr seid fertig? Aber was ist mit der blauen und der roten Bluse? Ich hatte mir schon dein Make-up für die nächsten beiden Tage überlegt …"

„Es wird sicherlich eine Gelegenheit geben, deine Schmink-Künste erneut unter Beweis zu stellen. Und falls es dich beruhigt: heute Abend soll es eine Pressekonferenz geben, zu der ich ebenfalls eingeladen bin. Dort werden die Ergebnisse präsentiert und …"

Weiter kam ich nicht.

Melanie stieß einen schrillen Freudenschrei aus und zerrte mich sofort in Richtung Innenstadt.

„Wir müssen unbedingt noch neues Make-up kaufen. Das wird großartig! Ich weiß schon genau, was ich machen werde. Und etwas Schmuck könnte dir auch nicht schaden. Vielleicht noch neue Schuhe? Oder eine Handtasche?"

„Öhm … ich dachte eigentlich, dass ich so bleiben könnte, wie ich jetzt bin …"

„Unsinn! Für die Presse nehmen wir definitiv die rote Bluse mit passendem Lidschatten und Lippenstift. Du bist immerhin eine Pyro! Das soll die Welt ruhig sehen."

„Okay, aber ich werde keine Handtasche mitnehmen! Und hochhackige Schuhe kommen ebenfalls nicht in Frage. Ich will schließlich nicht vor den Augen der Welt auf die Nase fliegen."

„Ach was! Ich zeige dir schon, wie du in sowas richtig laufen kannst."

„Auf keinen Fall!"

Es bedurfte einiges an Überzeugungsarbeit, um Melanie davon abzuhalten, mir Pumps mit zehn-Zentimeter-Absatz zu besorgen. Von der Handtasche ließ sie sich nur schwer abbringen und bestand dafür im Gegenzug auf funkelnden Ohrringen im Feuerdesign.

Das Ganze wurde mit einem weiteren Video für ihren Mode-Channel dokumentiert, welchen sie am Nachmittag bereits online gestellt hatte. Zu meinem Erstaunen – und leichter Beunruhigung – hatten ihre Videos bereits einige Klicks und Likes erzielt, wobei Melanie sich durch die abendliche Pressekonferenz einen noch größeren „Boom" in ihrer Reichweite versprach.

Als ich abends in den Spiegel schaute, konnte ich mir ein anerkennendes Pfeifen nicht verkneifen.

„Das wird auf jeden Fall Aufmerksamkeit erregen."

„Und wie", rief Melanie begeistert und klatschte in die Hände. „Du wirst der Hingucker des Abends. Die Fotografen werden dir zu Füßen liegen."

„Öhm … Es ist keine Modenschau, wenn ich dich daran erinnern darf …"

„Papperlapapp! Bei solchen Events geht es genauso um Aussehen und Auftreten wie bei einer Preisverleihung oder Modenschau. Für die Presse zählt das Äußere, glaub mir."

Ich warf meinem feurigen Lidschatten einen letzten kritischen Blick zu und ergab mich dann mit einem Schulterzucken in mein Schicksal. *Falls die Presse sich über mich das Maul zerreißt, habe ich wenigstens ihre Aufmerksamkeit und kann damit in Zukunft vielleicht sogar etwas bewirken ...*

Natürlich ließ Melanie es sich nicht nehmen, mich zur Presseveranstaltung zu fahren. In diesem Fall bestand sie darauf, dass wir das Auto nahmen und trieb mich fast zur Verzweiflung, als wir wegen eines vorangegangenen Unfalls beinahe zu spät kamen.

Der Vorteil war, dass ich kaum Zeit hatte, großartig über die unzähligen Kameras nachzudenken, bis sie mich auch schon mit einem Blitzgewitter und Meer aus Mikrofonen am Veranstaltungsort begrüßten.

„Fräulein Faystone!"

„Was sagen Sie zur politischen Lage?"

„Wie beurteilen Sie die Strategie von China und Russland?"

„Glauben Sie, dass es zu gewalttätigen Ausschreitungen kommen könnte?"

„Haben Sie eine Lösung für das politische Dilemma?"

Ich war ziemlich überwältigt von der Flut an Eindrücken und Lichtreizen. Blinzelnd bahnte ich mir einen Weg durch die Reporter und versuchte dabei, einige der Fragen so diplomatisch wie möglich zu beantworten.

„Die politische Lage ist schwierig, doch wir geben unser Bestes, um eine Lösung zu finden. Die Bundeskanzlerin wird Ihnen dazu gleich Näheres sagen. Wir wollen auf jeden

Fall eine friedliche Lösung finden und ich möchte alle Elementaren dazu ermutigen, dabei mit positivem Beispiel vorauszugehen. Gemeinsam sind wir stark."

Endlich hatte ich mich durch das Meer aus Kameras hindurchgearbeitet und trat zu den anderen Politikern auf das Podium. Die Bundeskanzlerin schüttelte mir – begleitet von einem Blitzgewitter – freundlich die Hand und auch die anderen Politiker zeigten sich heute von ihrer besten Seite.

Während die Bundeskanzlerin dann darüber sprach, dass Deutschland ebenfalls ein Gesetz zur Sicherung der Menschenrechte für Elementare auf den Weg bringen würde, versuchte ich, meine Atmung ruhig zu halten und freundlich in die Kameras zu lächeln.

Nachdem verkündet worden war, dass in den folgenden Tagen eine EU-Sitzung, mit dem Ziel, in allen Ländern die Menschenrechte für Elementare zu sichern, stattfinden würde, schloss die Bundeskanzlerin ihre Rede mit einem Appell an die Mitmenschlichkeit und Solidarität ab.

„Egal ob Elementare oder Normale, wir alle sind Teil einer Gemeinschaft. Und als solche ist es unsere Pflicht, uns gegenseitig zu respektieren und zu akzeptieren. Die Gleichberechtigung der Elementaren ist ein wichtiges Ziel, welches wir innerhalb der nächsten Tage und Wochen umzusetzen haben. Dafür rufe ich alle dazu auf, Ruhe zu bewahren und auf friedliche Art und Weise diesen Prozess zu unterstützen. Der Weg wird nicht immer leicht sein, doch wenn wir ihn gemeinsam gehen, werden wir am Ende unser Ziel erreichen. Dankeschön."

Begleitet von einem weiteren Blitzgewitter, winkte die Bundeskanzlerin freundlich lächelnd in die Kameras und wandte sich dann zum Gehen.

Ich atmete bereits erleichtert auf, als plötzlich eine laute Stimme zwischen den Reportern erklang.

„Und was hat die Sprecherin der deutschen Elementaren zu dieser Sache zu sagen?"

Eine gebannte Stille machte sich breit, während sich alle Augen und Kameras auf mich richteten. Am liebsten wäre ich im Erdboden versunken, doch das war leider nur den Soils vergönnt. Stattdessen sah ich hilfesuchend zur Bundeskanzlerin hinüber, welche mir ermutigend zunickte.

Oh Gott, bitte lass mich das jetzt nicht vermasseln!

Mit pochendem Herzen und trockenem Hals erhob ich mich von meinem Stuhl und trat langsam an das Mikrofon. Mein Kopf war wie leergefegt. In meiner Verzweiflung verband ich meinen Geist spontan mit der Sonne und bat sie darum, mir die Gedanken aller Pyros bezüglich der aktuellen Lage zu übermitteln.

Dann atmete ich einmal tief durch, schaute in die Kameras und ließ die Gemeinschaft der Elementaren durch mich sprechen.

„Guten Abend. Mein Name ist Johanna Faystone und ich bin eine Feuerelementare. Doch ich möchte mich hiermit an alle wenden, Elementare und Normale, denn wir sind alle Menschen. Es gibt Leute, die dies bezweifeln. Sie wollen uns einreden, wir Elementaren seien anders – besser oder schlechter als andere Menschen. Ich halte dies für eine bodenlose Behauptung. Wir sind alle genau so gut und so schlecht, wie wir es sein wollen. Unsere Worte, Entscheidungen und Taten bestimmen, wer wir sind – nicht irgendwelche besonderen Fähigkeiten. Wir Elementaren sind genauso Bewohner dieses Planeten wie jeder andere Mensch auch. Und genau wie alle Normalen wollen wir in Frieden und als Gemeinschaft in dieser Welt leben. Wir fordern keine besondere Stellung – bloß Anerkennung, Respekt und Gleichberechtigung. Wir leben im 21. Jahrhundert! Sollten wir nicht aus den Fehlern der Vergangenheit gelernt haben? Betrachten wir die Geschichte als eine Lehre, ein Geschenk, um es besser machen zu können. In der gesamten Geschichte der Menschheit hat es immer wieder Auseinandersetzungen, Ausgrenzung und Gewalt gegeben. Doch genauso gibt es die Stimmen der Liebe, der Freundschaft und Gemeinschaft, der Versöhnung und des Friedens. Wenn ich heute sage, dass ich an eine Zukunft glaube, in der Elementare und Normale als friedliche Gemeinschaft zusammenleben können, dann bin ich nicht die Einzige, die so denkt. Die Meisten unter uns sehnen sich nach Frieden, Liebe, Anerkennung und Zuneigung. Schon in der Vergangenheit hat es immer ein paar Mutige gegeben, welche sich für Gerechtigkeit eingesetzt haben. Sie haben den Armen, den Schwachen und Unterdrückten eine Stimme gegeben. Und genauso gebe ich heute den Elementaren eine Stimme: Wir sind Menschen und wir bestehen auf unserem Recht, als solche behandelt zu werden. An alle Elementaren in Deutschland und der ganzen Welt: Haltet zusammen. Seid stark und glaubt an euch. Bewahrt den Frieden und zeigt der Welt, dass wir es verdienen, respektiert und akzeptiert zu werden. Gemeinsam sind wir stark."

Mit entschlossener Miene schaute ich in die Kameras und ließ die Stille auf mich wirken, welche für den Bruchteil einer Sekunde auf meine Worte folgte. Dann wurde ich von einem gewaltigen Blitzgewitter geblendet, welches mir völlig die Sicht und beinahe die Orientierung raubte.

Ich musste mich kurz erholen, bis ich mich mit einem abschließenden Nicken und freundlichem Lächeln von den Kameras abwandte, um in die Reihe der Politiker zurückzutreten.

Wir stellten uns für ein gemeinsames Abschlussfoto auf, wobei mir die Bundeskanzlerin anerkennend zunickte. *Scheint so, als hätte ich mich ganz gut geschlagen – Dank* der Inspiration von tausenden von Pyros weltweit. Aber trotzdem werde ich mich nicht so schnell daran gewöhnen, auf diese Art und Weise im Mittelpunkt zu stehen. Hoffentlich bleibt das vorerst die letzte Rede, die ich halten muss!

Kapitel 23

„Du warst großartig!"

Melanie fiel mir freudestrahlend um den Hals und drückte mich an sich wie eine stolze Mutter ihr Kind.

„Die Bluse war der absolute Hingucker, zusammen mit dem Anzug und den Ohrringen! Und das Make-up hat deine feurige Rede wunderbar untermalt. Ich habe richtig Gänsehaut bekommen!"

Ich war zwar ziemlich froh, dass der Trubel erstmal vorbei war, freute mich aber trotzdem über Melanies Begeisterung und Lob.

Auf der Heimfahrt ließ sie es sich natürlich nicht nehmen, mir ausführlich zu erzählen, wie ich während der Pressekonferenz ausgesehen und was für einen tollen Eindruck ich durch die Kameras gemacht hatte.

„Das muss gefeiert werden", verkündete sie, sobald wir bei ihr Zuhause angekommen waren. „Wir ziehen uns etwas Schickes an und dann gehen wir Party machen!"

„Habe ich nicht schon etwas Schickes an?"

„Du willst doch nicht etwa im Anzug feiern gehen?!"

„Nein, eigentlich eher gar nicht. Außerdem bin ich noch nicht volljährig, von daher lassen die mich sowieso in keine Disco rein."

„Ach ja. Stimmt. Mist! Das hatte ich ganz vergessen."

Melanie sah mich nachdenklich an. Ich hoffte schon auf einen ruhigen Abend in ihrer Wohnung, doch so leicht ließ sie sich natürlich nicht unterkriegen.

„Egal! Dann gehen wir eben Essen. Ist auch eine Art des Feierns. Schließlich bist du nun berühmt – und mein Channel bald auch!"

Während der Fahrt zum Restaurant ihrer Wahl gönnte mir Melanie eine kurze Atempause, in welcher ich mit meinen Eltern telefonieren konnte. Sie hatten sich gemeinsam mit Charlotte und Fiona die Pressekonferenz im Fernsehen angeschaut, so dass ich eine geballte Ladung an Lobesbekundungen über den Lautsprecher zugerufen bekam.

„Du warst toll", rief Charlotte aus dem Hintergrund. „Ich liebe deine Ohrringe! Kannst du mir auch so welche besorgen?"

„Und deine Rede war brillant", ergänzte Fiona, bevor ich überhaupt zu einer Antwort ansetzen konnte. „Du klangst richtig souverän und ... einfach beeindruckend. Hast du das vorher einstudiert?"

„Nein, das war spontan", schaffte ich es einzuwerfen, bevor gleich der Nächste anfing zu reden.

Zwanzig Minuten später musste ich die vier dann auf ein andermal vertrösten, da wir bei Melanies Wunsch-Restaurant angekommen waren.

Es wurde ein langer Abend mit viel leckerem Essen und ein paar Drinks, welche sie dem Kellner mit einem charmanten Lächeln und somit ohne Ausweiskontrolle abschwatzte.

Als ich dann endlich um kurz vor Mitternacht auf das Schlafsofa sank, fielen mir die Augen bereits zu, bevor mein Kopf überhaupt das Kissen berührt hatte.

Am nächsten Tag verabredeten Melanie und ich uns spontan mit Anna, welche ich gleich nach dem Frühstück angerufen hatte.

„Deine Ansprache gestern war toll", begrüßte sie mich, als wir um kurz nach 13 Uhr vor der Wohnung ihrer Verlobten standen. „Marie und ich haben zusammen die

Pressekonferenz angeschaut. Deine Rede klang sogar besser als die der Bundeskanzlerin – wenn auch etwas patriotisch, was einigen Kommentatoren nicht sonderlich gefallen hat. Na ja und dein Make-up …"

„Tatsächlich?", fragte ich besorgt und runzelte die Stirn. „Davon habe ich gar nichts mitbekommen …"

„Hast du dir die Nachrichten dazu nicht angeschaut?"

Ich schüttelte den Kopf.

„Na, dann wird's aber höchste Zeit. Du musst doch wissen, wie die Welt über dich spricht!"

Mit diesen Worten lud Anna uns in Maries Wohnung ein und stellte uns mit einem strahlenden Lächeln ihrer Verlobten vor.

Marie war etwas fülliger als Anna, was ihre Weiblichkeit besonders betonte, ebenso wie die langen, honigblonden Locken, welche ihr um das sommersprossige Gesicht wallten.

„Es freut mich sehr, euch kennenzulernen", erwiderte sie, nachdem ich Melanie den beiden vorgestellt hatte. „Anna hat schon ein bisschen von dir erzählt."

Sie zwinkerte mir zu und Anna zuckte entschuldigend mit den Schultern.

„Passiert einem halt nicht jeden Tag, dass Johanna Faystone neben einem im Bus sitzt. Marie hat übrigens ein Pyro-Tattoo, falls du es mal sehen möchtest."

„Wieso? Bist du etwa …?"

„… eine Pyro?", lachte Marie. „Nein. Aber ich mag dein Element am liebsten. Zuerst wollte ich mir, wie Anna, ein Sonnen-Tattoo stechen lassen, aber dann habe ich bei anderen die Elementaren-Tattoos gesehen und wollte unbedingt auch eins haben."

Sie zog ihren Ärmel hoch und entblößte eine rötliche Flamme, welche auf ihrem Oberarm prangte.

„Wow!", rief Melanie begeistert aus. „Das sieht ja cool aus! So echt – als würde die Flamme sich gleich bewegen. Der Hammer! So eins brauchst du auch, Johanna."

„Nein, danke. Meine Eltern würden mich umbringen."

„Aber das wäre das perfekte Statement, um allen zu zeigen, dass du zu deinem Pyro-Dasein stehst. Du würdest bestimmt einen Trend setzen …"

„Ich will gar kein Trendsetter sein", wehrte ich unsicher ab und wandte mich hastig an Anna. „Von welchen Nachrichten-Videos sprachst du denn genau?"

„Ach ja! Komm mit. Ich zeige dir ein paar Ausschnitte."

Anna führte mich ins Wohnzimmer der gemütlich eingerichteten Zwei-Zimmer-Wohnung, während Marie und Melanie hinter uns in ein angeregtes Gespräch über Tattoos vertieft waren.

„Pass bloß auf", flüsterte mir Anna zu. „Deine Freundin klingt so, als würde sie dir das Tattoo zur Not im Schlaf stechen lassen, wenn du es nicht anders willst."

Ich kicherte leise und warf Melanie einen unauffälligen Seitenblick zu.

„Wäre nicht gerade unwahrscheinlich", gab ich grinsend zu. „Wenn sie erstmal von etwas überzeugt ist, wird es schwierig, sie davon abzubringen."

„Geht mir mit Marie genauso", erwiderte Anna leise und rollte spielerisch die Augen. „Wenn es nach ihr ginge, hätten wir schon längst geheiratet, aber ich wollte das nicht überstürzen."

„Also hat sie dir den Antrag gemacht?"

„Ja. Mit den Worten: ‚Wenn ich auf dich warte, sind wir beide schon alt und grau, bis wir verheiratet sind'. Sie kann manchmal ein ganz schöner Dickkopf sein …"

Ich sah grinsend zu Marie hinüber, bevor sich meine Aufmerksamkeit dem Fernseher zuwandte, auf welchem

Anna nun nach den Nachrichtensendungen des vergangenen Abends suchte.

„Wir fangen mal nett an", meinte sie, als sie bei einem Video hängenblieb. „Hey, ihr beiden! Wollt ihr jetzt gleich ins Tattoo-Studio oder können wir uns kurz um wichtige Dinge kümmern?"

„Ein politisches Statement als Tattoo *ist* wichtig", entgegneten Marie und Melanie empört, setzten sich aber dennoch zu uns auf das kleine Sofa, welches damit an die Grenzen seiner Beherbergungsfähigkeit stieß.

Eingekeilt zwischen Melanie und Anna lauschte ich der Stimme des Nachrichtenkommentators, welcher von der Pressekonferenz berichtete:

„Die Rede der Bundeskanzlerin rief zu Einigkeit und Gemeinschaftlichkeit auf. Johanna Faystone, die Sprecherin der deutschen Elementaren, sprach eher von einer Zusammenarbeit der Elementaren untereinander. Zwar rief auch sie dazu auf, dass Menschen und Elementare friedlich zusammenleben sollten, doch ihr letzter Appell richtete sich eindeutig an die Gemeinschaft der Elementaren. Ob das nun für Einigkeit sorgen kann, wird sich in den nächsten Tagen zeigen."

Der Nachrichtensprecher verschwand und Anna begann bereits damit, dass nächste Video auszuwählen, während ich noch ungläubig auf den Fernseher starrte.

„Hat der gerade ernsthaft von ‚*Menschen* und Elementaren' gesprochen??"

„Ja", antwortete Marie sofort. „Leider. Manche von denen kapieren einfach noch nicht, dass ihr auch Menschen seid."

„Aber das ist doch genau der Punkt! Ich dachte, die Bundeskanzlerin hätte das deutlich gemacht. Selbst sie spricht von ‚*Normalen* und Elementaren'. Wir sind alle

Menschen! Wie soll denn so jemals Einigkeit entstehen, wenn … Ich glaub's einfach nicht! Und das war einer von den *guten* Beiträgen?"

„Na ja, jedenfalls freundlicher als andere", meinte Anna ausweichend und wählte das nächste Video aus. „Die hier hat's etwas besser verstanden."

Mit mürrischem Blick starrte ich auf das geschminkte Gesicht einer blondierten Nachrichtensprecherin mit aufgeklebten Wimpern. *Sie sieht aus wie Barbie …*

„… Worte der Bundeskanzlerin. Die anschließende Rede von Johanna Faystone hingegen überraschte mit feurigem Tatendrang und dem dringlichen Aufruf nach einer friedlichen Einigung. Sie unterstrich die Äußerung der Kanzlerin, dass wir alle nur Menschen seien und ließ glaubhaft werden, dass die Elementaren als solche das Bestreben nach einer Gemeinschaft mit den Normalen teilen würden. Ob diese Wunschvorstellungen sich in die Tat umsetzen lassen, ist noch offen."

Ich nickte zufrieden und bereute es sofort, die Reporterin wegen ihres künstlichen Äußeren verurteilt zu haben.

„Sieht so aus, als hätten unsere Medien doch noch eine Chance", kommentierte Melanie den Beitrag. „Wobei die Frau dringend mal meinen Mode-Channel anschauen sollte. Diese Wimpern waren ja eine Katastrophe!"

„Du hast einen Channel?", fragte Marie sofort interessiert, während Anna sich fragend an mich wandte.

„Bereit für die unschönen Dinge?"

„Öhm … Ja …?"

Es war eher eine Frage als eine Antwort, doch ich versuchte, nicht allzu verunsichert dreinzuschauen, als ich ihr zunickte und mich wieder dem Bildschirm zuwandte.

Im nächsten Augenblick erschien eine Talkshow vom vergangenen Abend, in welcher drei Männer in grauen Anzügen beisammensaßen und gerade amüsiert lachten.

„Wie eine wilde Löwin mit zurückgesteckter Mähne", brachte der eine hervor, bevor er wieder lachen musste.

„Ihre Augen waren auf jeden Fall feurig", entgegnete ein anderer. „Beinahe schon ein wenig beängstigend. Sie hat sich richtig in Rage geredet."

„Gut, dass sie nicht in Flammen aufgegangen ist", meinte der Moderator. „Das Mädchen, das in Flammen steht, hatten wir schließlich letztens erst im Kino."

„Wobei Jennifer Lawrence sicherlich eine tolle Feuer-elementare abgeben würde!"

Erneut schallendes Gelächter, gefolgt von einer unangenehmen Stille, als Anna das Video pausierte.

„Wir müssen uns das nicht angucken", murmelte sie leise, wobei sie mir entschuldigende Blicke zuwarf. „Diese arroganten Idioten haben an dem Abend wohl leider ihren Respekt Zuhause vergessen ..."

„Nein, ist schon okay. Ich muss ja wissen, wie die Leute über mich reden. Sonst kann ich nichts daraus lernen, wie die Öffentlichkeit mich sieht."

„Die Öffentlichkeit?", rief Marie empört. „Glaub mir, *die Öffentlichkeit* findet dich toll! Wir lieben die Elementaren! Typen wie die dort sind eher die Ausnahme. Sie sind sich zu fein, um von ihrem hohen Ross zu steigen und zu akzeptieren, dass die Welt anders sein könnte, als sie es immer gedacht haben. Aber das sollte ihnen nicht das Recht geben, so über andere herzuziehen ..."

„Trotzdem", erwiderte ich. „Ich würde gerne wissen, was sie über mich zu sagen haben."

„Nichts Konstruktives, das steht fest", grummelte Melanie mit düsterer Miene.

Anna drückte dennoch erneut auf ‚Play‘ und sofort wurden wir von dem schadenfrohen Gelächter der drei Männer eingehüllt.

„Vielleicht hätte Fräulein Faystone lieber Schauspielerin werden sollen, statt sich als Politikerin zu versuchen. Neben den Ministern sah sie einfach nur lächerlich aus.“

„Das kannst du laut sagen! Eine egozentrische, arrogante Göre, die so tut, als verstünde sie etwas von Weltpolitik. Dabei ist sie ziemlich grün hinter den Ohren!“

„Stimmt. Sie spricht von Weltgeschichte und sieht dabei selbst aus wie vierzehn.“

„Dass ihre Eltern so etwas überhaupt zulassen, ist für mich unverständlich. Mir wäre das viel zu peinlich, wenn meine Tochter wie ein aufgemotzter Laufsteg-Papagei vor den Kameras der ganzen Welt stehen würde.“

„Wobei ihre Rede ja durchaus ein paar vernünftige Aspekte beleuchtet hat“, warf der Moderator ein.

„Natürlich! Ich habe ja auch gar nichts gegen Frieden einzuwenden. Und trotzdem … Sie spricht wie eine Erwachsene, sieht aber aus wie ein dreizehnjähriges Mädchen mit zu viel Make-up, das seinen Vater damit beeindrucken will, wie erwachsen sie ist, indem sie einen Anzug anzieht und von Politik redet.“

„JETZT REICHT'S!“, rief Melanie und griff entschieden über mich hinweg, um mit Annas Fernbedienung den Fernseher auszuschalten, während sie ihrer Wut freien Lauf ließ. „Was erlauben die sich eigentlich? Und sowas will *erwachsen* sein?! In den Nachrichten über andere zu lästern ist absolut unterstes Niveau. Es wäre eine Beleidigung für jedes Kindergartenkind, diese Typen mit ihnen zu vergleichen! Und was heißt hier überhaupt ‚zu viel Make-up‘??!“

Ich hingegen starrte wie versteinert auf den schwarzen Bildschirm und wünschte mir inständig, mein Gesicht in Charlys flauschigem Zottelfell vergraben zu können. Die ersten Tränen stiegen in meinen Augen empor, wobei ich nicht einmal sagen konnte, ob ich vor Wut, Frustration oder Scham weinte. *Sie fanden mein Auftreten lächerlich und kindisch ... Sie haben mich öffentlich zum Gespött gemacht. Wie viele Leute diese Talkshow wohl gesehen haben? Hoffentlich nicht meine Eltern ... oder Garrett ...*

Wie in Trance blickte ich geradeaus, während die Tränen meine ungeschminkten Wangen hinabliefen. *Ich hätte nie zulassen dürfen, dass Mel mich so herausputzt. In den Nahaufnahmen sahen meine Augen durch das Make-up viel zu feurig aus. Ich will doch nicht angsteinflößend wirken!*

„Wirklich eine Unverschämtheit!", schloss Melanie ihre Empörungsrede ab und ließ sich wutschnaubend auf das Sofa zurückfallen.

„Na ja", setzte Marie vorsichtig an. „Ein bisschen extrem wirkte das Make-up schon – mit dem krassen Lidschatten und so ... Nicht, dass es nicht gut aussah! Vor allem von weiter weg. Aber bei den Nahaufnahmen ...“

„Ja, am Close-up muss ich noch arbeiten", entgegnete Melanie ungerührt. „Aber ansonsten sah Johanna doch toll aus! Sehr feurig und ...“

„... lächerlich.“

Das Wort rutschte mir einfach so heraus, ohne dass ich darüber nachdachte. Am liebsten hätte ich es sofort zurückgenommen, doch die schockierte Stille gab mir unmissverständlich zu verstehen, dass es dafür zu spät war.

„Wie bitte?", hauchte Melanie und sah mich mit großen Augen an.

„Ich meine ja nur", versuchte ich so schnell wie möglich Schadensbegrenzung zu leisten. „Marie hat recht: es war ein bisschen zu extrem … zu krass … zu feurig. Ich stach unter den Politkern hervor wie ein bunter Kanarienvogel."

„Aber es ist nichts Schlechtes hervorzustechen", gab Melanie beleidigt zurück. „Du bist eine Pyro – und nicht nur irgendeine! Du bist die Sprecherin der Elementaren von Deutschland. Du *solltest* hervorstechen!"

„Mag sein. Aber nicht durch mein Make-up, sondern durch mein Auftreten und Verhalten. Ich sollte mit positivem Beispiel vorangehen und für Frieden sorgen – nicht für einen Mode-Skandal."

„An deinem Outfit war absolut nichts auszusetzen!"

„Das sahen die drei Herren da eben anders …"

„Die haben ja auch keine Ahnung! Du darfst dich von ein paar Idioten nicht einschüchtern lassen. Niemand kann es allen rechtmachen. Glaubst du etwa, die Garderobe der Bundeskanzlerin wäre nicht ebenso schon mal kritisiert worden?! Einmal ein zu gewagtes Jackett und schon zerreißen sich alle das Maul. Aber deswegen ist sie nicht gleich zurückgetreten oder so. Du musst da drüberstehen, Johanna."

„Schon möglich. Aber ich werde mich nicht noch einmal von dir zu so etwas überreden lassen. Der Anzug und die Bluse sind auffällig genug. Da braucht es kein feuriges Make-up oder glitzernde Ohrringe oder Tonnen von Haarspray. Das war einfach zu viel!"

Melanie funkelte mich wütend an und ich wusste, dass ich etwas zu weit gegangen war. *So viel zum Thema Schadensbegrenzung. Das habe ich ja toll vermasselt …*

„Was weißt du denn schon?!", fauchte sie mich an. „Du hast dich nie geschminkt! Ohne mich und die Mädels hättest du David nie bekommen. Wir mussten dich ja regel-

recht dazu zwingen, endlich mal ein bisschen Make-up auf-
zulegen. Und danach hast du es gleich wieder drange-
geben. Also erzähl mir nicht, was zu viel ist und was nicht.
Du hast nämlich keine Ahnung von diesem Thema!"

Ich schluckte. *Sie hat recht. Ich habe mich nie für
Schminke interessiert. Aber das heißt nicht, dass sie die
Weisheit mit Löffeln gefressen hat.* Ich biss mir auf die
Unterlippe, um eine hitzige Entgegnung zurückzuhalten.

Anna und Marie schauten uns von beiden Seiten bloß
betreten und etwas verwirrt an, mischten sich jedoch nicht
in unsere Auseinandersetzung ein. Dafür holte Melanie,
von meinem Schweigen anscheinend angespornt, gleich
zum nächsten Schlag aus.

„Siehst du? Du weißt doch selbst, dass du von so etwas
nichts verstehst! Und diese Anzugträger da auch nicht. Ich
gebe ja zu, dass der Lidschatten ein wenig übertrieben war,
aber auf solche Nahaufnahmen war ich eben nicht vorbereitet. Bei der Bundeskanzlerin haben sie ja auch nicht so
nah herangezoomt."

„Die kennt auch jeder!", rief ich genervt. „Da braucht
keiner ein Close-up. Aber ich bin nicht ständig in den
Kameras zu sehen. Da ist es doch klar, dass sie ein wenig
anders mit mir umgehen."

„Ach! Du wusstest das also schon alles im Voraus, oder
wie? Wieso hast du denn dann nichts gesagt?"

„Weil du mich gar nicht hast zu Wort kommen lassen.
Ständig hieß es nur Channel hier, Abonnenten dort …
Meine Bitten nach einem ‚natürlichen' Make-up hast du
komplett ignoriert!"

„Klar! Plötzlich bin *ich* die Schuldige."

„Hier geht es nicht um Schuld …"

„Und warum klingst du dann so vorwurfsvoll??"

„Ich … ich wollte nicht … Ich meine doch nur, dass …"

„Ich, ich, ich. Sag mal, dreht sich in deinem Kopf alles nur um dich? Dann hör mir mal gut zu: Nur, weil du die aktuelle Mediensensation bist, heißt das noch lange nicht, dass du dir alles erlauben kannst. Ich habe dir meine Hilfe angeboten, habe dein Outfit für dich organisiert, dir beige-standen – und was ist der Dank? Auf einmal bin ich an allem schuld, was in deinem Leben schiefläuft!"

„Das stimmt doch gar nicht ..."

„Ach nein? Was ist dann dein Problem?"

„Mel ... Ich meine nur, dass wir beim nächsten Mal ein etwas natürlicheres Make-up ..."

„Beim nächsten Mal? Glaubst du wirklich, dass ich mir noch mal die Mühe mache, dich zu stylen?!! Das kannst du dir abschminken – oder *könntest* du, wenn du Schminke tragen würdest! Ich bin raus!!"

Mit diesen Worten sprang Melanie auf und lief so schnell zur Haustür, dass selbst Marie sie nicht mehr einholen konnte.

Ich hingegen blieb wie angewurzelt auf dem Sofa sitzen und fragte mich, wieso die ganze Welt plötzlich gegen mich zu sein schien, während ich Melanie mit Tränen in den Augen hinterher sah.

Kapitel 24

Anna und Marie gaben sich alle Mühe, mich wieder aufzumuntern. Nach dem Streit mit Melanie war mir allerdings nicht wirklich nach guter Laune zumute, was sie zum Glück respektierten.

Wir unterhielten uns eine Weile über die weltweite politische Lage, doch selbst das konnte mich nicht auf andere Gedanken bringen. Besonders die unterdrückten Tränen verlangten dringend nach einer Auszeit, also vertröstete ich die beiden auf ein andermal und lief dann ziellos durch die Straßen von Berlin.

Zwar hatte Anna mir angeboten, mich zu Melanies Wohnung zu fahren, aber ich war noch nicht bereit, ihr wieder in die Augen zu blicken. Außerdem wollte ich ihr ebenfalls ein wenig Freiraum geben, also lehnte ich dankend ab und machte mich zu Fuß auf den Weg durch die graue Großstadt.

Die warme Nachmittagssonne strich tröstend über meine Haut, doch ich bemerkte es kaum. Völlig in Gedanken versunken, wanderte ich durch die geschäftigen Straßen, bis ich einen Park erreichte und mich auf einer leeren Bank niederließ.

Als wäre dies das Startsignal gewesen, bahnten meine Tränen sich sofort einen Weg nach draußen und flossen mir in salzigen Bächen über die Wangen. *Verdammt, verdammt, verdammt!* Am liebsten hätte ich meinen Frust in die Welt hinausgeschrien, doch die Spaziergänger, welche an mir vorüberkamen, sahen mich sowieso schon schräg an. *Haben die nie einen beschissenen Tag, an dem ihnen einfach nur zum Weinen zumute ist?*

Ich schlang meine Arme um mich und versuchte, das Schluchzen zurückzuhalten, welches die Tränen aus meinem Körper hinausbegleitete. Es gelang mir nicht wirklich und ich wurde von einer Welle aus Gefühlen durchgeschüttelt, bis ich zitternd und mit roten Augen auf der Bank hockte, wie ein jämmerliches Häufchen Elend.

„Geht's dir nicht gut?", riss mich eine schüchterne Kinderstimme aus meiner Weltuntergangsstimmung heraus und ließ mich erschrocken zusammenzucken.

Ich hob meinen Kopf und starrte in das besorgte Gesicht eines kleinen Jungen, der vielleicht gerade mal im Kindergartenalter war.

„Carl!", rief da seine Mutter aus einigen Metern Entfernung und kam hastig auf uns zugeeilt. „Tut mir leid. Er ist sehr neugierig. Ich hoffe, er hat Sie nicht gestört."

Wobei denn? Beim Nervenzusammenbruch?

„Nein, schon gut", erwiderte ich mit belegter Stimme und rang mir ein Lächeln ab, welches ich Carl mit so viel Wärme schenkte, wie ich in meinem Zustand aufbringen konnte.

Der Kleine lächelte sofort zurück und streckte mir dann eine Packung Taschentücher entgegen, die er aus seiner Hosentasche hervorzog. *Oh, ein wahrer Gentleman!*

„Hier. Die brauchst du mehr als ich."

„Danke."

Verblüfft nahm ich die Taschentücher entgegen, während Carls Mutter nun bei uns ankam und ihn hastig von mir zurückzog.

„Tut mir wirklich leid", wiederholte sie ohne offensichtlichen Grund. „Komm, Carl. Wir müssen gehen."

„Tschüss", rief Carl, während seine Mutter ihn bereits hinter sich her schleifte.

„Tschüss", erwiderte ich und hatte dieses Mal schon weniger Schwierigkeiten zu lächeln. „Und danke!"

Die beiden verschwanden hinter dem nächsten Gebüsch und ließen mich verdattert auf der Parkbank zurück. Es dauerte eine Weile, bis ich meine Gedanken soweit sortiert hatte, dass ich tatsächlich von den Taschentüchern Gebrauch machte, doch sobald ich angefangen hatte, leerte ich gleich die halbe Packung. *Carl hatte recht. Ich brauchte sie wohl dringend. Wozu er sie überhaupt dabei hatte? Vielleicht hat er eine Pollenallergie?*

Ein dankbares Lächeln huschte über mein gerötetes Gesicht. *Jedenfalls hat er mehr Einfühlungsvermögen als seine Mutter. Oder sie hatte es sehr eilig … Ob sie mich erkannt hat? Vielleicht war es ihr ja auch peinlich, mir zu begegnen … Oder sie hatte Angst, dass ich meine Fähigkeiten in dem Moment nicht unter Kontrolle gehabt haben könnte … Gibt es wirklich Menschen, die Angst vor mir haben?*

Ich war mir nicht sicher, ob ich eine Antwort auf diese Frage haben wollte, wobei eine leise Stimme in meinem Kopf sie mir bereits gab: *Ja!*

Ja, es gab sicherlich Menschen, die Angst vor uns Elementaren hatten – und das nicht mal zu Unrecht. Denn auch, wenn meine Freunde und ich friedliche Absichten hegten, traf dies sicherlich nicht auf alle Elementaren zu. *Ich will gar nicht wissen, was passiert, wenn sie sich gesammelt gegen die Obrigkeiten von China und Russland auflehnen. Wir müssen unbedingt verhindern, dass es so weit kommt!*

In diesem Moment wurde mir klar, dass es ziemlich egoistisch von mir gewesen war, mich so sehr über die Reaktionen auf meinen Auftritt bei der Pressekonferenz aufzuregen. *Es war nicht Mels Schuld. Sie wollte mir nur helfen und hat es ein bisschen zu gut gemeint. Aber sie kann nichts dafür, dass die Nachrichtensprecher und Talkshow-Idioten es nicht schaffen, sich auf das Wesentliche zu konzentrieren. Hier geht es nicht um Klatsch und Tratsch! Es geht um den Weltfrieden. Da sollte es ja wohl völlig egal sein, wer sich wie anzieht oder schminkt. Was zählt, sind unsere Worte und Taten. Und Letztere sollten jetzt unbedingt folgen, bevor die politische Lage total eskaliert.*

Entschlossen wischte ich mir die getrockneten Tränen vom Gesicht und stand auf, um die nächstbeste Bahnstation zu suchen. *Hoffentlich kann Mel mir verzeihen. Denn jetzt könnte ich ihre Hilfe echt gut gebrauchen!*

„Willst du deine Sachen holen?"

Melanie funkelte mich herausfordernd an und ich seufzte innerlich. *Sie war schon immer nachtragend. Und jetzt habe ich ihr auch noch allen Grund dazu gegeben …*

„Nur, wenn du mich loswerden willst", erwiderte ich schuldbewusst. „Eigentlich bin ich eher gekommen, um mich zu entschuldigen."

„Aha."

Sie sah mich für einen Moment nachdenklich an, als würde sie überlegen, mir einfach die Tür vor der Nase zuzuknallen. Dann schien sie sich jedoch umzuentscheiden, jedenfalls hielt sie mir die Tür auf und ich schlüpfte dankbar in die Wohnung.

„Ich höre."

Sie verschränkte die Arme vor der Brust und lehnte sich gegen die geschlossene Tür, als wolle sie jederzeit bereit sein, mich wieder rauszuschmeißen.

„Ja … öhm … Es tut mir wirklich leid, was ich vorhin gesagt habe … Du hast nichts falsch gemacht und ich hätte dich nicht so …"

„… beschimpfen sollen?"

„Ja … so kann man es auch sagen. Auf jeden Fall war es ungerecht, dir die Schuld für die Reaktion der Reporter zu geben. Wenn sie sich auf Äußerlichkeiten beziehen wollen, statt über die dringlichen Probleme in der Welt zu sprechen, ist das immerhin ihre Sache."

„Stimmt", stellte Melanie nüchtern fest, sah mich aber weiterhin erwartungsvoll an.

„Öhm … Ja … Von daher … Es tut mir leid. Ich war … beschissen zu dir. Ich habe überreagiert, okay? Es war einfach alles etwas viel … Aber das hätte ich nicht an dir auslassen dürfen. Kannst du mir verzeihen?"

Ich wusste nicht, was ich noch sagen sollte, also sah ich Melanie mit flehendem Hundeblick an und hoffte inständig, dass sie nicht noch weitere Entschuldigungen von mir verlangen würde.

Für ein paar quälende Sekunden ließ sie mich zappeln, doch dann glätteten sich die zornigen Falten auf ihrer Stirn und machten einer versöhnlichen Miene Platz.

„Entschuldigung angenommen."

„Danke."

Ich fiel ihr erleichtert um den Hals, wobei sie meine Umarmung nicht erwiderte.

„Ich bin trotzdem sauer auf dich", murmelte sie.

„Das ist okay. Ich habe es nicht anders verdient. Solange du mir irgendwann verzeihen kannst, bin ich glücklich – und werde mir alle Mühe geben, es wiedergutzumachen."

„Hm. So wie beim letzten Mal?"

„Öhm …" Ich ließ von ihr ab und trat schuldbewusst einen Schritt zurück. „Hoffentlich besser als beim letzten Mal. Und ohne es wieder zu versauen."

Der Hauch eines Grinsens stahl sich auf Melanies himbeerrote Lippen.

„Komplett versaut hast du es zum Glück nicht. Mein Mode&Make-up-Channel ist dank dieser Medien-Fritzen in aller Munde. Ich habe schon mehrere tausend Likes und es kommen ständig neue dazu."

„Das ist ja großartig!", rief ich begeistert. „Und was sagen deine Fans so zu dem ganzen Medienrummel?"

„Viele finden das Make-up im Close-up zu übertrieben, was ich verstehen kann. Aber es kommt trotzdem gut an und es sind alle schon sehr gespannt auf einen etwas natürlicheren Look."

„Soso. Hattest du dafür schon an eine bestimmte Person gedacht?"

„Nicht wirklich … Wieso? Kennst du zufällig jemanden?"

„Och, ich hätte da eine Idee."

Nun war das Grinsen auf Melanies Gesicht nicht mehr aufzuhalten und ich erwiderte es mit freudiger Erleichterung.

„Aber unter einer Bedingung", fügte Melanie hinzu. „Egal was die Medien sagen, du lässt dich nicht davon beeindrucken."

„Abgemacht! Ehrlich gesagt, ist mir mittlerweile aufgegangen, dass es total bescheuert von mir war, mich so einschüchtern zu lassen. Es hat mich nur so unvorbereitet getroffen und … in dem Moment … Ich war echt fertig danach. Aber jetzt weiß ich, dass meine Konzentration sich von solchen Sachen nicht beeinflussen lassen darf. Es gibt Wichtigeres!"

„Gut erkannt."

„Wenn du nichts dagegen hättest, würde ich dazu auf deinem Channel gerne ein kleines Statement abgeben. Natürlich nur, wenn du damit einverstanden bist."

Nun war es Verblüffung, die Melanies Gesicht eroberte.

„Ein Statement? Auf meinem Channel?"

„Ja. Ich muss doch den Ruf meiner hochgeschätzten Stylistin beschützen! Keiner macht sich über meine beste Freundin lustig, ohne es mit mir zu tun zu bekommen."

Melanies Augen wurden groß, begannen aber im gleichen Moment, freudig zu strahlen.

„Oh, Johanna ..."

Mit einem gerührten Schluchzen fiel sie mir um den Hals und ich erwiderte die Umarmung so fest, dass wir beide etwas außer Atem waren, als wir uns wieder voneinander lösten.

„Wenn dein Garrett uns so sieht, wird er noch ganz neidisch", meinte Melanie lachend, bevor sie mich aufgeregt ins Wohnzimmer vor die Kamera schob. „Na, dann wollen wir dich mal für den Gegenschlag bereitmachen. Diese Medien-Heinis werden schon sehen, mit wem sie sich angelegt haben!"

Ich stimmte in Melanies Lachen mit ein und ließ die Schminkprozedur beinahe freudig über mich ergehen. Dieses Mal dauerte es zum Glück nicht ganz so lange, da sich Melanie wirklich an ihr Wort hielt und bei einem natürlichen Look blieb. *An diese Art von Schminke könnte ich mich tatsächlich gewöhnen ... Hoffen wir mal, dass die Medien mich so nun auch etwas ernster nehmen werden ...*

Kapitel 25

„Deshalb appelliere ich hiermit an alle Reporter und Reporterinnen, Journalisten und Journalistinnen, an alle Medienkanäle und BerichterstatterInnen: Heben wir uns den banalen Tratsch für später auf. Jetzt gilt es erst einmal, den Frieden in der Welt zu wahren und für Gerechtigkeit zu sorgen. Und dabei sollte es egal sein, wer sich dafür einsetzt und was er oder sie anhat. Die Message ist das, was zählt – nicht das Make-up des Überbringers."

Der Bildschirm wurde schwarz und ich sah gespannt zu Anna und Marie hinüber, während Melanie mir stolz einen Arm auf die Schulter legte.

„Das hast du gut gesagt", kommentierte Anna mit ernster Miene meinen Beitrag auf Melanies Channel. „Hoffen wir mal, dass es die richtigen Leute erreicht."

„Oh, das wird es", erwiderte Melanie mit einem Grinsen. „Das Video wurde über Nacht zum Internet-Hit. Es gibt viele Plattformen, die es bereits geteilt und weiterverbreitet haben. Da können sich auch die Talkshow-Heinis nicht vor verstecken."

„Super", rief Marie begeistert und gab mir einen Daumen hoch. „Genau richtig so! Lass dich von solchen Idioten nicht kleinkriegen. Die Leute finden immer etwas zu meckern und zum Lästern, aber davon musst du dich nicht beeindrucken lassen."

„Werde ich in Zukunft auch nicht mehr", antwortete ich mit entschlossener Miene. „Wir haben momentan Wichtigeres zu tun."

„Apropos: Bleibst du jetzt erstmal in Berlin oder sind die Treffen mit der Regierung durch?"

„Wir sind vorerst fertig. Den Rest werden die Politiker wohl unter sich ausmachen. Und meine Eltern würden mich gerne bald wiedersehen."

„Oh."

Alle drei sahen mich enttäuscht an.

„Heißt das, dass du bald nach Hause fährst?"

„Wie bald denn?"

Ich zuckte mit den Schultern.

„Da habe ich mich nicht genau festgelegt. Vermutlich übermorgen."

„Schon?", rief Melanie entsetzt. „Ich habe dir kaum etwas von Berlin gezeigt. Wir wollten doch zu meiner Uni und ins Museum und ..."

„... ins Tattoo-Studio?"

Marie sah mich hoffnungsvoll an, aber ich schüttelte den Kopf, während Melanie sofort begeistert grinste.

„Oh doch! Du musst dir ja nichts stechen lassen. Aber gucken kann nicht schaden. Und vielleicht lasse ich mir ja eins machen ..."

„Cool", entgegnete Marie mit leuchtenden Augen. „Dann können wir zusammen Berlin unsicher machen."

Gesagt, getan.

Die drei konnten es kaum erwarten, mich in die verschiedenen Stadtteile der deutschen Hauptstadt zu entführen. Immerhin ließen sie mich noch kurz bei meinen Eltern anrufen und einen Bus für den übernächsten Tag buchen, bevor wir uns gemeinsam auf den Weg machten, um Berlin zu erkunden.

Dabei verlor ich zügig den Überblick, in wie vielen Museen wir bereits gewesen waren. Vom Technikmuseum über das Museum für Naturkunde bis hin zum Jüdischen Museum Berlin und dem kleinen Kunstmuseum ‚Urban Nation' war alles mit dabei.

Abends schleiften sie mich dann noch in die Oper und führten am nächsten Tag ihre Tour unermüdlich fort, indem sie mir den Zoologischen Garten und das Berliner Aquarium präsentierten.

Außerdem gingen wir in diversen Parks spazieren, verzehrten Essen zum Mitnehmen aus allen Kulturrichtungen und unterhielten uns über das, was uns gerade in den Sinn kam.

Natürlich ließ sich Melanie den Besuch im Tattoo-Studio ebenfalls nicht ausreden, wobei ich sie zum Glück davon abhalten konnte, mir ein Flammen-Tattoo aufzudrängen. Stattdessen ließ sie sich kurzerhand selbst eins stechen und präsentierte es am Abend stolz auf ihrem Online-Channel.

Als ich am Tag danach im Bus nach Bremen saß, schwirrte mir immer noch der Kopf und ich hatte den Eindruck, ganz Berlin besichtigt zu haben.

Ich sehnte mich nach etwas Ruhe und ein paar Tagen ohne große Aufregung, doch Zuhause erwartete mich leider das genaue Gegenteil.

„Johanna", begrüßte mich Charlotte überschwänglich, als ich aus dem Bus ausstieg. „Da ist ja unser Star!"

Sie schloss mich in eine stürmische Umarmung, bevor sie den Weg für meine Mutter freimachte, welche mich ebenfalls fest in ihre Arme schloss.

„Geht es dir gut, Darling?"

Sie musterte mich mit ihrem Mutter-Kennerblick, der mir sofort verriet, dass sie von der reißerischen Berichterstattung über meinen Auftritt bei der Pressekonferenz wusste. *Einer Mutter entgeht eben nichts.*

„Ja, mir geht's gut."

Ich sah mich suchend um, doch weder Fiona noch mein Vater waren zu sehen.

„Dein Dad ist arbeiten", beantwortete meine Mutter sofort meine ungestellte Frage. „Und Fiona schreibt an ihrer Masterarbeit. ihr Professor ist leider nicht so einsichtig, wie sie dachte und besteht darauf, dass sie sich nicht zu sehr als Elementare engagiert, sondern lieber schnell fertig wird."

„Oh."

Ich sah betreten zu Charlotte hinüber, welche bestätigend nickte, aber weiterhin lächelte.

„Ein sturer Esel", ergänzte sie kopfschüttelnd. „Aber Fiona schafft das schon. Sie kommt gut voran, also kann sie uns danach wieder helfen. Und ich komme bisher auch ohne sie mit dem Webseiten-Kram zurecht."

„Da kann ich dir ja helfen", erwiderte ich sofort, wovon Charlotte natürlich begeistert war.

Somit war an Ruhe erstmal nicht zu denken, was mir jedoch erst im Nachhinein auffiel. Charlotte zog für die nächsten Tage wieder bei uns im Gästezimmer ein, so dass wir uns die meiste Zeit des Tages auf die Internetpräsenz der Elementaren konzentrieren konnten.

Und als hätten wir damit nicht genug zu tun, entwickelte sich die politische Weltlage alles andere als friedlich, so dass ich bald schon Angst hatte, überhaupt die Nachrichten anzuschauen.

Sätze wie „Russland bleibt hart" und „China ist unnachgiebig" verfolgten mich bis in meine Träume. Zwar zeigte die EU endlich mal Einigkeit und verabschiedete in allen europäischen Ländern ein Gesetzt, welches den Elementaren im europäischen Raum normale Menschenrechte einräumte, doch die damit aufkeimende Hoffnung wurde schon bald wieder zunichtegemacht.

Gerade hatte ich eine Meldung gesehen, dass die USA und Kanada sich mit der EU zusammentaten und die

Menschenrechte der Elementaren unterstützten, als Charlotte in mein Zimmer stürmte und mich aufgeregt nach unten ins Wohnzimmer beorderte.

Der Fernseher lief bereits und meine Eltern blickten besorgt auf den Bildschirm, während Charlotte und ich uns dazugesellten.

„Nachdem es in Russland und China erneut zu friedlichen Protesten und Polizeieinsätzen kam, hat sich nun auch die Türkei der Registrierungsoffensive gegen Elementare angeschlossen. Nordkorea kündigte an, sogar einen Schritt weitergehen zu wollen und Elementare mit Mikrochips ausstatten zu lassen, um eine Überwachung und bessere Kontrolle zu ermöglichen. Dies sorgte weltweit für einen Aufschrei unter den Elementaren."

„Das können die nicht machen", unterstrich Charlotte die Worte des Nachrichtensprechers, indem sie von ihrem Sessel aufsprang und wütend lospolterte. „Sowas ist doch kompletter Wahnsinn! Das werden die Elementaren sich nicht gefallen lassen. Wollen die alle einen Krieg provozieren oder was?"

„Wir müssen etwas tun", murmelte ich fassungslos, während meine Gedanken sich fieberhaft im Kreis drehten. „Irgendwie müssen wir etwas unternehmen. So kann es nicht weitergehen."

„Aber was sollen wir machen?", fragte Charlotte verzweifelt, während meine Eltern uns beunruhigte Blicke zuwarfen.

„Ihr solltet nichts überstürzen", setzte mein Vater gerade an, als es plötzlich an der Haustür klingelte.

Ohne zu wissen, wen oder was genau ich erwartete, war ich es, die als erste zur Tür lief, dicht gefolgt von Charly. Verwirrt starrte ich auf die beiden Gesichter, die mir entgegenblickten, bevor mein Herz für einen Moment die

Oberhand über meinen Kopf gewann und ich Garrett erleichtert um den Hals fiel. *In seiner Gegenwart habe ich immer das Gefühl, als würde alles gut werden ... auch wenn das jetzt eher unwahrscheinlich ist ...*

„Du bist zurückgekommen", murmelte ich und drückte mich an seine Brust, als könnte ich mich dort vor der Welt verstecken.

„Natürlich. Ich hatte doch versprochen, dass ich spätestens dann wiederkomme, wenn die politische Lage brenzlig wird. Und das ist nun definitiv der Fall, würde ich mal behaupten ..."

„Das kannst du laut sagen!"

Meine Gedanken begannen sofort wieder zu rasen, wobei ich verzweifelt versuchte, sie noch für einen Moment auszublenden und mich lediglich auf Garretts Herzschlag zu konzentrieren. Er war kräftig und zügig, so als sei er bis zu meinem Haus gerannt.

„Johanna?", erklang plötzlich die besorgte Stimme meines Vaters hinter mir und riss mich aus meiner Gedankenflucht hinaus. „Ist alles in Ordnung?"

Widerwillig löste ich mich von Garrett und warf dann seinem Meister einen schnellen Blick zu, bevor ich mich zu meinen Eltern und Charlotte umwandte.

„Ja, alles okay. Oder?"

Ich sah erneut zu Garrett, doch es war Richard, der antwortete.

„Ich befürchte, die politische Lage steht kurz vor einer Eskalation. Wir sollten sofort handeln und uns auf das Schlimmste vorbereiten."

„Das Schlimmste?", wiederholte Charlotte beunruhigt und drängte sich neben meine Eltern. „Was genau meinen Sie damit? Es wird doch wohl keinen ..."

„... Krieg geben? Doch, ich befürchte schon."

Wir alle sahen Richard mit großen Augen an. Er wirkte völlig unberührt von der Tatsache, dass die Welt demnächst im Chaos versinken könne und wieder einmal hatte ich das unbestimmte Gefühl, dass mit ihm etwas nicht stimmte.

„Es bleibt nicht viel Zeit", fuhr Richard, unbeeindruckt von unseren entsetzten Blicken, fort. „Deshalb mache ich es kurz: Johanna, du hast mich bei unserem letzten Treffen nach meiner Herkunft gefragt. Die Antwort lautet: Ich komme gebürtig aus Großbritannien – allerdings aus der Vergangenheit."

Kapitel 26

„Aus … aus der … Vergangenheit? Aber … wie …?"

Mein bis eben noch gedankenüberfüllter Kopf war wie leergeblasen. Hinter mir hörte ich leise Laute des Erstaunens, während ich Garretts Meister verständnislos anstarrte.

„Wir haben leider keine Zeit für lange Erklärungen", entgegnete dieser. „Das, was du wissen solltest, ist Folgendes: Es gibt in jedem Element *einen* Elementaren, der sozusagen mit diesem verschmolzen ist. Nicht viele wissen von unserer Existenz, da wir uns selten zeigen. Die, die uns kennen, nennen uns die ‚ewigen Elementaren' – was nicht ganz zutreffend ist, da auch wir vergehen und somit sterben können. Doch solange wir mit unserem Element vereint sind, bleiben unsere Seelen unsterblich mit diesem Planeten verbunden."

„Moment mal", fuhr Charlotte ihm aufgeregt ins Wort. „Sie wollen uns also erzählen, dass Sie so gut wie unsterblich sind? Sie könnten also ewig leben?"

„So in der Art. Mein menschlicher – also materieller – Körper ist im Jahre 1812 bei der Seeschlacht der sogenannten ‚US-Superfregatten' gestorben. Ich war damals ein britischer Soldat auf See und wurde während des Angriffs der Amerikaner von einer Kanonenkugel gestreift und mit von Bord gerissen. Mein Körper wehrte sich jedoch gegen den Tod und als ich das Meer um Hilfe bat, nahm es meine Seele in sich auf, während ich versank. Somit wurde ich eins mit dem Wasser und bin seitdem ein Teil von ihm."

„Aber … ich habe Ihnen … dir … doch … die Hand geschüttelt. Wie kann das möglich sein?"

Mein Kopf verstand nun gar nichts mehr. Mit gerunzelter Stirn blickte ich auf Richards sehr fest wirkenden Körper und versuchte, seine Worte mit dem, was ich sah, in Verbindung zu bringen.

„Ganz einfach", tat Richard meine Zweifel ab. „Ich kann das Wasser dazu bringen, mir eine feste Form zu verleihen. Wenn ich diese menschliche Form annehme, erwärme ich das Wasser, welches meinen sichtbaren Körper bildet, so dass sich mein Händedruck anfühlt, wie die normale Körpertemperatur eines jeden Menschen."

„Wie jetzt?", rief Charlotte aufgeregt. „Sie bestehen wirklich komplett aus Wasser?"

„Allerdings."

„Abgefahren! Darf ich mal?"

Sie streckte ihm neugierig die Hand entgegen und Richard ergriff sie, ohne zu zögern.

„Hm. Fühlt sich ziemlich normal an. Wobei…"

Bei längerem Halten runzelte Charlotte ihre Stirn und blickte verwirrt auf die Hand, welche in ihrer lag.

„Ich … ich kann das Wasser … spüren."

„Selbstverständlich", entgegnete Richard, als sei es das Offensichtlichste auf der Welt. „Sie sind eine Pyro. Mein Element ist das Gegenteil zu Ihrem, wie das Gegenstück einer Münze. Außerdem kann jeder Elementare die Anwesenheit eines ,Ewigen' feststellen. Es bedarf nur eines erhöhten Maßes an Aufmerksamkeit."

Er ließ Charlottes Hand wieder los und sah dann erwartungsvoll zu mir hinüber.

„Reicht das vorerst als Erklärung?"

„Öhm …"

„Wir sollten nämlich dringend mit dem Training beginnen. Gemeinsam."

Ich sah ihn verständnislos an, also fuhr er fort.

„Ich habe Garrett bereits das Wichtigste beigebracht. Doch wenn ihr beiden eure Kräfte vereint, werdet ihr um ein Vielfaches stärker sein. Immerhin würde ein Krieg zwischen den Elementaren und Menschen bedeuten, dass ihr gegen verschiedenste Elementare aller Art kämpfen müsstet, um den Frieden wiederherzustellen. Du bist zwar sehr mächtig, doch zu zweit seid ihr stärker."

„Moment! Ich … ich bin … mächtig? *Sehr* mächtig?? Inwiefern? Was bedeutet das?"

„Das heißt, dass ich es gespürt habe, als deine Kräfte erwachten. Du bist der Grund, weshalb ich mich in diesem Jahr materialisiert habe – und somit überhaupt Garrett finden konnte. Er ist einer der vielversprechendsten Vertreter der Hydros, doch du … Wenn deine Kräfte ihr volles Potenzial entfalten, wirst du eine der mächtigsten Pyros sein, die die Geschichte je gesehen hat."

Mein Mund blieb offenstehen, während ich Richard ungläubig anstarrte. Selbst von Charlotte und meinen Eltern konnte ich keine Regung wahrnehmen. Der Einzige, der von dieser Offenbarung unbeeindruckt zu sein schien, war Charly.

Er entschied, dass er nun lange genug stillgestanden und gewartet hatte und lief freudig wedelnd zu Garrett hinüber, welcher ihm lachend durch das Fell fuhr.

Meine Augen folgten seinen Bewegungen, während meine Gedanken ziellos umhersprangen. *Das kann nicht sein! Ich? Eine der mächtigsten Pyros? Richard muss sich irren … Woher will er das überhaupt so genau wissen? Er ist doch ein Hydro! Oder liegt es daran, dass er ein ‚ewiger Elementarer' ist? Aber trotzdem … Ich??*

„Das mag jetzt alles ein wenig verwirrend wirken", durchbrach Richard nach einer schweigsamen Minute die Stille. „Ich würde dir gerne Zeit geben, diese Informationen zu verarbeiten, doch die haben wir nicht. Die Welt wird nicht auf dich warten. Deshalb müssen wir nun los, bevor es zu spät ist."

„Los?", entfuhr es meiner Mutter mit zitternder Stimme. „Wohin denn?"

„Keine Sorge", versuchte Richard sie zu beruhigen. „Wir werden uns nicht zu weit entfernen. Johanna wird zum Abendessen wieder zurück sein. Wir suchen nur eine ungestörte Waldlichtung auf, damit sie und Garrett daran arbeiten können, ihre Kräfte zu vereinen."

Meine Eltern blickten wenig begeistert drein. Charlotte hingegen schien Richards Worte am schnellsten von uns zu verdauen und hatte bereits ein strahlendes Grinsen auf dem Gesicht.

„Johanna, die Superheldin! Ich wusste es einfach. Fire Woman[10] passt perfekt zu dir, das habe ich damals schon geglaubt, als die Kinder in deiner Schule dir diesen Spitznamen verpasst haben."

„Ich bin keine Heldin", setzte ich an, doch Richard fiel mir ins Wort.

„Du kannst aber eine werden, wenn du auf deine Fähigkeiten und dein Element vertraust. Doch selbst Helden werden nicht immer als solche geboren. Also sollten wir uns nun an die Arbeit machen."

Ich nickte benommen, obwohl ich immer noch nicht wirklich wusste, was genau er damit meinte, dass Garrett und ich unsere Kräfte ‚vereinen' sollten. *Wir haben zwar gut miteinander trainiert, als wir uns gegenseitig bekämpft haben, um unsere Abwehr zu verbessern … aber … Vereint? Wie soll das funktionieren? Feuer und Wasser sind Gegensätze – die lassen sich nicht vereinen … oder?*

---

[10] Feuer-Frau

Ich umarmte meine Eltern, welche trotzdem beunruhigt aussahen und entschuldigte mich bei Charlotte, welche versprach, sich während meiner Abwesenheit alleine um die Webaktivitäten kümmern zu können.

Dann folgte ich Garrett und seinem Meister stumm in den Wald hinein, welcher an den hinteren Teil unseres Grundstücks angrenzte und von den Feldern wegführte. Ich war zu sehr in Gedanken versunken, um ein Gespräch anzufangen, was Garrett zum Glück zu verstehen schien.

Er ergriff lediglich meine Hand und hielt sie fest, während wir Seite an Seite hinter Richard hinterherliefen. *Wie eine so einfache Geste bereits so viel Halt geben kann. Es ist fast so, als würde die Anwesenheit seiner ruhigen Wassernatur mich ebenfalls zur Ruhe bringen – wenigstens ein bisschen ...*

Richard hatte nicht gelogen, als er davon sprach, sich nicht allzu weit von meinem Elternhaus entfernen zu wollen. Es dauerte keine halbe Stunde, bis wir auf der nächsten Waldlichtung Halt machten und er sich mit ernstem Blick zu Garrett und mir umwandte.

Sofort verspürte ich den Impuls, Garretts Hand loszulassen, doch er behielt meine Finger fest in den seinen und schien sich keineswegs an der Aufmerksamkeit seines Meisters zu stören. Mein Herz machte einen Satz und schlug einen Schlag schneller, während ich mich bemühte, Richard in die Augen zu sehen.

„Also dann", begann er mit ernster Miene. „Wie bereits erwähnt, steht die Welt kurz vor einem Krieg. Ein paar Kämpfe und Auseinandersetzungen werden sich nicht vermeiden lassen – ein langjähriger Weltkrieg hingegen schon. Dafür ist es wichtig, dass die Normalen euch genauso vertrauen, wie die Elementaren. Deshalb müsst ihr stark genug sein, um beide Seiten beeindrucken und ihnen Schutz vor möglichen Angriffen bieten zu können."

„Wie jetzt?", entfuhr es mir. „Wir sollen *beide* Seiten vertreten? Sowohl die Normalen als auch die Elementaren? Und sie voreinander beschützen?"

„Genau. Einzeln seid ihr bereits stark genug um einen gewissen Eindruck zu hinterlassen, doch wenn ihr eure Kräfte vereint ..."

„Öhm", unterbrach ich ihn erneut. „Das mit dem ‚vereinen' verstehe ich nicht. Wie sollen sich Feuer und Wasser denn verbinden lassen, wenn sie sich gegenseitig auslöschen und vernichten?"

„Indem ihr eure Liebe ins Spiel bringt."

Meine Wangen begannen sofort feuerrot zu glühen und ich wurde mir sehr bewusst, wie Garretts Hand die meine umschloss.

„Unsere ... unsere ... Liebe?"

„Ja. Sie wird euch helfen, denn ihr habt das instinktive Bedürfnis, einander zu beschützen. Manche würden dies als Schwäche bezeichnen, doch ich glaube, es ist eine Stärke. Liebe bringt euch dazu, eure eigenen Grenzen zu überwinden, um für den Anderen da zu sein. Somit könnt ihr euer Element auf eine Art und Weise beeinflussen, die euch erlaubt, Feuer und Wasser gleichzeitig existieren zu lassen."

Ich schüttelte verwirrt den Kopf und sah unsicher zu Garrett hinüber. Er wirkte völlig ruhig und zuversichtlich, als sei er sich sicher, dass wir Richards Worte tatsächlich in die Tat umsetzen konnten. *Aber wie??*

„Es wird einfacher sein, wenn ihr es ausprobiert. Learning by Doing. Das ist immer noch die beste Methode, um etwas zu erlernen."

Ich war bereits im Begriff zu nicken, als mir etwas Merkwürdiges auffiel. Ich runzelte die Stirn und musterte Richard etwas genauer.

„Eine Frage hätte ich da noch", setzte ich vorsichtig an. „Wenn Sie ... du ... ein britischer Seemann warst ... wie kannst du dann perfekt Deutsch sprechen?"

„Tue ich nicht. Das Wasser spricht für mich."

„Wie bitte??"

„Die Elemente besitzen keine Sprachbarrieren. Sie sind überall auf der Welt gleich und können ungehindert untereinander kommunizieren."

„Die ... die Elemente ... sprechen miteinander?"

„Es lässt sich nicht direkt als ‚Sprechen' bezeichnen. Doch alles in der Natur ist schließlich miteinander verbunden, also kann auch alles mit allem auf eine gewisse Art und Weise kommunizieren."

„Aber ... wie?"

„Das ist zu komplex, um es jetzt zu erläutern. Um nur kurz auf deine ursprüngliche Frage einzugehen: Meine Muttersprache ist Englisch und als Mensch habe ich nie eine andere Sprache gesprochen. Doch als ‚Ewiger' ist es mir möglich, dass Wasser für mich kommunizieren zu lassen. Es übersetzt mir quasi alles was ich höre und da ich aus Wasser bestehe, antwortet es für mich in der richtigen Sprache, ohne dass ich etwas tun muss."

„Das klingt ... ziemlich ... beeindruckend ... und etwas kompliziert ..."

„Mag sein. Für heute muss dir das allerdings erstmal genügen, denn jetzt sollten wir wirklich mit dem Training beginnen."

„Und was genau bedeutet das? Was sollen wir denn überhaupt tun?"

„Für den Anfang ist es wichtig, dass ihr lernt, eure Elemente koexistieren statt gegeneinander kämpfen zu lassen. Kein Element ist von Natur aus mit einem anderen verfeindet. Sie bekämpfen sich nicht, sondern halten sich lediglich in der Balance. Deshalb können sie auch auf engem Raum gemeinsam existieren, ohne sich auszulöschen, solange ihr dies unterstützt."

„Aha."

Ich blickte vermutlich immer noch relativ ratlos drein, denn Richard seufzte und nickte Garrett kurz zu. Ohne meine Hand loszulassen, ließ Garrett mit der Anderen eine Wasserkugel in der Luft entstehen, welche auf Augenhöhe über dem Erdboden schwebte.

„Johanna, ich möchte, dass du innerhalb Garretts Wasserkugel eine Feuerkugel errichtest. Bitte das Feuer, nur so heiß zu werden, dass das Wasser nicht sofort verdampft."

„Okay."

Zögerlich streckte ich meine freie Hand nach vorne und bat das Feuer darum, Richards Vorschlag auszuführen. Sofort tauchte ein kleiner Feuerball innerhalb der Wasserkugel auf, welcher immer größer wurde, bis er beinahe den inneren Wasserrand berührte.

Das Wasser waberte und begann leicht zu brodeln, doch ansonsten blieben beide Kugeln an Ort und Stelle. Es sah wunderschön aus, wie das Lichtspiel der Flammen durch das leicht aufgewühlte Wasser funkelte und die Wasserkugel so in leuchtendem Rot und Gelb erstrahlen ließ. *Wie eine kleine Sonne innerhalb des Ozeans. Verrückt, dass so etwas möglich ist!*

„Sehr gut", kommentierte Richard unsere gemeinsame Arbeit. „Nun zum nächsten Schritt: Garrett, du lässt an beliebigen Stellen kleine Löcher in der Wasserkugel entstehen. Johanna, du nutzt diese temporären Lücken, um Feuerzungen nach außen schnellen zu lassen, ohne jedoch das Wasser zu treffen."

Garrett und ich nickten und ließen unsere Elemente Richards Anweisungen folgen. Dabei stellte ich fest, dass das Feuer tatsächlich auf den kleinsten Gedankenimpuls meinerseits reagierte, so dass ich bald meine Hand sinken ließ und mich dafür umso mehr auf die Wasserkugel konzentrierte.

Wo immer Garrett eine Lücke in der Wasserschicht entstehen ließ, schoss sofort eine Stichflamme hervor, sobald meine Augen das Loch registriert hatten. Es war, als würden mein Geist und das Feuer so eng miteinander verbunden sein, dass keinerlei Zeitabstand zwischen meinem Vorhaben und seiner Ausführung durch die Flammen zu bestehen schien.

Immer schneller und größer schossen die Stichflammen aus der Wasserkugel hervor, während ich langsam besser darin wurde, die Wassertemperatur nicht allzu sehr zu beeinflussen.

Irgendwann nickte Richard zufrieden und bedeutete uns, dass wir innehalten sollten, um danach zum nächsten Schritt überzugehen.

„Sehr gut. Ihr beiden seid das perfekte Team. Jetzt zur nächsten Herausforderung: Bewegt eure Kugeleinheit durch die Luft, ohne dass Feuer und Wasser sich berühren. Dabei könnt ihr euch am Anfang gerne noch laut über die Richtung austauschen, doch das Ziel sollte es sein, dass ihr keine Worte mehr braucht, um euch zu verständigen."

Ich warf Garrett einen schnellen Seitenblick zu. Er lächelte, obwohl ich eine leichte Erschöpfung in seinem Blick sehen konnte. *Macht ihm das Training wirklich so viel aus? Ich merke noch gar nichts … Aber vielleicht liegt es auch daran, dass er einen weiteren Weg zurücklegen musste, um überhaupt hierherzukommen. Ob er und Richard bis zu meinem Haus gejoggt sind? Immerhin haben die beiden kein Auto ...*

Ich erwiderte das Lächeln, während Garrett sanft meine Hand drückte und seine Konzentration dann wieder nach vorne wandte.

Ohne ein Wort miteinander zu wechseln, ließ Garrett die Wasserkugel langsam nach links wandern. Ich wies das Feuer einfach an, dem Wasser zu folgen und hatte somit keine Schwierigkeiten, den Feuerball weiterhin genau in der Mitte des Wassers zu halten.

Zwar folgten meine Augen jeder Bewegung, doch selbst als Garrett die Wasserkugel immer schneller durch die Luft jagte, blieb mein Feuerball ruhig und zentriert.

„Sehr gut", lobte Richard uns. „Jetzt könnt ihr wieder die Stichflammen dazunehmen."

Garrett nickte angestrengt und ließ sogleich die ersten Löcher in der Wasserkugel entstehen. Während das Feuer von alleine den Bewegungen des Wassers folgte, konzentrierte ich mich auf die Stichflammen, welche präzise und blitzschnell durch die Wasserlücken hindurchschossen. *Es macht geradezu Spaß! Als würde das Feuer die Herausforderung genauso lieben wie ich. Daran könnte ich mich glatt gewöhnen ...*

Kapitel 27

Nachdem Garrett und ich unsere ersten Übungen absolviert hatten, legten wir eine kurze Pause ein, damit wir uns kurz erholen und etwas trinken konnten.

Garrett leerte eine ganze Wasserflasche in gierigen Zügen und ich erinnerte mich daran, dass dies für ihn eine gute Möglichkeit war, seine Kräfte wiederaufzufrischen.

Ich hingegen verband meinen Geist mit der Sonne, welche hinter ein paar Schleierwolken hervorlugte und genoss ihre warmen Strahlen auf meiner Haut.

Mein Blick wanderte dabei zu Richard und ich runzelte erneut die Stirn. *Er sieht so menschlich aus. So ... fest.*

„Richard? Darf ich dir auch einmal die Hand schütteln?"

„Natürlich."

Garretts Meister kam ohne zu zögern auf mich zu und reichte mir seine Hand. Sie war blass und erstaunlich warm, doch ich konnte sofort spüren, dass sie nicht zu einem menschlichen Körper gehörte.

Fasziniert beobachtete ich die glatte Haut. *Zu glatt. Und weder fest noch weich. Beinahe wie warmes Eis, welches unter der Berührung nachgibt ...*

„Wie funktioniert das?", fragte ich, ohne meinen Blick von seinem Arm abzuwenden. „Wie kannst du mich berühren, ohne dass ich durch das Wasser hindurchgleite?"

„Wasser ist nicht immer nachgiebig. Eis ist härter als deine Hand."

„Aber du bestehst doch nicht aus gefrorenem Wasser, oder? Dafür ist deine Haut ... also ... deine äußere Schicht viel zu warm."

„Stimmt. Ich bestehe nicht aus Eis. Es war nur ein Beispiel, um dich von der Vorstellung zu lösen, dass Wasser immer etwas ist, durch das du hindurchgleiten kannst. In meinem Fall habe ich das Wasser darum gebeten, die Oberflächenspannung so stark zu erhöhen, dass mein flüssiges Inneres bei einem normalen Händedruck nicht auffällt."

„Du bist also innen drin komplett flüssig?"

„Ja. Ich bestehe aus Wasser."

„Du hast gar kein Gehirn? Keine Organe?"

„Korrekt."

„Aber … wie kannst du dann … denken? Sprechen?"

„Mein Geist ist noch lebendig, genauso wie meine Seele. Beide sind miteinander verbunden und übernehmen so für mich das denken, wobei es keine menschlichen Denkprozesse sind. Es ist schwer zu beschreiben, da dein Gehirn es vermutlich nicht nachvollziehen kann, aber ich denke nicht so wie ihr Menschen. Ich nehme Eingebungen und Eindrücke aus der Umgebung auf und reagiere darauf. Ohne eigene Wertung. Ohne Urteil."

„Und wie kannst du sprechen?"

„Wasser kann Geräusche von sich geben, oder nicht? Das Wasser in mir ahmt Stimmbänder und somit die menschliche Sprache nach. Wenn du genau hinhörst, kannst du merken, dass es anders klingt, als eine menschliche Stimme."

Ich nickte zögerlich. *Deshalb hatte ich bisher also immer das Gefühl, dass bei ihm etwas nicht stimmt. Ich habe gewusst, dass er nicht menschlich ist – nur konnte ich es vorher nicht so genau feststellen.*

„Wenn du dich entscheiden würdest, die Oberflächenspannung zu lösen, würde ich also durch deine Hand hindurchgleiten?"

Statt mit Worten zu antworten, ließ Richard es einfach geschehen. Im einen Moment hielt ich seine leicht kühle

Hand in meiner und im nächsten glitt ich einfach durch sie hindurch.

Meine Augen wurden groß, als ich das kühle Wasser in seinem Innern spürte, bevor meine Hand auch schon auf der anderen Seite herauskam und ins Leere griff.

„Wow! Das war … cool! Und etwas merkwürdig … Aber trotzdem … cool."

Richard lächelte angesichts meiner Begeisterung, wobei mir zum ersten Mal auffiel, dass seine Augen sogar noch unwirklicher wirkten als seine viel zu glatte Haut. *Bei ihm ist das Gefühl, in einem Ozean zu versinken, intensiver als bei Garrett – nur auf eine unmenschliche Art und Weise …*

„Bereit für die nächste Runde?", fragte Richard und erinnerte mich daran, dass wir noch andere Aufgaben hatten, als unserer Neugierde zu folgen.

Garrett und ich nickten und begaben uns wieder in Position, um die Luft erneut mit dem Spiel von Feuer und Wasser zu erfüllen.

Am Ende des Tages waren wir soweit, dass Garrett und ich sogar in entgegengesetzten Richtungen über die Lichtung laufen konnten, ohne dass es die Einheit unserer Elementen-Kugeln störte.

Richard war sehr zufrieden mit diesem Ergebnis und verabschiedete sich von uns, während Garrett mich zurück nach Hause begleitete.

Meine Eltern empfingen uns mit großer Erleichterung, wobei sie zum Glück nichts dagegen hatten, dass Garrett vorerst wieder bei uns einzog.

Charlotte war sowieso zurück zu Fiona gefahren, um zu sehen, wie sie mit ihrer Masterarbeit vorankam, so dass Garrett den Dachboden für sich alleine hatte. Für den Fall, dass Charlotte bald zurückkommen würde, quartierte ich ihn dennoch im zweiten Gästezimmer ein, in welchem er bereits übernachtet hatte, als er das letzte Mal bei uns zu Besuch gewesen war.

„Home, Sweet Home"[11], murmelte Garrett, als er das geräumige Zimmer betrat. „Ich hatte schon ganz vergessen, wie groß alles hier bei euch ist."

Ich wurde ein wenig rot und sah verlegen zur Seite. *Vermutlich werde ich mich nie daran gewöhnen, dass alles hier für ihn wie ein Luxus-Hotel wirkt.*

Garrett stellte seine abgenutzte Reisetasche auf den Schreibtischstuhl und ich schluckte, als mir bewusst wurde, dass sich all seine Habseligkeiten darin befinden mussten. *Ob seine Garderobe immer noch aus den Klamotten besteht, die ich damals für ihn gekauft habe, als er unser ‚Gefangener' war? Hat er überhaupt Geld, um sich neue Sachen kaufen zu können?*

„Alles in Ordnung?", riss Garretts sanfte Stimme mich aus meinen Gedanken und lenkte meine Aufmerksamkeit auf seine tiefblauen Augen, welche mir erstaunlich nah waren.

„Hm?"

„Du sahst irgendwie … traurig aus …"

„Oh! Nein, es ist alles okay. Ich habe nur … Ach, ist nicht so wichtig. Wie geht es *dir* denn? Wo bist du mit Richard hingereist, um an deinen Fähigkeiten zu arbeiten?"

„An die Nordsee. So waren wir nicht allzu weit von dir entfernt. Wobei ich in Gedanken sowieso ständig bei dir war." Er zwinkerte mir zu und legte seine Hand liebevoll auf meine errötende Wange. „Und das hier wollte ich schon den ganzen Tag machen."

---

[11] Trautes Heim, Glück allein.

Mit diesen Worten beugte er sich nach vorne und gab mir einen zärtlichen Kuss. Ich schloss mit einem wohligen Seufzer die Augen und ließ mich von seinen starken Armen an seine Brust ziehen, während unsere Küsse immer leidenschaftlicher wurden.

Wie genau wir dann nackt im Bett landeten, wusste ich im Nachhinein nicht mehr. Meine Sinne wurden von Wellen des Glücks überflutet, so dass die Welt um uns herum verschwand. Zurück blieben unsere vereinten Leiber, deren Herzen sich in wilder Vertrautheit entgegenschlugen.

Erst als wir uns langsam wieder voneinander lösten und Garrett sanft über meine nackten Arme strich, kehrte mein Geist erneut in die Realität zurück und ich war ziemlich froh, dass meine Eltern uns nicht allzu streng überwachten. *Es wäre so peinlich, wenn sie jetzt zur Tür hereinkämen! Auch wenn mir das einen triftigen Grund geben würde, ihnen zu beichten, dass ich seit einer Weile keine Jungfrau mehr bin ...*

Garrett hauchte einen Kuss in meine Halsbeuge und lenkte mich so von meinen albernen Sorgen ab. Ich hob den Kopf und blickte in seine Augen, deren tiefes Blau mir ruhig und voller Zufriedenheit entgegenleuchtete.

„Hast du *das* auch schon den ganzen Tag über machen wollen?", fragte ich und hob grinsend eine Augenbraue in die Höhe.

„Oh, nicht erst seit heute", erwiderte Garrett lachend. „Ich habe schon sehr lange davon geträumt, dich endlich wieder verführen zu können. Doch bei unserem letzten Treffen war dafür leider keine Zeit ..."

„Na, dann habe ich ja Glück, dass du dich vor Richard zurückhalten konntest."

Wir mussten beide lachen, während er mich enger an sich zog und meinen Kopf auf seine Brust drückte. Glücklich lauschte ich seinem Herzschlag, welcher sich wieder beruhigt hatte und somit gut zu dem stillen Ozean seiner Augen passte, welche mich amüsiert musterten.

Ich legte meinen Kopf in den Nacken und ließ für einen kurzen Moment zu, dass ich in seinen Augen versank, bevor meine Gedanken langsam wieder zum Leben erwachten und sich in den Vordergrund drängten.

„Wieso eigentlich die Nordsee?", fragte ich nach einer Weile, während ich mit den Fingerspitzen die Linie seiner Wangenknochen nachzeichnete. „Da ist doch ständig das Wasser weg."

„Weg nicht, nur weiter entfernt. Außerdem waren wir so in deiner Nähe, für den Fall, dass wir schnell zu dir zurückkehren mussten – so wie jetzt."

„Hm. Seid ihr dann jedes Mal durch das Watt gewandert oder habt ihr euch von der Ebbe mit nach draußen ziehen lassen, um beim Wasser zu bleiben?"

„Sowohl als auch", erwiderte Garrett grinsend. „Wobei wir die Gezeiten sogar für unser Training genutzt haben, was ziemlich cool war."

„Wie meinst du das?"

„Einmal hat Richard mich dazu aufgefordert, dem Sog während der Ebbe zu widerstehen und das Wasser für einen kurzen Augenblick an Ort und Stelle festzuhalten. Das war eine ziemliche Herausforderung!"

„Du … du hast … das Wasser zurückgehalten?"

„Ja. Nur ganz kurz, aber es war trotzdem eine enorme Kraftanstrengung. Immerhin ist da ziemlich viel Wasser im Spiel und der Sog ist … heftig …"

„Das glaube ich. Aber du hast es geschafft?"

„Ja. Für ein paar Sekunden. Danach ist es sofort davongeschnellt, als wolle es die verlorene Zeit wieder aufholen."

„Wow!"

Ich musterte ihn bewundernd und sah in seinen blitzenden Augen, dass er sehr stolz auf diesen Erfolg war. *Zurecht. Immerhin ist das eine beachtliche Leistung!*

„Habe ich dich beeindrucken können?"

„Definitiv!"

Ich küsste ihn lächelnd auf die Wange und drückte mich dann wieder an ihn. Allerdings drang schon bald der verführerische Duft des warmen Abendessens zu uns hinauf, so dass wir uns lieber wieder anzogen, um nicht doch noch von meinen Eltern überrascht zu werden.

Das Essen an sich verlief zum Glück sehr friedlich, obwohl meine Eltern ein wenig beunruhigt waren, als wir ihnen von unserem Training mit Richard berichteten.

„Ihr passt aber gut auf euch auf, ja?", ermahnte mich meine Mutter, während sie Garrett eine zweite Portion Hühnersuppe gab.

„Da gibt es nicht viel aufzupassen. Es kann uns ja eigentlich gar nichts passieren. Immerhin würden unsere Elemente uns nicht einfach angreifen oder so."

„Sei trotzdem vorsichtig. Und überanstrenge dich nicht. Du magst sehr begabt sein, doch dein Ehrgeiz sollte dich nicht dazu bringen, dass du dich verausgabst."

„Ach, Mum! Ich werde mich schon nicht komplett auspowern. Außerdem passen Garrett und Richard ja auf mich auf. Mach dir keine Sorgen."

Meine Mutter nickte widerwillig, doch ich wusste genau, dass sie sich dennoch Sorgen machen würde. *Ob ich auch mal so eine besorgte Mutter sein werde, die sich ständig Gedanken um die Sicherheit ihres Kindes macht?*

Eins stand auf jeden Fall fest: Ich würde meinen Kindern eine Zukunft ermöglichen, in der Elementare und Normale friedlich zusammenleben konnten. *Immerhin wäre die Wahrscheinlichkeit bei mir und Garrett wohl relativ hoch, dass unsere Kinder ebenfalls Elementare werden. Die Frage ist nur, welches unserer Elemente sich durchsetzen würde? Oder könnten unsere Kinder sogar ein komplett anderes Element haben? Luft? Oder Erde?*

Ich lächelte versonnen, während ich mir meine gemeinsame Zukunft mit Garrett ausmalte und beschloss, irgendwann Ilsa Evergreen zum Thema Elementaren-Kinder zu befragen. *Wenn jemand über so etwas Bescheid wissen könnte, dann sie ...*

Kapitel 28

Am nächsten Tag waren Garrett und ich sogar noch vor Richard auf der Waldlichtung, auf der wir uns für die nächste Trainingsrunde verabredet hatten. Hand in Hand spazierte wir durch die nahegelegenen Baumreihen, deren saftig grüne Blätter vom Licht der Morgensonne erhellt wurden.

Ich genoss die Zweisamkeit mit Garrett, welche jedoch viel zu schnell vom Geräusch herannahender Schritte unterbrochen wurde.

Seufzend wandte ich mich um, in der Erwartung, Garretts Meister zu sehen, stellte aber im gleichen Moment fest, dass die Schritte zu laut waren, um nur zu einer Person zu gehören. Ich hatte kaum Zeit, mich zu fragen, wer sich wohl sonst um diese Uhrzeit hier im Wald aufhalten könnte, als auch schon vier Gestalten zwischen den Bäumen auftauchten.

Garrett hatte sie auch gesehen und runzelte missmutig die Stirn, als sein Blick auf den jungen Mann ganz vorne fiel, welcher nun mit eiligen Schritten auf uns zukam.

„Johanna! Schön dich zu sehen", begrüßte David mich mit ausgelassener Stimme, wobei er Garrett keines Blickes würdigte.

Ich sah ihn mit großen Augen an, bevor ich mich daran erinnerte, zu antworten.

„Öhm … Hi, David. Was … was machst du denn hier?"

„Das Gleiche könnte ich dich fragen."

Nun warf er doch einen flüchtigen Blick zu Garrett hinüber und grinste dann verschmitzt.

„Haben wir euch etwa bei einem romantischen Morgenspaziergang gestört?"

Ich spürte, wie meine Wangen sofort anfingen zu glühen, während ich den drei Männern hinter David nervöse Blicke zuwarf. Sie wirkten alle ein wenig älter als er und musterten uns interessiert.

„Nicht direkt. Wir … sind hier verabredet."

„Ach was! Mit dem Standesbeamten, oder wie? Heimliche Hochzeit im Wald? Sind deine Eltern mit diesem Hydro hier etwa nicht einverstanden?"

Höhnisches Gelächter ertönte von Seiten der drei Männer, wobei mir erst jetzt auffiel, dass sie alle recht muskulös wirkten. Einer von ihnen – ein junger Mann mit brauner Haut und kurzen, schwarzen Locken – sah besonders athletisch aus und ich musste mich zurückhalten, seinen wohlgeformten Körper nicht allzu offensichtlich zu bewundern.

„Nein, wir sind nicht zum Heiraten hier", übernahm Garrett es dieses Mal zu antworten, während ich noch damit beschäftigt war, vor Scham nicht in Flammen aufzugehen. „Wobei dich das eigentlich gar nichts angeht."

„Ach, nein? Soweit ich weiß, ist Johanna noch minderjährig. Da würde ich es als meine Pflicht sehen, sie vor möglichen ‚Gefahren' zu beschützen."

„Tatsächlich?" Garrett funkelte David herausfordernd an. „Wie willst du sie denn beschützen? Ich dachte, du hättest deine Kräfte gerade erst entdeckt?"

„Ich bin ein Naturtalent", entgegnete David grinsend und baute sich vor Garrett auf. „Willst du's mal ausprobieren? Ich wollte schon immer wissen, wie es ist, gegen einen Hydro zu kämpfen."

„Von ‚schon immer' kann ja wohl keine Rede sein, wo du erst seit ein paar Tagen weißt, dass du ein Soil bist."

„Na und? Trotzdem bin ich sicherlich stärker als du. Und besser. Aber wenn du Angst hast, dich vor Johanna zu blamieren …"

David ließ das Ende des Satzes spöttisch in der Luft hängen und ich konnte spüren, dass Garrett neben mir langsam seine Geduld verlor.

„Ich habe keine Angst vor dir, du Grünschnabel!"

„Wirklich?" David hob provozierend die Augenbrauen. „Und warum klammerst du dich dann an deine Freundin, statt auf meine Herausforderung einzugehen? Oder hat Johanna bei euch die Hosen an?"

Garrett ließ sofort meine Hand los und ballte seine Hände zu Fäusten.

„Pass bloß auf", knurrte er drohend. „Wenn du Johanna beleidigst ..."

David hob abwehrend die Hände.

„Ich würde *niemals* Johanna beleidigen. Ehrlich gesagt, bin ich mir gar nicht sicher, ob du sie überhaupt zu würdigen weißt."

Garrett schnaubte leise, doch David wandte sich nun mir zu, wobei sein Blick sogleich versöhnlich wurde.

„Was findest du bloß an dem Typen, Johanna? Bist du dir sicher, dass du mir nicht nochmal eine Chance geben willst? Ich kann meine Kräfte jetzt schon ganz gut beherrschen und könnte dir sicherlich mehr bieten, als dieser aufgeblasene Hydro hier."

Ich konnte spüren, wie Garrett vor Anspannung zu zittern begann, während er sich zurückhielt, um David nicht eine reinzuhauen.

„Halt die Klappe, David! Du hattest deine Chance. Außerdem brauche ich keinen kindischen Angeber, der versucht, andere schlecht zu machen, nur um selber besser dazustehen. Garrett ist viel erwachsener und reifer als du!"

Statt wegen meiner barschen Worte beleidigt zu sein, lachte David bloß und schüttelte dann den Kopf.

„Sorry, falls ich etwas zu selbstsicher klang. Das bist du von deinem ‚edlen‘ Garrett wohl nicht gewohnt, was? So etwas wie Selbstvertrauen kennt so ein ‚nobler‘ Hydro bestimmt gar nicht.“

„Selbstvertrauen ist etwas anderes, als Egoismus oder Arroganz – was dir offensichtlich nicht geläufig ist.“

„Kein Grund, gleich zickig zu werden“, meinte David amüsiert. „Ich meine ja nur … Natürlich hast du recht, dass der Kerl erwachsener ist als ich. VIEL erwachsener vermutlich. Ist er nicht zu alt für dich?“

Garrett lachte leise und machte einen Schritt nach vorne, um sich zwischen mich und David zu stellen.

„Was weißt du denn schon davon, was für Johanna gut ist? Du hast doch mit ihr Schluss gemacht, weil du mit ihren Kräften nicht klarkommst. Und jetzt willst du sie plötzlich wiederhaben, nur weil du ein Soil bist? Dreht sich bei dir alles immer nur um dich?“

David presste wütend die Lippen aufeinander und machte ebenfalls einen Schritt nach vorne, so dass er nun direkt vor Garrett stand. Ich konnte sein Gesicht nicht mehr sehen, doch seine Hände waren, genau wie Garretts, zu Fäusten geballt.

„Du weißt *gar nichts* über mich, Hydro!“

„Stimmt. Aber das stört mich nicht. Du hingegen schon. Wenn du und deine Soil-Freunde uns also endlich in Ruhe lassen würden …“

Soil-Freunde? Ich blickte verwirrt zu den jungen Männern hinter David und da bemerkte ich es auch. *Ich kann ihre starke Erdverbundenheit spüren, wenn ich mich darauf konzentriere.*

Der dunkelhäutige Athlet rechts hinter David bemerkte meinen interessierten Blick und zwinkerte mir freundlich zu, wobei er die Muskeln seiner nackten Oberarme spielen ließ. Ich wurde ein wenig rot und sah schnell wieder zu Garrett hinüber. Sein Rücken wirkte angespannt, als müsse er sich sehr zurückhalten, David nicht einfach aus dem Weg zu schieben.

„Der Wald gehört dir nicht", knurrte David zornig. „Wir haben das gleiche Recht hier zu sein wie ihr."

„Von mir aus."

Garrett fuhr so plötzlich herum, dass ich erschrocken zusammenzuckte. Das Meer in seinen Augen war aufgewühlt und seine Hand etwas verkrampft, als er sie mir entgegenstreckte.

„Komm, Johanna. Wir gehen."

Ich griff sogleich nach seiner Hand, doch in diesem Moment tauchte aus dem Nichts ein Erdwall zwischen uns auf, welcher mir den Weg zu Garrett versperrte.

„Vielleicht möchte Johanna lieber bei uns bleiben", erklang Davids schadenfrohe Stimme, während ich fassungslos auf den Erdwall starrte.

„David! Hör auf mit dem Blödsinn."

Ich trat einen Schritt zur Seite, um David wütend anfunkeln zu können, wovon er allerdings eher unbeeindruckt zu sein schien.

„Was denn?", fragte er höhnisch. „Ist dein geliebter Garrett etwa nicht stark genug, um eine mickrige Mauer zu durchbrechen?"

„Treib's nicht zu weit", murmelte Garrett, während er sich langsam zu David umdrehte. „Meine Geduld hat ein Ende – und das ist bald erreicht."

„Ohhh", stöhnte David ironisch. „Mir schlottern schon die Knie. Was passiert denn, wenn dein Geduldsfaden reißt? Fängt's dann an zu regnen? Oder wäre das schon zu viel für dich?"

„Schluss jetzt", rief ich und spürte, wie in mir ebenfalls die Wut hochkochte. „Hör endlich auf, David! Das mit uns ist vorbei, klar?!"

„Wusste ich's doch", entgegnete David, ohne wirklich auf meine Worte einzugehen. „Wenn alles zu viel wird, eilst du ihm zur Hilfe. Seid ihr in eurer Beziehung so emanzipiert, dass *er* die Rolle der ,Jungfrau in Nöten' übernimmt?"

Bei dem Wort ,Jungfrau' zuckte ich unwillkürlich zusammen, was David leider keineswegs entging. Er hob entsetzt die Augenbrauen, bevor sein Blick zwischen mir und Garrett hin und her huschte.

„Warte! Ihr habt doch nicht etwa …? Das ist Verführung Minderjähriger! Dafür kann man in den Knast kommen. Wissen deine Eltern davon?"

Jetzt hatte er es geschafft.

Ich spürte, wie der letzte Rest Selbstbeherrschung in mir verdampfte und sofort von brodelnder Wut abgelöst wurde. Der Erdwall neben mir explodierte, als er von innen heraus durch meine Feuerkugel gesprengt wurde.

Garrett fuhr überrascht herum, während alle Augenpaare sich auf den Feuerball richteten, welcher nun zwischen David und mir in der Luft schwebte.

Davids Augen weiteten sich, wobei ich eher Anerkennung als Furcht in seinem Blick erkennen konnte. Seine drei Soil-Kollegen hingegen musterten mich beunruhigt und begaben sich in Bereitschaftsspannung, um David zur Not zur Hilfe eilen zu können.

„Nicht schlecht, Johanna", murmelte David und ließ seine Augen zu meinem Gesicht wandern. „Aber das bestätigt nur meine Annahme, dass du die Kräftigere von euch beiden bist. Kann dein Garrett mit einer Feuernatur wie dir überhaupt umgehen? Oder musst du aufpassen, dass er nicht verglüht, wenn ihr … du weißt schon …"

„Denk nicht mal dran, dieses Thema anzusprechen", fauchte ich.

Der Feuerball zwischen uns loderte auf und wurde heißer, so dass sich das Zentrum langsam blau färbte. Ich konnte die Hitze auf meinem Gesicht spüren und lächelte schadenfroh, als David unbewusst einen Schritt zurückwich.

„Wieso? Ist der Sex mit ihm so schlecht, dass du nicht einmal darüber reden magst?"

„Noch ein Wort und ich flambier dich!"

„Findest du mich so heiß? Denn ich muss gestehen, dass *du* ziemlich sexy aussiehst, wenn deine Haare brennen."

Meine Haare? Oh nein!

Schnell ließ ich die Flammen in meinen Haaren versiegen. David grinste schelmisch, doch der Feuerball zwischen uns hielt ihn davon ab, auf mich zuzugehen.

„Ich hätte gar nicht gedacht, dass ich solche Gefühle in dir entfachen kann. Wobei meine Liebe für dich ebenfalls stetig in meiner Brust brennt. Wenn wir zwei uns küssen würden, gäbe es vermutlich ein Erdbeben."

David lachte, während in mir die Vorstellung, von ihm geküsst zu werden, nur dafür sorgte, dass meine Wut immer heißer glühte.

„Das kannst du dir abschminken", knurrte Garrett zornig und trat mit sicheren Schritten neben mich, wobei er einen weiten Bogen um meinen mittlerweile blau-weißglühenden Feuerball machte. „Von ihr geküsst zu werden, hast du gar nicht verdient!"

Mit diesen Worten beugte Garrett sich unerwartet zu mir und gab mir einen leidenschaftlichen Kuss. Ich war so überrascht, dass meine Feuerkugel sofort erlosch, während ich von David ein genervtes Schnauben hören konnte.

Selbst schuld, wenn er seinen Mund nicht halten kann!

Mit demonstrativer Innigkeit erwiderte ich Garretts Kuss und grinste spöttisch, als ich mich anschließend wieder zu David umwandte.

Er hatte angewidert den Mund verzogen, als könne er den Anblick von Garrett und mir kaum ertragen.

Siegessicher ergriff ich Garretts Hand und war im Begriff, an David und seinen Freunden vorbei zu gehen, als David plötzlich nach meinem Arm griff.

„Johanna ... Das ist ein Fehler ...“

„Nein“, erwiderte ich und riss mich von ihm los. „Lass mich gehen, David. Es ist vorbei. Lass los! Das mit uns beiden ... das war mal. Du musst aufhören, der Vergangenheit nachzuhängen.“

„Aber ich könnte deine Zukunft sein!“

„Nein. Versteh das doch bitte: Garrett ist meine Zukunft. Nicht du. Das mit uns beiden hat nicht funktioniert.“

„Und was, wenn es jetzt funktionieren könnte?“

David sah mich mit einem flehenden Ausdruck in seinen braunen Augen an, welche mich an einen Hundewelpen erinnerten.

„Dafür ist es zu spät“, erwiderte ich bestimmt.

Um seinen Hundeblick nicht mehr sehen zu müssen, zog ich Garrett mit mir und lief eilig an den drei Soils vorbei.

„Johanna, warte!“

Ein weiterer Erdwall erschien direkt vor uns. Ich seufzte genervt, doch dieses Mal war es Garrett, welcher die Erde mit einer schnellen Handbewegung und einem gezielten Wasserstrahl wegsprengte.

„Aha! Dein Hydro hat also doch etwas drauf.“

Der Spott in Davids Stimme war nicht zu überhören, doch ich ignorierte ihn und lief weiter.

„Haust du jetzt einfach ab, Garrett?“, rief David uns hinterher. „Bist du zu feige, um dich mir direkt zu stellen?“

Garrett blieb stehen, wandte sich jedoch nicht um.

„Nein. Ich habe es einfach nicht nötig."

„Feigling!"

Mit einem genervten Seufzen fuhr Garrett nun doch herum und jagte David einen Wasserstrahl direkt ins Gesicht.

David war zu überrumpelt, um rechtzeitig zu reagieren, so dass sein schützender Erdwall das Wasser verfehlte, welches ihm direkt ins Gesicht spritze und sein T-Shirt nass an seinem Oberkörper kleben ließ.

„Jetzt zufrieden?", fragte Garrett spöttisch und wollte sich schon zum Gehen wenden.

„Fast", entgegnete David und schleuderte Garrett einige Salven kleiner Erdkugeln entgegen, welche wie Geschosse auf uns zuflogen.

Garrett und ich brachten uns mit einem Sprung zur Seite in Sicherheit, wobei Garrett meine Hand losließ, um sich dann schützend vor mir aufzubauen.

„Oh, der Held ist erwacht", witzelte David und führte seinen Angriff fort. „Kannst du nur wegrennen oder hast du mir auch etwas entgegenzusetzen?"

Mit hoher Geschwindigkeit flogen die Erdkugeln auf Garrett zu, welcher sie jedoch mit einem kräftigen Wasserstrudel aus der Luft holte und als Matschklümpchen auf den Boden regnen ließ.

„Sonst noch was?", fragte er, während er David herausfordernd ansah. „Im Gegensatz zu dir muss ich mich vor Johanna nicht beweisen. Wenn du also endlich fertig wärst mit deinen albernen Kinderspielchen …"

In diesem Moment fing die Erde direkt unter uns an zu beben, so plötzlich, dass ich beinahe von den Füßen gerissen wurde.

„Kinderspielchen, hm?", knurrte David angriffslustig. „Das werden wir ja sehen!"

Das Beben wurde stärker, bis sich auf einmal die Erde direkt unter Garrett auftat. Mit einem überraschten Keuchen wurde er in die Tiefe gerissen, konnte sich aber mit der Hand am Rand des Erdloches festhalten.

Ich eilte ihm sofort zur Hilfe und wollte ihn gerade herausziehen, als sich die Erde blitzschnell über seinem Kopf verschloss und Garrett in sich verschwinden ließ.

„Garrett!", schrie ich entsetzt und starrte ungläubig auf den Erdhaufen, wo bis eben noch seine Hand gewesen war.

„Da hat er sich wohl ein wenig überschätzt, dein großer Held", feixte David und lachte leise. „Erst große Töne spucken und dann ..."

„Lass ihn sofort da raus", rief ich wütend und funkelte David böse an. „Oder willst du ihn umbringen?"

„Nein. Nur in seine Grenzen weisen und ihm zeigen, wer der Stärkere ist."

„Das ist doch kindisch!"

„Findest du? Dann rette ihn doch. Bekomme ich einen Kuss von dir, wenn ich ihn gehen lasse?"

„Sag mal, bist du jetzt völlig durchgedreht??"

Bevor David zu einer Antwort ansetzen konnte, erzitterte erneut die Erde – allerdings sah David dieses Mal zu überrascht aus, um der Verursacher zu sein.

Im nächsten Augenblick wurde er von einer Wasserfontäne in die Luft geschleudert, welche direkt unter ihm aus dem Boden schoss. Aus dem entstandenen Loch in der Erde kletterte ein etwas durchnässter, aber ansonsten unversehrter Garrett heraus und folgte David mit seinem Blick, während er ihn mit dem Wasser durch die Luft treiben ließ. Es sah beinahe so aus, als würde David in einer Wildwasserbahn zwischen den Bäumen hindurchgetragen werden, wobei er immer wieder versuchte, sich an Ästen oder Baumstämmen festzuhalten, was ihm zu seiner großen Frustration nicht gelang.

„Lass mich runter", rief er aufgebracht, während seine nassen Hände am nächsten Ast abrutschten. „Mir wird schlecht."

Garrett grinste und ließ das Wasser samt David zu Boden gleiten, wo es im Erdreich versickerte.

David wirkte ziemlich wackelig auf den Beinen und schien Mühe zu haben, sein Gleichgewicht wiederzufinden. Seine drei Soil-Freunde eilten ihm sogleich zur Hilfe und stützten ihn, während Garrett zufrieden lächelnd zu mir hinüberschlenderte.

„Wollen wir?", fragte er, als sei nichts geschehen, wobei seine nassen Haare immer noch tropften.

Ich nickte bloß, um meine Sprachlosigkeit zu überspielen und warf einen letzten Blick auf David, welcher ein wenig blass geworden war.

„Der wird schon wieder", murmelte Garrett beruhigend und zog mich mit sich.

Ich folgte ihm bereitwillig in den Wald hinein, zurück zu der Lichtung, auf der Richard mittlerweile auf uns wartete, um die nächste Trainingsrunde zu beginnen. *Wobei Garrett mir für heute bereits bewiesen hat, dass er seine Kräfte ziemlich gut unter Kontrolle hat …*

Kapitel 29

Am nächsten Morgen wurde ich von leisen Stimmen geweckt, welche direkt vor meiner Zimmertür miteinander zu sprechen schienen.

Ich war sofort hellwach und lauschte gespannt, konnte jedoch kein Wort verstehen. Also schlüpfte ich lautlos unter meiner Decke hervor und schlich auf Zehenspitzen zur Tür, vor welcher die Stimmen gerade verstummt waren.

Ich blieb stehen und runzelte konzentriert die Stirn, konnte jedoch keinen Laut mehr hören. Dann wurde langsam die Türklinke heruntergedrückt und im nächsten Moment erschien das Gesicht meiner Mutter im Türspalt.

„Oh. Du bist ja schon wach, Darling. Haben wir dich etwa geweckt?"

„Öhm ... nicht direkt ... Aber wer sind ‚wir'?"

Der fragende Blick meiner Mutter verwandelte sich in ein strahlendes Lächeln und im nächsten Moment wurde die Tür ganz aufgestoßen.

„Happy Birthday to you. Happy Birthday to you. Happy Birthday, dear Johanna! Happy Birthday to you."

Verwirrt blickte ich in die Gesichter meiner Eltern, hinter denen die Köpfe von Garrett, Charlotte und Fiona hervorlugten.

Erst als Charly wild wedelnd ins Zimmer stürmte und meiner Mutter beinahe den Kuchen aus der Hand riss, wachte mein Gehirn endlich auf und machte mir begreiflich, dass heute mein Geburtstag war.

„Oh!", entfuhr es mir, als ich realisiert, dass ich nun 17 war. *Das hätte ich bei all der Aufregung beinahe vergessen!*

„Alles Gute zum Geburtstag", ertönte es vor mir im Chor, während meine Mutter mir den Kirsch-Streusel-

Kuchen mit 17 leuchtenden Kerzen entgegenstreckte. „Wünsch dir was."

Ich strahlte bis über beide Ohren und pustete mit einem Schwung die Kerzen aus, während ich mir inständig wünschte, dass es bald endlich Frieden zwischen den Elementaren und Normalen geben würde.

Meine Sorgen bezüglich der Weltlage konnten sich jedoch gar nicht erst entfalten. Sobald die Kerzen aus waren, wurde ich der Reihe nach von allen herzlich in den Arm genommen, wobei Garrett mir sogar einen zärtlichen Kuss gab, der mir in Gegenwart meiner Eltern die Schamesröte ins Gesicht trieb.

Anschließend wurde mir zugestanden, mich anzuziehen und frisch zu machen, bevor die kleine Überraschungsparty unten im Wohnzimmer fortgesetzt wurde.

Zum Kuchen gab es natürlich einen grünen Smoothie als Frühstück dazu, wobei das Ganze durch einen bunten Obstsalat sogar zum drei-Gänge-Menü wurde.

Danach ging es ans Geschenke auspacken und ich war ziemlich überrascht, als ich – neben mehreren Büchern und dem Soundtrack zu „Inception" – plötzlich ein feuerrotes Kleid in den Händen hielt.

„Wow!", entfuhr es mir, bevor mein Mund offen stehenblieb und sich Sprachlosigkeit in mir breit machte.

Der Stoff des Kleides wirkte weich und seidig, wobei er beinahe zu leuchten schien, sobald das Licht auf ihn fiel. Er glänzte in allen Farben des Feuers und sobald er sich bewegte, sah es so aus, als würde das Kleid in Flammen stehen. Im Bereich des Dekolletés waren unzählige farbige Steinchen angebracht, welche in diversen Rot-, Orange- und Gelbtönen glitzerten und den Feuereffekt zusätzlich unterstützten. *Ein Feuerkleid – fast wie das von Katniss Everdeen aus „Die Tribute von Panem". Wow!*

Ich konnte meinen Blick kaum von dem Stoff abwenden und mir stiegen Freudentränen in die Augen, als ich mit einem breiten Lächeln zu meinen Eltern und Freunden aufsah.

„Wem von euch darf ich denn für dieses Meisterwerk hier um den Hals fallen?"

„Uns allen", antworteten sie im Chor, als hätten sie ihre Antwort vorher einstudiert.

„Öhm … Okay … So lang sind meine Arme allerdings nicht. Vielleicht nacheinander …?"

Mit einem glücklichen Grinsen setzte ich meine Worte in die Tat um und schloss jeden von ihnen in eine feste Umarmung, während Charlotte zu einer etwas ausführlicheren Erklärung bezüglich des Ursprungs des Kleides ansetzte.

„Es war Garretts Idee, dir ein Kleid zu schenken, welches zu deinem Element passt."

„Ich wollte dich eben gerne mal in einem Kleid sehen", fügte Garrett hinzu und bekam dafür einen Kuss auf die Wange.

„Und ich kenne eine sehr gute Schneiderin", ergänzte meine Mutter. „Sie hat mir während meiner Model-Zeit einige traumhafte Kleider genäht."

„Wir haben es dort für dich abgeholt", meinte Fiona, während sie meine Umarmung erwiderte. „Und dein Vater hat das Bezahlen übernommen."

„Ein richtiges Gemeinschaftsprojekt also", fasste ich zusammen und lachte begeistert. „Ihr seid die Besten! Es ist *wunderschön!* Ein echter Traum. Ich liebe es!!!"

„Würdest du uns denn mit einer Anprobe beehren?", fragte Garrett hoffnungsvoll, wobei seine Augen freudig funkelten.

„Oh ja!", rief Charlotte sofort. „Bitte, bitte, bitte!"

„Schon gut", wehrte ich ab, bevor sie weiter auf mich einreden konnten. „Ich geh ja schon."

Mit einem Grinsen lief ich in mein Zimmer, um mich umzuziehen. Dabei warf ich einen beeindruckten Blick in den hohen Spiegel meines Kleiderschranks und bewunderte das Farbenspiel des feurig glänzenden Stoffes. *Es ist so leicht und weich ... wie ein Hauch von Nichts ... oder sanfte Flammen, die zärtlich um mich herumtanzen ...*

„WOW!", wurde mein Auftritt kommentiert, sobald ich die Treppe hinunterschritt.

„Oh mein ..."

„Du siehst wunderschön aus!"

„Wie eine Prinzessin."

Ich verdrehte die Augen angesichts der Tränen meiner Mutter – *Für das Prinzessinnen-Thema bin ich doch langsam wirklich zu alt!* – und drehte mich, unten angekommen, einmal im Kreis, wobei ich beinahe damit rechnete, dass der Saum meines Kleides in Flammen aufgehen würde. *Das Kleid könnte definitiv von Cinna stammen ...*

„Vielen Dank", durchbrach ich nach einer Weile das staunende Schweigen und ließ meinen Blick an dem feurig leuchtenden Stoff hinabgleiten. „Es ist wirklich ein Traum!"

„Besonders wenn du es trägst", ergänzte Garrett und ergriff meine Hand. „Darf ich?"

Im gleichen Moment ertönten die ersten Klänge eines sanften Orchesters und ich sah überrascht zu meinem Vater hinüber, welcher an der Musikanlage stand und mir zuzwinkerte.

Mit einem strahlenden Lächeln legte ich meine Hand auf Garretts Schulter und ließ mich von ihm mit einem langsamen Walzer durch das Wohnzimmer führen. Ich war überrascht, wie mühelos wir über den Holzboden glitten und fragte mich, wo Garrett so gut tanzen gelernt hatte.

*Vielleicht hat Richard ihn noch in anderen Dingen unter-
richtet, als nur in seinem Element ...*

Unsere Drehungen wurden von Applaus und Jubelrufen seitens Charlotte begleitet und als wir schließlich zum Stehen kamen, überschütteten die Anderen uns mit Lobpreisungen.

„Ihr seid ein traumhaftes Paar", stellte Fiona entschieden fest und selbst meine Eltern pflichteten ihr bei, wobei ich sah, dass meine Mutter schon wieder Freudentränen in den Augen hatte. *Das nimmt langsam Überhand. Kommt sie etwa in ihre Wechseljahre?*

Unter großem Protest lehnte ich die Bitte nach einer ‚Zugabe' ab und entschied, dass es Zeit war, mit den Geburtstagsspielen fortzufahren. Da ich der Meinung war, dass niemand für Topfschlagen je zu alt wurde, veranstalteten wir diverse Kinderspiele bis hin zum Schoko-Kuss-Wettessen und Eierlauf durch den Garten.

Dafür zog ich mir dann doch lieber wieder Jeans und ein T-Shirt an, um mein Traumkleid nicht direkt am ersten Tag zu beschmutzen.

„Ich hoffe sehr, dass du es noch öfter tragen wirst", murmelte Garrett leise, als er mich nach dem Eierlauf in seine Arme schloss. „Es steht dir wirklich gut."

„Keine Sorge. Ich liebe es! Also bestehen gute Chancen, dass du mich noch öfter darin zu sehen bekommst."

„Na, da bin ich aber beruhigt!"

Er gab mir einen flüchtigen Kuss, bevor wir uns zu den Anderen auf die Terrasse gesellten und alles für unser Grillfest am Abend vorbereiteten. Da bis dahin noch etwas Zeit blieb, verbrachten wir einen Teil des Nachmittags im Pool und lieferten uns eine wilde Wasserschlacht, bei der Garrett uns mit ein paar Wasserkunststücken beehrte.

Am Abend saßen wir dann nach dem Grillen, mit gut gefülltem Magen, zusammen um die verbliebene Glut herum und erzählten uns Geistergeschichten und Märchen aus anderen Ländern.

Es war sehr erholsam, einen kompletten Tag ohne jegliche Sorgen über die politische Weltlage zu verbringen und ich lehnte mich zufrieden an Garretts Schulter, während ich der Stimme meiner Mutter lauschte, welche uns gerade eine hawaiianische Legende erzählte. *Das Leben kann so schön sein. Wieso wollen die Menschen es bloß immer mit ihrer Machtgier kaputt machen …?*

Kapitel 30

Nach meinem sorglosen Geburtstag voller Freude und Heiterkeit wirkte die Realität am nächsten Tag beinahe wie ein Faustschlag ins Gesicht.

Ich machte den Fehler, noch vor dem Frühstück einen Blick in die Nachrichten zu werfen, um zu sehen, was ich verpasst haben könnte und stieß gleich als erstes auf eine fette Schlagzeile, die mir den Atem raubte:

‚Elementare erklären China den Krieg'.

Ungläubig blinzelnd starrte ich für ein paar Sekunden auf die Überschrift, bis mein Blick langsam zum Artikel darunter wanderte. Wörter wie ‚Eskalation' und ‚Gewalt' sprangen mir entgegen und jagten mir einen Schauer über den Rücken.

‚Nach wochenlanger Unterdrückung erheben sich die Elementaren in China nun aus ihrer ängstlichen Schreckensstarre. Die friedlichen Proteste von gestern wurden heute von einem offenen Angriff auf die Meldeämter abgelöst, in welchen die Elementaren sich neuerdings registrieren lassen müssen. Die Polizei reagierte mit roher Gewalt und Tränengas, was letztendlich zu einer Eskalation der Gesamtsituation führte. Aktuellen Meldungen zufolge gab es mehr als hundert Festnahmen. Sowohl auf Seiten der Elementaren als auch der Polizei soll es einige Verletzte gegeben haben.'

„Das darf doch nicht wahr sein", entfuhr es mir ungläubig. „Wieso muss es immer im Kampf enden?"

Eilig überflog ich den Rest des Artikels – welcher wenig erbauend war – und rannte dann nach unten, wo sich die Anderen bereits am Frühstückstisch versammelt hatten. Mein Appetit war mir allerdings erstmal vergangen, also erzählte ich stattdessen, was ich soeben gelesen hatte und sah dann fragend in die Runde, in der Hoffnung, dass irgendwer einen Lösungsvorschlag haben könnte. *Wir müssen es schaffen, einen Krieg zu verhindern. Aber wie?*

„Vielleicht solltest du das von den Elementaren in China selbst regeln lassen", setzte meine Mutter besorgt an, doch ich schüttelte entschieden den Kopf.

„Nein! Wir haben lange genug zugesehen, wie die Lage immer kritischer wurde. Nun müssen wir etwas tun, bevor es zu spät ist – und zwar alle gemeinsam."

„Johanna hat recht", pflichtete mir Charlotte sofort bei. „Auch in Russland sind die Elementaren sehr unzufrieden. Alle fordern, die Registrierungspolitik wieder abzuschaffen. Aber ich glaube nicht, dass Putin nachgeben wird. Und wenn es in China nun zu gewalttätigen Ausschreitungen kommt, wirft das ein schlechtes Licht auf die Elementaren."

„Na ja", meinte mein Vater vorsichtig. „Laut des Zeitungsartikels waren es doch die Elementaren, welche zuerst Gewalt angewandt haben, oder nicht?"

„Dort stand nur, dass sie die Meldeämter ‚angegriffen' haben. Ob es *dabei* Verletzte gab oder sie einfach nur durch die Türen gestürmt sind und weitere Registrierungen verhindert haben, wurde nicht erwähnt. Außerdem haben die Normalen den Konflikt angefangen, indem sie ständig mit Provokationen und Diskriminierungen daherkamen!"

„Es geht hier nicht darum, wer angefangen hat", fuhr mir Fiona dazwischen. „Sondern darum, wer es zu Ende bringt. Und zwar friedlich! Diese Auseinandersetzungen müssen ein Ende finden – sobald wie möglich."

„Die Frage ist nur, was wir tun können", wiederholte ich und sah ratlos zu Garrett hinüber. „Meinst du, wir sollten Richard um Hilfe bitten?"

Garrett nickte und legte seine Hand an sein Wasserglas. Mit geschlossenen Augen verharrte er für eine Weile regungslos, bevor er sich wieder an mich wandte und zufrieden nickte.

„Richard kommt gleich vorbei."

„Das war cool", rief Charlotte begeistert. „Hast du ihm über das Wasser eine Nachricht zukommen lassen?"

„Öhm … Ja."

„Abgefahren! So wie wir es über die Sonne machen, Johanna. Echt cool."

„Ihr könnt über die Sonne miteinander in Verbindung treten?", fragte Garrett erstaunt, bekam aber keine Antwort mehr, bevor es bereits an der Tür klingelte.

„Das ging schnell", murmelte ich und lief los, um Richard hineinzulassen.

Unsere private Krisensitzung dauerte eine Stunde lang. Indem ich mich im Geiste mit Gregor, Ilsa, Liam und ein paar weiteren Pyros verband, konnten wir eine richtige Gruppendiskussion führen.

Außerdem schalteten Charlotte und Fiona per Laptop und Smartphone noch weitere Elementare zu einer Videokonferenz zusammen, während mein Vater zur Arbeit und meine Mutter einkaufen fuhr, um uns ein wenig Freiraum zu geben.

„We should all go to China"[12], meinte ein Soil aus Italien mit grimmigem Blick. „Together we can show the ‚ordinaries' that we are stronger and that they shouldn't mess with us!"[13]

Seine Meinung stieß auf allgemeine Zustimmung, wobei ich immer wieder betonte, wie wichtig es sei, ein

---

[12] Wir sollten alle nach China gehen.

[13] Zusammen können wir den ‚Normalen' zeigen, dass wir stärker sind und dass sie sich nicht mit uns anlegen sollten!

versöhnliches Auftreten zu bewirken, um auf jeden Fall den Frieden zu wahren.

Als uns dann die Eilmeldung erreichte, dass China ‚drastische Maßnahmen' gegen die Elementaren ankündigte, war unser Vorhaben besiegelt.

Eine blonde Aero aus Norwegen schlug vor, dass sie einige Leute mit dem Wind nach China transportieren könnte, um die Komplikationen des Flugverkehrs zu umgehen. Immerhin herrschte in China für Elementare momentan ein Einreiseverbot, wobei sie uns natürlich nicht hätten nachweisen können, dass wir keine Normalen waren.

Letztendlich boten genügend Aeros aus der ganzen Welt an, den Transport einiger Elementarer übernehmen zu können und Garrett ermutigte alle Hydros, sich vom Wasser über die Flüsse und das Meer nach China tragen zu lassen.

Er und Richard wollten sich um den Transport von Charlotte, Fiona und mir kümmern, um sich dann mit einem Aero in China zu treffen, der uns nach Beijing (Peking) bringen wollte, um einen gemeinsamen friedlichen Protest in der Hauptstadt durchzuführen.

Als meine Mutter vom Einkaufen zurückkam und von diesem Plan hörte, war sie natürlich alles andere als begeistert.

„Auf gar keinen Fall!"

„Aber ..."

„Nein!"

„Mum, es ist wichtig ..."

„Ach und du bist mir nicht wichtig, oder wie? Ich mache mir Sorgen um deine Sicherheit, Johanna! Verstehst du das denn gar nicht?"

„Doch, aber wir müssen trotzdem ..."

„Gar nichts musst du! Keiner zwingt dich, dorthin zu gehen und dein Leben in Gefahr zu bringen. Was ist, wenn sie dich verhaften und einsperren?"

„Mich wird schon keiner ..."

„Woher willst du das wissen? Dort herrschen Zustände wie in der Diktatur! China unterdrückt seit Jahren seine Bürger, die Pressefreiheit, das tibetische Volk und viele andere. Wieso sollten sie gerade vor *dir* Halt machen?"

„Ich werde ja nicht alleine sein. Garrett, Charlotte und Fiona sind die ganze Zeit bei mir. Und Richard! Selbst Gregor will dorthin kommen. Gemeinsam schaffen wir das schon irgendwie."

„Irgendwie? Das klingt mir nicht nach einem sicheren Plan, Darling."

„Nichts im Leben ist sicher, Mum! Sicherheit ist eine Illusion, die wir Menschen uns erschaffen haben, um nicht in ständiger Wachsamkeit leben zu müssen."

„Wenn du hierbleibst, wärst du sicher ..."

„Nein! Wäre ich nicht. Uns könnte jederzeit ein Meteorit treffen, ein Flugzeug auf den Kopf stürzen ... Und falls die Lage in China endgültig eskaliert und es zum Krieg kommt, wird es bald sowieso nirgendwo mehr sicher sein. Deshalb müssen wir nun handeln!"

„Aber du bist doch gerade erst 17 geworden ..."

„Was hat das denn bitte mit meinem Alter zu tun? Soweit ich weiß, macht ein Krieg vor keinem Halt, egal ob alt oder jung. Selbst Kinder sterben im Krieg, verdammt nochmal! Babys, Mütter, Väter, junge und alte Leute – wir alle wären in Gefahr."

„Und wie wollt ihr einen Krieg verhindern?"

„Indem wir der chinesischen Regierung klarmachen, dass wir uns nicht kleinkriegen lassen. Wir werden friedlich protestieren und Solidarität mit den chinesischen Elementaren zeigen. Wenn wir aus aller Welt in Beijing zusammen-kommen, werden sie keine Chance haben, gegen uns vorzugehen. Immerhin können sie uns nicht alle einsperren. Dafür sind wir zu viele."

Meine Mutter blickte wenig beruhigt drein. Da wir uns mit den anderen Elementaren erst für den nächsten Tag verabredet hatten, damit jeder sich eine Reisemöglichkeit organisieren konnte, lenkte ich ein, dass wir wenigstens noch Zuhause warten würden, bis mein Vater von der Arbeit kam.

Natürlich hatte ich nicht vor, mich von ihm zurückhalten zu lassen. Doch ich wollte mich gerne von ihm verabschieden, bevor wir uns auf den Weg zum Meer machten. *Immerhin weiß ich nicht, was uns in China widerfahren wird und wann ich meine Eltern wiedersehen werde …*

Wie erwartet, war mein Vater nicht gerade erfreut, von unserem Vorhaben zu hören. Er ließ sich von Fiona und mir den ganzen Plan genau erklären und schaute dann mit grimmiger Miene in die Runde.

„Bringt es etwas, wenn ich dir sage, dass ich das Ganze für keine gute Idee halte?"

„Nein", erwiderte ich mit fester Stimme. „Es mag kein Masterplan sein, doch wir müssen etwas tun. Ich kann nicht tatenlos zusehen, wie die Welt langsam im Chaos versinkt."

„Könnt ihr nicht ein Video aufnehmen, wie beim letzten Mal? Oder die Kanzlerin um Hilfe bitten?"

„Das mit dem Video hat ja offensichtlich nicht viel geholfen. Und die Bundeskanzlerin hat das Verhalten von China bereits kritisiert, aber ohne Erfolg. Jetzt müssen *wir* handeln. Es ist an der Zeit, dass die Elementaren diese Dinge selbst in die Hand nehmen."

„Und wenn ich dir verbiete zu gehen?"

Ich sah meinen Vater ernst an. Die Sorge in seinen blauen Augen jagte mir einen Stich durchs Herz, doch ich ließ mir nichts anmerken.

„Garrett und die Anderen würden trotzdem gehen. Glaubst du wirklich, ich würde mir dann hier Zuhause im Fernsehen angucken, wie sie sich gegen die chinesische Regierung stellen? Denkst du, ich würde tatenlos zusehen, wie die Elementaren weiterhin niedergemacht werden?"

Mein Vater seufzte und schüttelte den Kopf.

„Nein. Dafür habe ich dich zu gut erzogen. Du würdest deine Freunde niemals im Stich lassen und ich könnte dich sicherlich nicht davon abhalten, das zu tun, was du für das Richtige hältst."

Ein Leuchten stahl sich in seinen Blick und ich fiel ihm glücklich um den Hals, während ich meine Mutter schluchzen hörte.

„Danke, Dad!"

„Pass gut auf dich auf, okay?", erwiderte er bloß und drückte mich fest an sich.

„Das werde ich!"

Nachdem ich auch meine Mutter in eine feste Umarmung geschlossen hatte, aus der sie mich kaum wieder gehen ließ, schnappte ich mir meinen Rucksack mit den nötigsten Habseligkeiten und verabschiedete mich von Charly und den Katzen.

„Aber begib dich nicht unnötig in Gefahr, hörst du?", rief mir meine Mutter hinterher, als ich mich mit Garrett und den Anderen auf den Weg zur nächsten Bushaltestelle machte, um ans Wasser zu fahren.

„Ich werde mein Bestes geben", erwiderte ich und winkte ein letztes Mal, bevor ich die Einfahrt entlangjoggte, um zum Rest der Gruppe aufzuschließen.

Die besorgten Gesichter meiner Eltern brannten sich dabei in mein Gedächtnis ein und ich nahm mir fest vor, so bald wie möglich zu ihnen zurückzukehren. *Hoffentlich zeigt sich die chinesische Regierung etwas kooperativer, sobald wir Elementaren uns als vereinte Gemeinschaft gegen sie stellen ...*

Ich versuchte, nicht daran zu denken, was wohl passieren würde, falls es erneut zu gewalttätigen Ausschreitungen und Konflikten mit der Polizei kommen würde. *Meinen nächsten Geburtstag würde ich gerne wieder im Kreis meiner Familie verbringen und nicht in einem chinesischen Gefängnis. Wobei die Bundeskanzlerin hoffentlich nicht zulassen würde, dass deutsche Elementare lange von den Chinesen festgehalten werden. Immerhin habe ich Melanie versprochen, dass wir nächstes Jahr meine Volljährigkeit gebührend feiern werden ...*

Kapitel 31

„Das war das coolste, was ich je erlebt habe!"

Voller Stolz schaute ich zu Garrett, welcher neben meinem Wasserfloß die letzten Schritte über das Meer lief, bis wir wieder festen Boden unter den Füßen hatten. Er wirkte ein wenig erschöpft, aber sehr zufrieden mit sich und seiner Leistung.

„Ja, daran könnte ich mich durchaus gewöhnen", murmelte er und gab mir einen Kuss. „Besonders mit dir an meiner Seite."

Ich erwiderte seinen Kuss, doch kurz darauf wurden wir von Charlottes begeisterten Rufen abgelenkt, welche sich nun ebenfalls dem Ufer näherte. Sie und Fiona waren von Richard über die Flüsse und am Ende über das Meer getragen worden und gesellten sich zu uns ans chinesische Ufer, wobei ihre Augen strahlten.

„Total abgefahren", rief Charlotte ausgelassen und wollte Richard ein High Five geben, bevor sie sich daran erinnerte, dass er aus Wasser bestand.

„Vielleicht sollten wir demnächst mal ausprobieren, auf einem fliegenden Feuerteppich zu reisen", meinte Fiona und zwinkerte mir zu.

„Coole Idee", erwiderte ich, wurde dann aber von einem jungen Chinesen abgelenkt, welcher sich uns mit zügigen Schritten näherte.

„Are you the people from Germany?"[14], fragte er mit starkem Akzent und deutete eine Verbeugung an.

„Yes, we are indeed. Nice to meet you."[15]

---

[14] Seid ihr die Leute aus Deutschland?

[15] Ja, das sind wir. Schön, Sie kennenzulernen.

Ich erwiderte die Verbeugung und stellte uns dann der Reihe nach vor.

„It's a pleasure to meet you all", entgegnete der junge Mann mit einer weiteren Verbeugung. „My name is Feng. I'll get us to Beijing now, if you're ready."[16]

Wir nickten zustimmend und wurden sogleich von einer sanften Böe in die Luft gehoben.

„This is awesome!"[17], rief Charlotte und lachte vor Begeisterung, während wir in zunehmendem Tempo über die Dächer von Tianjin hinwegflogen.

Der Wind sauste uns um die Ohren und ich war froh, dass ich bereits für die rasante Seereise meine Haare zu einem langen Zopf zusammengeflochten hatte. Es dauerte kaum eine halbe Stunde, bis wir die Hochhäuser von Beijing erblickten und kurz darauf auf einem Platz landeten, auf dem sich bereits hunderte Elementare aus aller Welt zusammengefunden hatten.

Die Polizei war auch zugegen und versuchte, die friedlichen Protestierenden zusammenzutreiben, damit sie den öffentlichen Verkehr nicht blockierten. Dabei erschollen immer wieder Rufe und Befehle, welche ich jedoch nicht verstehen konnte. *Vielleicht hätte ich mit Gregor lieber Chinesisch statt Italienisch lernen sollen …*

Als hätte er meine Gedanken gehört, tauchte in diesem Moment der rote Haarschopf von Gregor vor uns auf, dicht gefolgt von Liam, James und Olivia.

Wir begrüßten und umarmten uns, während die drei uns stolz ihr Plakat zeigten, auf dem einige chinesische Schriftzeichen prangten. Natürlich konnte ich nichts davon

---

[16] Es ist eine Freude, Sie alle kennenzulernen. Mein Name ist Feng. Ich werde uns nun nach Peking bringen, wenn Sie bereit sind.

[17] Das ist großartig!

lesen, doch sie erklärten uns, dass es so viel bedeutete wie ‚Freiheit für die Elementaren‘.

Feng, unser Aero-Freund zeigte uns, von wo wir uns ebenfalls ein Plakat organisieren konnten und brachte uns ein paar chinesische Wörter bei, welche ich aus der Menge um uns herum schon einige Male gehört hatte.

„Zìyóu means ‚liberty‘ or ‚freedom‘“[18], erklärte er und brachte uns bei, das Wort richtig auszusprechen.

Als wir alle ‚Freiheit für die Elementaren‘ auf Chinesisch rufen konnten, drückte er uns zufrieden ein eigenes Plakat in die Hand und gesellte sich dann zu einer Gruppe von Aeros, welche ihre Plakate demonstrativ über den Köpfen umherschweben ließen.

Ich nahm mir einen kurzen Moment, um mich ein wenig umzusehen und entdeckte ein paar Hydros, welche filigrane chinesische Schriftzeichen aus Wasser durch die Luft gleiten ließen.

Pyros, welche mit Flammen spielten, konnte ich keine ausmachen, was angesichts der unruhigen Polizisten jedoch gut war. *Vermutlich würden sie so etwas als Angriff werten und uns sofort zu Leibe rücken.*

Stattdessen gab es aber ein paar Soils, welche ihre Friedensbotschaften mit Schriftzeichen aus Erde zum Ausdruck brachten.

Während meine Augen über die Menschenmenge glitten, konnte ich immer öfter Elementaren-Tattoos entdecken. *Scheint so, als wäre das nicht nur in Berlin zum Trend geworden. Melanie wäre begeistert!*

Als mein Blick zu unserer eigenen kleinen Gruppe zurückkehrte, stellte ich erstaunt fest, dass Richard verschwunden war. Bevor ich mich fragen konnte, ob er sich

---

[18] Zìyóu bedeutet ‚Freiheit‘ oder ‚Freisein‘.

aufgelöst hatte, tauchte er jedoch auch schon wieder auf und kam durch die Menge auf uns zugeeilt.

„Die Polizisten haben gerade die Anweisung bekommen, alle ausländischen Elementaren zur Ausreise zu zwingen. Falls wir nicht freiwillig gehen, wird dies als Verstoß gegen die Reiseregelungen für Elementare gelten. Außerdem sollen alle chinesischen Elementaren hier auf dem Platz zwangsweise registriert werden."

„Was??" Ich sah ihn fassungslos an. „Aber ... das können die doch nicht ... Wir sind friedlich!"

„Mag sein. Aber sie haben wohl Angst, dass wir bald in der Überzahl sein könnten und sie uns dann nicht mehr kontrollieren können."

„Würden sie uns denn verhaften, wenn wir uns weigern, das Land zu verlassen?"

„Vermutlich. Sie könnten es auch als politischen Akt der Auflehnung auslegen und unseren Herkunftsländern den Krieg erklären. Wer weiß, zu was dieser Xi Jinping alles fähig ist. Wir müssen auf jeden Fall vorsichtig sein."

Ich presste wütend die Lippen aufeinander und blickte zu den dichten Reihen der Polizisten hinüber. Die Anderen hatten Richards Worten ebenfalls gebannt gelauscht und Fiona stöhnte verzweifelt auf.

„Aber was sollen wir denn jetzt tun? Wir können doch nicht einfach wieder gehen!"

„Niemals", pflichtete Charlotte ihr bei. „Wir müssen uns etwas anderes einfallen lassen."

„Ich habe eine Idee", murmelte Garrett und wandte sich an Richard. „Kannst du unter den anwesenden Hydros einen ausfindig machen, der sich mit Technik auskennt? Dann könnten wir die Nachrichtensender ‚kapern' und eine Videobotschaft an ganz China schicken. Wenn unser friedlicher Protest live übertragen wird, wagen die Polizisten es vielleicht nicht, uns anzugreifen."

„Guter Plan", rief ich und verband mich sofort mit der Sonne. „Ich werde unter den Pyros rumfragen. Fiona? Vielleicht kannst du Feng fragen, ob er uns helfen kann?"

„Geht klar."

Gemeinsam machten wir uns auf die Suche nach einem Hacker-Genie, welcher uns Zugriff auf die Medienkanäle und landesweite Videoübertragung beschaffen könnte.

Während ich im Geist mit den anderen Pyros kommunizierte, fiel mir in der Mitte der Menge ein älterer Chinese auf, dessen gräuliches Haar zu einem geflochtenen Zopf gebunden war, der ihm fast bis zur Hüfte reichte. Sein seidenes Gewand floss in sanften Wellen um seinen Körper herum und die Kraft, welche von ihm ausging, war so stark, dass ich sie ohne große Konzentration spüren konnte.

„Wer ist das?", flüsterte ich an Richard gewandt und deutete auf den alten Mann. „Er ist ein Hydro, oder? Ein ziemlich mächtiger Hydro …"

„Richtig erkannt", erwiderte Richard. „Das ist der Sprecher der Elementaren von China, wenn ich mich nicht recht irre."

Sobald Richard die Worte ausgesprochen hatte, erkannte ich das Gesicht des älteren Herren, als er sich in unsere Richtung wandte. Seine Haut war erstaunlich glatt und nur von feinen Falten durchzogen, während seine Augen unergründlich tief und weise wirkten.

Er schien meinen Blick bemerkt zu haben, denn im nächsten Moment kam er mit einem freundlichen Lächeln auf uns zu und verbeugte sich vor uns.

„Welcome to China, my dear friends."[19]

---

[19] Willkommen in China, meine lieben Freunde.

Ein wenig überrumpelt, erwiderten wir die Verbeugung, bevor der alte Chinese auch schon fortfuhr.

„My name is Wuzhou. It is an honour to meet you all."[20]

Nachdem wir uns der Reihe nach vorgestellt hatten, wandten sich die dunklen Augen mir zu und musterten mich eingehend, wobei ich den Eindruck hatte, als könne der alte Chinese bis in meine Seele blicken.

„You are the spokeswoman of Germany. Would you do me the honour of addressing the people together with me? The American spokesman is among us as well."[21]

Er deutete auf einen sportlich aussehenden Mann Mitte dreißig, welcher nicht allzu weit von uns entfernt mit einer Gruppe Soils zusammenstand. Ich erkannte ihn aus den Nachrichten und nickte zögerlich, um Wuzhous Angebot anzunehmen.

Im gleichen Augenblick erreichte uns die Nachricht, dass sich mehrere Hacker gefunden und zusammengetan hatten, um uns nun live in die Nachrichten zu bringen. Wenige Minuten später erloschen die Werbeanzeigen auf den Gebäuden um uns herum und wurden durch ein übergroßes Bild der versammelten Elementaren ersetzt.

Ich schaute nach oben und entdeckte drei Drohnen, welche über unseren Köpfen kreisten, um das Geschehen auf dem Platz aufzuzeichnen.

„Kann ganz China uns sehen?", murmelte ich, während mein Blick zu der Liveübertragung zurückhuschte.

„Allerdings", erwiderte Fiona zufrieden. „Es ist über alle Videokanäle in der ganzen Welt als Live-Video verfügbar.

---

[20] Mein Name ist Wuzhou. Es ist eine Ehre, euch alle kennenzulernen.

[21] Sie sind die Sprecherin von Deutschland. Würden Sie mir die Ehre erweisen, gemeinsam mit mir zu den Leuten zu sprechen? Der amerikanische Sprecher ist ebenfalls unter uns.

Da wird sich hoffentlich keiner erlauben, gewaltvoll gegen uns vorzugehen."

Die ganze Welt schaut zu? Oh weh! Ob meine Eltern …?

Ich kam nicht dazu, mir so richtig Sorgen zu machen. Wuzhou bedeutete mir, ihm zu folgen und mit klopfendem Herzen trat ich mit ihm und dem amerikanischen Elementaren-Sprecher in die Mitte des Kreises, welcher sich in der Menge gebildet hatte.

Die ganze Welt sieht zu! Dieser Gedanke hallte in einer Endlosschleife durch meinen Kopf, während ich mich respektvoll hinter Wuzhou stellte.

Eine der Drohnen flog nun zu uns herab und schwebte dicht über den Köpfen der Menge, während ihre Kamera genau auf uns drei in der Mitte ausgerichtet war. *Die ganze Welt sieht uns! Ich hoffe nur, sie können nicht sehen, wie aufgeregt ich bin …*

Mit einem verstohlenen Blick zu den Polizisten stellte ich fest, dass diese den Flug der Drohnen mit grimmigen Blicken überwachten. Ihre Augen schnellten immer wieder zu der übergroßen Live-Übertragung hinüber, welche sie sichtlich nervös machte.

„Elementals of China, people of the world!"[22]

Sofort wurde es still auf dem Platz, während Wuzhous durchdringende Stimme durch die plötzliche Ruhe hallte. Ich bemühte mich, ebenso gelassen dreinzublicken wie er, während ich meinen Blick wieder der Kamera zuwandte und gebannt Wuzhous Worten lauschte.

„We have come together today, because we want to show all of China that we exist – and we are peaceful. We don't want to fight. We don't want to be violent. We just

---

[22] Elementare von China, Menschen der Welt!

want to be accepted and live freely in this beautiful land of ours, like everyone else. "[23]

Wuzhou verbeugte sich vor den Versammelten, bevor er einen Schritt zurücktrat und auf mich deutete. Mein Herz begann schneller zu schlagen, während er mich der Menge vorstellte und mir dann das Wort übergab.

Meine Gedanken rasten und ich hörte meine Stimme unnatürlich laut in meinem Kopf widerhallen, während ich von Solidarität und Frieden sprach. Vor Aufregung vergaß ich zwischendurch beinahe, auf Englisch zu sprechen und war heilfroh, als der amerikanische Elementaren-Sprecher endlich das Wort übernahm. *Die ganze Welt sieht uns. Und hört uns. Ich kann nur hoffen, dass die chinesische Regierung uns ebenfalls zuschaut und endlich zur Vernunft kommt ...*

---

[23] Wir haben uns heute hier versammelt, weil wir ganz China zeigen wollen, dass es uns gibt – und dass wir friedlich sind. Wir wollen nicht kämpfen. Wir wollen nicht gewalttätig sein. Wir wollen nur akzeptiert werden und frei in unserem schönen Land leben, genau wie alle anderen.

Kapitel 32

Ich ließ meinen Blick über die Menge der versammelten Elementaren schweifen. Sie alle hatten ihre Augen auf den amerikanischen Elementaren-Sprecher gerichtet, während seine Gestalt auf allen Werbetafeln um uns herum prangte, eingefangen von den Kameras der Drohnen über uns.

Selbst die chinesischen Polizisten schienen unseren Worten zu lauschen, wobei ich die Anspannung in ihren Gesichtern sehen konnte. *Vielleicht wollen sie sich ja gar nicht gegen uns stellen. Sie befolgen immerhin nur ihre Befehle. Ob einige von ihnen Angst vor uns haben?*

Auf jeden Fall lag eine beinahe wütende Spannung in der Luft, deren Ursprung ich allerdings nicht recht ausmachen konnte. Die Elementaren um uns herum sahen friedlich aus und auch unter den Polizisten konnte ich niemanden ausmachen, der Wut ausstrahlte.

Verwirrt runzelte ich die Stirn und ließ meinen Geist weit werden, um die angespannte Atmosphäre besser wahrnehmen zu können. Sobald sich meine geistige Konzentration über die Menschenmenge hinweg erstreckte, konnte ich eine gewaltige Energie ausmachen, welche sich um den Platz herum zu sammeln schien. Sie ging eindeutig von einem Elementaren aus, so viel konnte ich feststellen.

Mein Geist sprang in Windeseile von einem zum anderen und untersuchte die Präsenz der Anwesenden. Wie in letzter Zeit so oft, konnte ich dabei spüren, zu welchem Element ein jeder gehörte und tatsächlich gelang es mir sogar, ungefähr auszumachen, wie mächtig der oder die betreffende Elementare war.

Richard war der Mächtigste, den ich erkennen konnte, dicht gefolgt von Wuzhous ruhiger Präsenz. Doch von keinem der beiden schien die kraftvolle Energie auszu-gehen, welche mir die Nackenhaare aufstellte.

Dafür konnte ich sehen, dass Richard sich ebenfalls suchend umsah, als hätte er die Energie auch bemerkt. Als ich es schaffte, seinen Blick einzufangen, hob ich fragend eine Augenbraue, woraufhin er stumm ein einziges Wort mit den Lippen formte: ‚Ewige'.

Du meine Güte! Meint er etwa, dass sich ein weiterer Ewiger Elementarer zu uns gesellen möchte? Ich hatte keine Zeit, lange über diese Frage nachzugrübeln.

Genau in diesem Moment wurde ich von einer raschen Bewegung abgelenkt und sah, wie einer der Polizisten zu seinem Telefon griff. Kurz darauf hielt er ein Megafon an seinen Mund und rief mit lauter Stimme in die Menge hinein:

„China will not bow to the Elementals! The Chinese government will not give in to their demands. Anyone who refuses to get registered will be considered a danger to public safety and will be imprisoned!"[24]

Schockierte Stille breitete sich auf dem Platz aus. Ich konnte viele chinesische Elementare sehen, die sich verzweifelt umsahen, als würden sie nach einem Fluchtweg Ausschau halten. *Es muss eine andere Lösung geben!*

Bevor Wuzhou oder ein anderer reagieren konnten, wurden die Werbetafeln um uns herum kurz schwarz, bevor sie plötzlich einen Zusammenschnitt von Nachrichten aus aller Welt zeigten, welche mit englischen Untertiteln versehen waren.

---

[24] China wird sich den Elementaren nicht unterwerfen! Die chinesische Regierung wird ihren Forderungen nicht nachgeben. Jeder, der sich weigert, sich registrieren zu lassen, wird als Gefahr für die öffentliche Sicherheit eingestuft und inhaftiert!

‚Germany criticizes Chinas actions.'[25]

‚America applies tougher sanctions on Chinese imports and accuses China of betraying the right for freedom of every Elemental.'[26]

‚Russia considers abolishing the registration of Elementals again.'[27]

‚North Korea assures China of helping them against the Elementals if they should choose the path of war.'[28]

Die Nachrichtenbilder verschwanden wieder und wurden kurz darauf durch die Liveübertragung hunderter aufgewühlter Gesichter abgelöst. Ich hatte kaum Zeit, mir darüber klar zu werden, was genau diese weltweite Entwicklung zu bedeuten hatte, als unter den Polizisten plötzlich laute Rufe ertönten.

„What are they saying?"[29]

Ich sah aufgeregt zu Wuzhou hinüber, doch plötzlich stand Richard an meiner Seite und antwortete mir mit ernster Stimme.

„Sie sagen, dass sich eine Gruppe radikaler Elementarer in Tianjin versammelt hat. Anscheinend drohen sie damit, die Stadt mit einem gewaltigen Tsunami dem Erdboden

---

[25] Deutschland kritisiert Chinas Verhalten.

[26] Amerika setzt härtere Sanktionen für den chinesischen Import an und beschuldigt China, das Recht auf Freiheit eines jeden Elementaren zu verraten.

[27] Russland zieht in Erwägung, die Registrierung von Elementaren wieder abzuschaffen.

[28] Nordkorea sichert China seine Hilfe zu, falls die Elementaren sich für den Kriegspfad entscheiden sollten.

[29] Was sagen sie?

gleichzumachen, wenn die chinesische Regierung nicht sofort die Abschaffung der Registrierung verkündet."

„Wie bitte?" Ich traute meinen Ohren kaum. „Aber wie wollen sie denn …? Sind es alles Hydros? So ein Tsunami ist doch sicherlich nicht einfach zu erzeugen, oder?"

„Für mich wäre es leicht, doch für normale Elementare nicht. Es sind wohl mehrere Hydros und vier Soils. Falls Letztere die Sache mit einem Seebeben ins Rollen bringen, wäre es für die Hydros kein Problem, die Welle beliebig zu lenken und zu vergrößern."

„Verdammt!"

Ich wandte mich hastig zu Wuzhou um, der den Ernst der Lage ebenfalls erkannt zu haben schien. Er wandte sein Gesicht der Drohne zu, die uns am nächsten war und ergriff mit lauter Stimme das Wort:

„The actions of a few can not speak for us all. We are a peaceful community and we demand the right for freedom. If our brothers and sisters in Tianjin can hear us: Please don't let hatred spoil your hearts and minds. We shouldn't use violence to get what we want."[30]

Meine Augen kehrten erneut zu Richard zurück.

„Glaubst du, sie werden auf Wuzhou hören?"

„Nein. Sie sind zu wütend und entschlossen. Ich kann es durch das Wasser spüren. Sie werden Tianjin angreifen und zur Not auch andere Städte, bis sie ihren Willen bekommen."

„Dann müssen wir sofort dorthin und sie aufhalten!"

---

[30] Die Taten von ein paar Einzelnen können nicht für uns alle sprechen. Wir sind eine friedliche Gemeinschaft und wir fordern unser Recht auf Freiheit. Falls unsere Brüder und Schwestern in Tianjin uns hören können: Bitte lasst eure Herzen und euren Geist nicht von Hass verderben. Wir sollten keine Gewalt anwenden, um zu bekommen, was wir wollen.

Richard nickte und gemeinsam rannten wir zurück zu Gregor, Garrett, Charlotte und Fiona, welche verwirrt das Chaos beobachteten, welches sich allmählich unter den Polizisten ausbreitete, während die Elementaren ebenfalls unruhig wurden. Liam, James und Olivia waren nirgendwo zu sehen.

„Wir müssen Tianjin retten", rief ich, während ich schlitternd vor Garrett zum Stehen kam. „Charlotte, Fiona, ihr haltet hier die Stellung. Könnt ihr meinen Rucksack nehmen? Wir bleiben über die Sonne in Kontakt, damit ich weiß, was hier los ist. Helft Wuzhou die Polizisten aufzuhalten, falls sie gewalttätig werden. Garrett, Gregor und ich werden mit Richard nach Tianjin reisen."

„Aber wie denn?", fragte Charlotte und sah unsicher von einem zum anderen. „Wie wollt ihr so schnell da hinkommen?"

„Kein Problem", erwiderte Richard sofort. „Ich bin innerhalb eines Wimpernschlages dort. Als ‚Ewiger' bin ich nicht örtlich gebunden. Gregor, Garrett, Johanna: kommt so schnell wie möglich nach. Ich versuche, sie vorerst aufzuhalten."

Mit diesen Worten verschwand Richard in einem Strudel aus Wasser und ließ Garrett und mich verdutzt zurück.

„Öhm … und wie kommen *wir* dorthin?", fragte Garrett und sah Gregor und mich fragend an.

„Wir probieren Fionas Vorschlag aus", antwortete ich ohne zu zögern. „Mit einem fliegenden Feuerteppich. Umgib dich mit einer schützenden Wasserkugel, dann können meine Flammen dir nichts anhaben."

Garretts Augen wurden groß, während er verstand, was ich vorhatte. Charlotte und Fiona schauten noch ein wenig verwirrt drein, als Garrett auch schon eine schützende Wasserschicht um sich herum errichtete.

Ich bedeutete den beiden Anderen, ein wenig Abstand zu halten und ließ dann kurzerhand einen Feuerteppich unter mir und Garrett entstehen. Das Feuer legte sich wie ein Tuch um uns herum und hob uns in die Luft, sobald ich es darum bat. Gregor tat es uns gleich und folgte uns.

„Cool!", hörte ich Charlotte noch rufen, bevor ich das Feuer beauftragte, Garrett und mich so schnell wie möglich nach Tianjin zu bringen.

Im nächsten Moment sausten wir durch die Luft – so schnell, dass mir beinahe schwindelig wurde – Gregor direkt hinter uns. Die Landschaft raste nur so unter uns hinweg und innerhalb weniger Minuten konnte ich bereits die Küste entdecken. *Feng hat uns auf dem Hinweg definitiv schonen wollen, als er so langsam mit uns geflogen ist.*

Mein Magen rebellierte, als wir zu einer rasanten Landung ansetzten, doch ich ignorierte das aufwallende Schwindelgefühl und hielt stattdessen nach Richard Ausschau.

Er stand zwischen einer Gruppe aus Polizisten und zehn Elementaren, welche sich mit etwas Abstand zueinander an der Wasserkante aufgestellt hatten.

Die Polizisten hatten ihre Schusswaffen gezogen und zielten auf die Elementaren, während Richard zwischen den beiden Gruppen zu vermitteln schien. *Schon praktisch, dass das Wasser ihm alles übersetzen kann und er somit jede Sprache spricht …*

Ich ließ uns etwas abseits auf dem Boden aufkommen, um die Polizisten nicht zu verschrecken und lief dann in zügigem Tempo auf Richard zu, dicht gefolgt von Garrett und Gregor.

Sofort wurden mehrere Waffenläufe auf uns gerichtet, doch ich hob abwehrend die Hände und stellte mich neben Richard.

„Wie läuft's?", murmelte ich leise, während ich nervöse Blicke auf die schussbereiten Pistolen warf.

„Nicht sehr erfreulich", erwiderte Richard leise. „Keine der beiden Parteien hier will nachgeben. Die Polizisten haben den Befehl, jeden von uns festzunehmen, was die Elementaren sich natürlich nicht gefallen lassen wollen."

„Na großartig!"

Ich richtete meine Augen auf die Elementaren, welche mit grimmigen Mienen am Wasser standen und die Polizisten feindselig musterten. Mit meinem Geist konnte ich spüren, wer von ihnen ein Hydro und wer ein Soil war. Als mein Blick dabei auf die Letzteren fiel, klappte mir beinahe die Kinnlade herunter. *David??!*

Garrett hatte seine Augen in die gleiche Richtung gewandt und schnaubte ungläubig.

„Sag mal, entscheidet sich dein Ex immer für die falsche Seite eines Kampfes?"

„Anscheinend. Wobei wir nicht zulassen sollten, dass es überhaupt zum Kampf kommt!"

Als hätte er unsere Blicke bemerkt, wandte sich David in unsere Richtung und seine Augen wurden groß. Für einen kurzen Moment sah es so aus, als wolle er zu uns herüberkommen, doch dann richtete er seinen Blick wieder nach vorne und ignorierte unsere Anwesenheit.

Ich hingegen sah mir die drei anderen Soils genauer an und erkannte seine Freunde von unserer Begegnung im Wald wieder. *Die Drei scheinen keinen besonders guten Einfluss auf David zu haben. Wie sind sie überhaupt hierhergekommen?*

„Irgendwelche Vorschläge?", fragte Richard an Garrett und mich gewandt und riss mich somit aus meinen Gedanken heraus.

„David eine reinhauen?", schlug Garrett leise vor, während sein Blick sich verfinsterte. „Oder ihn einfach von der Polizei erschießen lassen?"

„Das ist nicht witzig", zischte ich zurück, während Richard verwirrt unseren Blicken folgte.

„Kennt ihr den Soil da drüben etwa?"

Garrett und ich nickten.

„Leider", fügte Garrett noch hinzu und seufzte dann. „Er hat ein Talent dafür, sich in Schwierigkeiten zu begeben."

„Schluss jetzt", fuhr ich dazwischen. „Das bringt uns alles nicht weiter. Richard? Hast du schon versucht, mit der Polizei zu verhandeln?"

„Ja. Sie wollen ihren Posten nicht verlassen, bevor die Elementaren hier nicht sich ergeben haben."

„Hm. Und die wollen vermutlich lieber draufgehen, als sich zu ergeben …?"

„Gut erkannt."

„Toll! Und jetzt?"

Ich blickte verzweifelt zwischen den Polizisten und Elementaren hin und her. Auf beiden Seiten konnte ich unnachgiebige Entschlossenheit in den Gesichtern erkennen. *Die werden sich gegenseitig abschlachten, wenn wir nichts unternehmen. Aber was sollen wir tun??*

Kapitel 33

„The time is up!"[31]

Ich zuckte zusammen und sah zu dem dunkelhäutigen, sportlich gebauten Soil hinüber, welcher links von David stand. Seine Muskeln spannten sich an und er sah herausfordernd zu den Polizisten hinüber. Diese rührten sich nicht und blickten ebenso grimmig zurück.

„Ihr müsst das nicht tun!", hörte ich mich rufen und war selbst überrascht, wie entschieden meine Stimme klang, während ich mich dem athletischen Soil zuwandte. „Die Menschen hier haben euch nichts getan. Es wäre Mord, wenn ihr sie tötet."

Der Soil erwiderte meinen Blick mit dunkelbraunen Augen, welche sich weiteten, als er Garrett und mich erkannte.

„Johanna, richtig? Die chinesische Regierung hatte genug Zeit, um zur Vernunft zu kommen. Wenn sie nicht kooperieren wollen, müssen wir sie eben dazu zwingen."

„Aber das ist doch Wahnsinn! Wollt ihr alle zu Mördern werden und unschuldige Menschen töten?"

„Ich weiß genau, wie es ist diskriminiert und missachtet zu werden", erwiderte der Soil mit bitterer Stimme. „Ich werde nicht tatenlos zusehen, während die Elementaren dieses Landes wie Dreck behandelt werden!"

Mit diesen Worten ballte der Soil seine Hände zu Fäusten und stieß einen lauten Schrei aus. Dann ging alles sehr schnell.

Die Polizisten feuerten auf den dunkelhäutigen Soil, welcher jedoch von David und den beiden anderen Soils

---

[31] Die Zeit ist rum!

mit einem schützenden Erdwall vor den Pistolenkugeln abgeschirmt wurde. Unbeeindruckt von dem Angriff auf ihn, ließ der Soil seine Fäuste auf den Erdboden prallen. Ein dumpfes Dröhnen hallte durch die Luft. Der Boden bebte leicht. Ansonsten passierte vorerst nichts – bis auf die Schüsse, welche um uns herum abgefeuert wurden.

Plötzlich ertönte neben mir ein Aufschrei. *Oh nein!* Ich wandte mich um und sah gerade noch, wie Gregor mit blutendem Kopf zu Boden ging.

„Gregor! NEIN!"

Ich wollte zu ihm rennen, spürte dann jedoch, wie eine Pistolenkugel knapp neben meinem eigenen Körper vorbeisauste. *Wollen die uns umbringen??*

Innerhalb weniger Sekunden errichtete Richard einen Wasserstrudel um Garrett und mich, welcher die Kugeln ablenkte und uns somit schützte. Sofort ließ ich meinen Geist so weit werden, dass ich dennoch mitbekam, was um uns herum geschah, obwohl das Wasser mir die Sicht nahm.

Gregor lag am Boden, schien jedoch nicht tödlich verletzt zu sein. Ich konnte seinen Herzschlag und seine flache Atmung spüren, wobei mein eigenes Herz sich vor Besorgnis sogleich zusammenzog.

Die chinesischen Hydros hatten sich ebenfalls mit Wasser umgeben, um die Pistolenkugeln abzuwehren, während einer der Soils nun begann, mit Erdkugeln auf die Polizisten zu schießen.

Diese waren natürlich wenig begeistert und schossen nun direkt auf unsere Köpfe. *Scheint so, als wäre jeder Elementare hier zum Feind geworden – genau das, was wir vermeiden wollten …*

Als ich meine Wahrnehmung bis auf das Meer hinter uns erweiterte, bemerkte ich, dass das Wasser in Aufruhr geraten war. Anscheinend hatte das, was hier an Land lediglich ein kleines Beben gewesen war, den Grund des Meeres ordentlich erschüttert und die Wassermassen somit in Bewegung gesetzt.

Im nächsten Moment spürte ich, wie einige der Hydros ihre Konzentration dem Meer zuwandten, während ihre Kollegen es übernahmen, die Pistolenkugeln weiter abzuwehren. *Sie wollen den Tsunami erschaffen – oder verstärken. Das können wir nicht zulassen!*

„Garrett? Kannst du den Tsunami spüren?"

„Ja. Er wird immer größer und kommt schnell näher."

„Verdammt! Richard?"

Ich sah mich um, konnte Garretts Meister jedoch nirgendwo entdecken. Trotzdem hörte ich seine Stimme und realisierte dann erst, dass er es war, welcher als Wasserstrudel um Garrett und mich herumflog, um uns vor den Pistolenkugeln zu schützen.

„Ja?"

„Wir müssen sie aufhalten", fuhr ich entschlossen fort. „Könntest du versuchen, den Tsunami zu verlangsamen? Garrett könnte uns vorerst vor den Kugeln schützen und ich kümmere mich dann um die Polizisten."

„In Ordnung. Garrett?"

„Schon dabei", antwortete Garrett und errichtete seinerseits einen Wasserstrudel, welcher noch enger um uns herumjagte. „Es kann losgehen."

Sofort verschwand Richards Strudel und ich spürte, wie seine Präsenz eins wurde mit dem Meer. Allerdings konnte ich nicht verfolgen, ob er es schaffte, den Tsunami zurückzuhalten, da ich mich nun auf die Waffenläufe der Polizisten konzentrierte.

„Was hast du vor?", hörte ich Garrett sagen, war aber zu beschäftigt, um zu antworten.

Mit geschlossenen Augen erspürte ich jeden Polizisten und ließ dann vor jedem Pistolenlauf eine Feuerkugel erscheinen. Laute Rufe der Überraschung signalisierten mir, dass mein Vorhaben funktionierte.

Die Polizisten hörten auf zu schießen und wichen vor den Feuerkugeln zurück.

„Garrett, lös den Strudel auf."

„Was? Aber ..."

„JETZT!"

Ich öffnete meine Augen und im gleichen Moment verschwand das Wasser, welches mir die Sicht versperrt hatte. Gemeinsam mit meiner geistigen Konzentration konnte ich nun deutlich präziser zielen, während ich meine Feuerkugeln direkt auf die Waffenläufe abfeuerte.

Die ängstlichen Rufe der Polizisten ignorierend, ließ ich das Feuer so heiß werden, dass die Waffen vorne schmolzen und somit unbrauchbar wurden.

Sobald sie realisierten, was geschah, ließen die Polizisten hektisch ihre Pistolen fallen und ergriffen nun doch die Flucht.

Unterdessen hatte Garrett sich den Elementaren hinter uns zugewandt und versuchte, die Hydros abzulenken, damit sie den Tsunami aus ihrer Kontrolle verloren. Die Soils, welche sich nun nicht mehr gegen die Polizisten wehren mussten, eilten den chinesischen Hydros jedoch zur Hilfe und vereitelten Garretts Wasserangriffe mit gezielten Erdschutzwällen.

Als ich mir sicher war, dass die Polizisten vorerst nicht zurückkommen würden, kam ich Garrett zur Hilfe und griff meinerseits die Soils mit Feuerkugeln an, um sie von Garrett abzulenken. Da sie jedoch in der Überzahl waren, ließen sie sich nicht so schnell unterkriegen und versuchten, uns vom Ufer wegzutreiben.

„So wird das nichts", flüsterte ich Garrett zu. „Wir brauchen ein besseres Ablenkungsmanöver."

„Irgendwelche Vorschläge?"

„Ja."

Ich wisperte ihm mit wenigen Worten meinen Plan ins Ohr und sah, wie seine Augen groß wurden.

„Gewagt. Aber es könnte funktionieren."

„Okay. Dann mal los!"

Ich übernahm es, die Erdgeschosse der Soils mit Feuer abzuwehren, während Garrett seine Konzentration dem Meer zuwandte. Aus dem Augenwinkel konnte ich sehen, wie er hinter den Elementaren einen gigantischen Drachen aus Wasser aufsteigen ließ. Er nahm zügig Form an und ähnelte bald einem chinesischen ‚Long' (Drachen) mit weit aufgerissenem Maul.

Sobald ich spürte, wie Garrett das Innere des Wasserdrachen ausgehöhlt hatte, ließ ich eine Feuerkugel entstehen, welche sich innerhalb einer Sekunde im gesamten Drachen ausgebreitet hatte. Die Flammen erhellten das Wasser von innen heraus und tauchten es in ein feuriges Licht.

Mit einem Nicken gab ich Garrett das Zeichen, dass ich bereit war. Sofort lenkte er seinen Drachen in einem weiten Bogen um die Elementaren herum und ließ ihn dann von vorne auf sie zukommen.

„Was zur Hölle ...?!", rief David entsetzt, als er den mit Feuer gefüllten Wasserdrachen erblickte.

Mein Plan ging auf.

Die Soils waren für einen kurzen Augenblick abgelenkt, so dass sie ihre Deckung ein wenig außer Acht ließen. Garrett ließ sofort das Wasser an dem Feuerdrachen im Innern vorbeischnellen und fegte damit alle Erdwälle der Soils hinweg.

Bevor diese reagieren konnten, griff Garrett die chinesischen Hydros an. Ich jagte meinen Feuerdrachen um die Soils herum und kreiste sie ein, damit sie den Hydros nicht zur Hilfe eilen konnten.

Zwar errichteten David und seine Freunde sofort neue Erdwälle um sicher herum, um sich vor den Flammen zu schützen, doch das half ihnen nicht viel.

Ich richtete mein Feuer nun von einer Seite direkt auf den schützenden Erdwall und ließ die Flammen bedrohlich daran emporlodern. David machte erschrocken einen Schritt zurück. Auch die anderen Soils wichen langsam vom Meer ab, um meinen Flammen zu entkommen.

Der Erdwall wuchs immer weiter gen Himmel, um die vier vor der Hitze abzuschirmen, während sie ihn nach hinten öffneten, um weiter zurückweichen zu können.

Aus dem Augenwinkel sah ich, wie Garrett sich mit drei von den Hydros einen erbitterten Wasserkampf lieferte. Die Wasserkugeln flogen nur so ums uns herum, verdampften jedoch an meiner schützenden Feuerschicht, welche ich mittlerweile direkt um meinen Körper gelegt hatte. Meine Haare standen ebenfalls in Flammen, doch das konnte mir nichts anhaben.

Dann bemerkte ich jedoch, wie sich das Wasser des Meeres langsam zurückzog. *Oh nein!* Panisch warf ich einen schnellen Blick zum Horizont und sah, wie sich eine übernatürlich gigantische Flutwelle auf uns zubewegte.

„Oh mein Gott", hauchte ich leise, während ich versuchte, die vier Soils weiterhin in Schach zu halten.

Garrett hörte mich und sah kurz zur Seite.

„Scheiße", hörte ich ihn brummen, bevor er seinen Angriff auf die Hydros verstärkte. „Wir müssen Richard helfen. Sieht so aus, als könne er alleine nicht das ganze Wasser aufhalten."

Ich nickte zustimmend. Der Tsunami rollte wie in Zeitlupe auf das Ufer zu, als würde etwas ihn zurückhalten. *Richard scheint ihn fast im Griff zu haben. Wenn wir die Hydros nur für einen kurzen Augenblick ablenken könnten, würde er es schaffen, den Tsunami aufzulösen.*

Kurzentschlossen bat ich das Feuer darum, eine Kuppel um die Soils herum zu errichten, um sie für einen Moment darin gefangen zu halten und vom Geschehen um sie herum zu trennen.

Dann richtete ich meine Aufmerksamkeit auf die sechs chinesischen Hydros. Drei von ihnen hatten sich dem Meer zugewandt und schienen mit konzentrierten Mienen gegen Richards Kraft anzukämpfen. Die anderen drei waren mit Garrett in ein wildes Wassergefecht vertieft. *Die sind erstmal beschäftigt.*

Ich wandte mich den drei Hydros an der Wasserkante zu. Sie hatten ihre Augen fest auf den Tsunami gerichtet und schienen so sehr in den geistigen Kampf mit Richard vertieft zu sein, dass sie uns alle ignorierten. Mein Feuer traf sie somit unvorbereitet.

Innerhalb eines Wimpernschlages ließ ich eine Wand aus lodernden Flammen am Ende des Ufers entstehen. Sie raubte den Hydros die Sicht und ließ sie erschrocken einen Schritt zurückweichen.

Einer von ihnen wandte sich um, während die anderen beiden ihre geistige Konzentration auf das Meer gerichtet hielten.

Der Mann, der mich wütend anfunkelte, wirkte nicht viel älter als ich. Er hatte kurze, schwarze Haare und blaue Augen, welche vor Zorn blitzten.

Sobald er die Ursache für die Feuerwand entdeckt hatte, ließ er einen Hagel aus Wassergeschossen auf mich niederregnen. Sie verdampften mit einem leisen Zischen an meiner ‚zweiten Haut' aus Feuer.

Der Hydro ließ sich davon nicht entmutigen, sondern sandten mir nun längliche Wasserstränge entgegen, die sich wie Schlangen um mich herumschlängelten. Sie berührten meine Feuerhaut jedoch nicht, sondern wanden sich immer schneller um mich herum. Bald war ich von einer Wasserkuppel umgeben, welche immer dicker wurde und meinen Flammen die Sauerstoffzufuhr abschnitt.

Ich musste sogleich an das Training mit Garrett denken, bei welchem er einst die gleiche Strategie angewandt hatte. *Damals hätte er es fast geschafft, meine Flammen zu ersticken. Aber nur fast!*

Bevor mir der Sauerstoff ausgehen konnte, verband ich meinen Geist mit der Sonne und ließ die Feuerhaut um mich herum heiß auflodern. Die Flammen züngelten mit enormer Hitze durch die Kuppel hindurch und rissen kleine Löcher in die Schicht aus Wasser, so dass frischer Sauerstoff hineindringen konnte.

Ähnlich wie Garrett damals, versuchte der Hydro sofort, die Wasserkuppel so stark zu verdichten, dass mein Feuer nicht mehr hindurchdringen konnten. Ich hatte allerdings aus der Vergangenheit gelernt und war schneller.

Mit entschlossenen Bewegungen ließ ich meine Arme durch das Wasser hindurchgleiten. Das Feuer um mich herum ließ alles sofort verdampfen, was mit uns in Berührung kam. Schritt für Schritt steuerte ich auf den Rand der Wasserkuppel zu.

Der Hydro konzentrierte all seine Kraft auf die Richtung, in die ich ging und ließ dafür meinen Rücken ein wenig außer Acht. Diese Chance nutzte ich und sandte eine kräftige Feuerwelle nach hinten, welche ein großes Loch in den Wasserwall hineinriss.

Sobald der frische Sauerstoff mich erreichte, ließ ich das Feuer so heiß werden, dass es Blau wurde. Mit einer schnellen Handbewegung fegte ich die verbliebenen Wassermassen mit meiner Feuerwalze beiseite, bis ich dem Hydro plötzlich direkt gegenüberstand.

Er wirkte ähnlich überrascht wie ich. Seine Augen weiteten sich vor Entsetzen, als das letzte bisschen Wasser um ihn herum verdampfte. Hastig errichtete er einen neuen Schutzwall – dieses Mal um sich selbst – und wich langsam vor mir zurück, bis er an die Uferkante stieß.

Mein Blick huschte unterdessen auf das Meer hinaus. Anscheinend hatte unser Ablenkungsmanöver ausgereicht, um Richard einen Vorteil zu verschaffen. Der Tsunami zog sich langsam zurück und wurde immer kleiner, bis seine Wassermassen erneut eins wurden mit dem Meer. Das Wasser floss in seichten Wellen zum Ufer zurück, bis das Meer still und friedlich vor uns lag.

Garrett war es unterdessen gelungen, zwei der Hydros unschädlich zu machen. Sie lagen bewusstlos am Boden, während alle anderen sich nun uns beiden zuwandten.

Auch die Soils hatten es geschafft, aus meiner Feuer-kuppel zu entkommen. Gemeinsam mit den chinesischen Hydros scharten sie sich um Garrett und mich und zingelten uns ein. Meine Augen huschten zu Gregor hinüber, welcher etwas abseits bewusstlos am Boden lag. *Er braucht dringend einen Arzt!*

Bevor einer von uns Elementaren den ersten Schritt machen konnte, erscholl von der Straße her die laute Stimme eines Chinesen und ließ uns herumfahren.

„Freeze! Hand's up or we'll shoot! And don't move!"[32]

---

[32] Keine Bewegung! Hände hoch oder wir schießen! Und keine Bewegung!

Eine Schar aus zwanzig Polizisten stand einige Meter entfernt mit gezückten Waffen vor uns. Die Pistolenläufe zielten direkt auf unsere Köpfe, wobei die zitternden Waffen verrieten, dass die Männer insgeheim Angst vor uns hatten.

Verdammt nochmal! Wissen die denn nicht, wann es Zeit ist, aufzugeben?! Wollen sie unbedingt ihr Leben aufs Spiel setzen?

Garrett und ich hoben unsere Hände in die Luft. Dabei warf ich den Elementaren um uns herum nervöse Blicke zu. Sie schienen sich nicht ganz sicher zu sein, ob sie sich ergeben oder kämpfen sollten.

Davids Blick huschte zu mir, dann zu den beiden bewusstlosen Hydros, die immer noch am Boden lagen und schließlich zu Gregor. Dann hob er ebenfalls langsam seine Hände in die Luft.

Na bitte. Es geht doch!

„We don't want to fight"[33], rief ich mit bemüht ruhiger Stimme und sah den Polizisten der Reihe nach in die Augen.

Sie alle wirkten nicht sonderlich erpicht darauf, in eine Auseinandersetzung mit Elementaren zu geraten. Ein paar von ihnen stand die Furcht sogar offen ins Gesicht geschrieben und sie zuckten merklich zusammen, als ich die Stimme erhob.

„Please, put down your weapons. We don't mean to harm you, but we don't want to get shot ourselves."[34]

Die Polizisten zögerten, während sie die chinesischen Hydros musterten, welche ihre Hände noch nicht erhoben hatten. Auch Davids Soil-Freunde standen mit geballten

---

[33] Wir wollen nicht kämpfen.

[34] Bitte, legt eure Waffen nieder. Wir wollen niemandem Schaden zufügen, doch wir wollen auch selbst nicht erschossen werden.

Fäusten und starren Mienen da, bereit zum Kampf. *So wird das nie was …*

„Please", wiederholte ich. „Our friend needs a doctor. He is wounded. We need to get him to a hospital. Now!"[35]

Ich deutete mit dem Kopf zu Gregor hinüber. Die Polizisten ignorierten meine Geste jedoch und hielten ihre Blicke und Waffen weiterhin strickt auf uns gerichtet. *So kann das nicht weitergehen! Wir müssen etwas unternehmen. Nur was?*

---

[35] Bitte. Unser Freund braucht einen Arzt. Er ist verletzt. Wir müssen ihn in ein Krankenhaus bringen. Sofort!

Kapitel 34

Weder die Polizisten noch die Elementaren schienen zu wissen, was sie nun tun sollen. Beide Seiten starrten sich feindselig an, während die Pistolen einiger Polizisten so sehr zitterten, dass sie kaum noch gerade zielen konnten.

Plötzlich erklang eine Stimme in meinem Geist und ich erkannte sie sofort als die von Charlotte.

‚Johanna! Du musst nach Beijing kommen. Hier bricht das totale Chaos aus. Wir brauchen dich!'

Ihre geistige Botschaft klang ängstlich und angespannt. Ich biss mir auf die Unterlippe und fasste kurzerhand einen waghalsigen Entschluss.

Mit geschlossenen Augen atmete ich einmal tief ein und aus. Mein Geist war sowieso mit der Sonne verbunden, also mobilisierte ich all meine Kräfte und konzentrierte sie auf ein einziges Ziel.

Noch bevor ich die Augen wieder öffnete, konnte ich spüren, wie glühend heiße Flammen um Garrett, mich und die anderen Elementaren aufflammten. Entsetzte Schreie seitens der Polizisten kündigten ihre Schüsse bereits an, bevor der Knall erklang, doch ich war vorbereitet.

Das Feuer jagte in einem tosenden Strudel um uns Elementare herum, so heiß, dass die Patronen schmolzen, sobald sie die Flammen berührten.

Noch bevor die chinesischen Hydros wussten, wie ihnen geschah, schlug ich einen von ihnen mit einem beherzten Schlag k.o. und begab mich dann in Kampfhaltung, um es mit den Anderen aufzunehmen. *Ich kann nur hoffen, dass es stimmt, dass nicht jeder Chinese direkt ein Kung-Fu-Talent ist …*

„Either you surrender to the police or I'll fight you and force you to give up!"[36]

Meine Stimme ließ keinen Zweifel an meiner Entschlossenheit zu. Sobald Garrett seine Überraschung überwunden hatte, stellte er sich Rücken an Rücken mit mir und begab sich ebenfalls in Kampfhaltung.

David und seine Soils starrten uns ebenso verblüfft an wie die chinesischen Hydros, von denen nun drei mittlerweile bewusstlos am Boden lagen. *Bleiben noch sieben …*

Der dunkelhäutige Soil ballte seine Hände zu Fäusten und machte einen Schritt auf mich zu, doch David hielt ihn zurück und stellte sich schützend vor mich.

„Johanna hat recht! Wir müssen nicht kämpfen. Nicht gegeneinander. Und nicht auf diese Weise. Es gibt bestimmt einen besseren Weg …"

„Und welchen?", knurrte der Soil wütend, ohne seinen Blick von mir abzuwenden.

„Einen friedlichen", erwiderte ich und spürte, wie Richard neben mir aus einem Wasserstrudel emporstieg. „Und einen gemeinsamen."

Keiner der Elementaren rührte sich. *Ich habe keine Zeit mehr. Ich muss zu Charlotte und Fiona! Und Gregor braucht einen Arzt.* Ohne die Elementaren aus den Augen zu lassen, wandte ich mich Garrett und Richard zu.

„Schafft ihr das hier alleine?", flüsterte ich. „Charlotte hat mir einen Hilferuf aus Beijing geschickt. Ich muss zu ihr und sehen, was dort los ist."

„Sollten wir dich nicht begleiten?", setzte Garrett an, doch ich schüttelte sogleich den Kopf.

---

[36] Entweder ergebt ihr euch der Polizei oder ich kämpfe gegen euch und zwinge euch dazu aufzugeben!

„Nein. Erst muss die Lage hier entschärft werden. Und irgendwer muss ja auf Gregor aufpassen. Ich werde sehen, ob ich euch Hilfe aus Beijing schicken kann."

„Wenn du meinst …"

Garrett klang nicht gerade begeistert, machte sich jedoch bereit, meinen Feuerschutzwall durch einen Wasserstrudel zu ersetzen.

Sobald meine Flammen um uns herum erloschen, ließ ich sanfteres Feuer aus dem Boden schießen. Es trug mich in die Höhe und legte sich schützend um mich, während ich bereits in Richtung Beijing davonschoss und die verdutzten Polizisten unter mir zurückließ. *Ich kann nur hoffen, dass Garrett und Richard eine friedliche Lösung finden können …*

Meine Sorgen hatten keine Zeit, sich lange zu entfalten. Als ich mich der chinesischen Hauptstadt näherte, wurden sie sogleich durch neue Probleme ersetzt. *Was ist denn hier passiert??*

Ich hielt in der Luft inne und ließ meinen Feuerteppich über dem Platz schweben, auf dem Garrett und ich bis vor kurzem noch mit den anderen friedlichen Elementaren gestanden hatten.

Von ‚friedlich' war mittlerweile keine Spur mehr zu sehen. Stattdessen rannten Elementare und Polizisten wild durcheinander, während sie versuchten, so viel Abstand wie möglich zum nördlichen Ende des Platzes zu gewinnen.

Und als mein Blick auf das fiel, wovor alle flohen, wusste ich auch, wieso Charlotte so in Aufregung gewesen war. *Das muss der Ewige Feuerelementare sein. Ich kann seine Kraft bis hierhin spüren!*

Mit großen Augen ließ ich mich langsam tiefer gleiten, während ich nach Charlotte und Fiona Ausschau hielt. In dem wilden Durcheinander entdeckte ich allerdings zuerst die eindrucksvolle Gestalt von Wuzhou.

Er stach eindeutig unter den anderen hervor, denn er war der Einzige, der stillstand. Statt zu fliehen, starrte er dem Feuerwesen aus der Mitte des Platzes entgegen, als versuche er herauszufinden, ob es sich dabei um Freund oder Feind handelte.

Meine Augen huschten erneut zu dem Ewigen hinüber und sein Anblick jagte mir einen Schauer über den Rücken. Sein ganzer Körper bestand aus heiß lodernden Flammen, war jedoch unnatürlich groß, wie die gigantische Statue eines Kriegsgottes, der zwischen den Hochhäusern emporragte. *Er sieht nicht gerade freundlich aus …*

„Johanna!"

Ich fuhr herum und entdeckte endlich Charlotte und Fiona, welche neben Feng und ein paar anderen Aeros direkt unter mir standen. Liam, James und Olivia waren auch bei ihnen und sahen mit düsteren Mienen zu der lodernden Feuergestalt hinüber.

Vorsichtig ließ ich meinen Feuerteppich hinuntergleiten und löste die Flammen knapp über den Köpfen der Anderen auf, so dass ich direkt in ihre Mitte fiel.

„That's what I call an epic arrival"[37], scherzte Feng, wobei ich die Besorgnis in seinen Augen sehen konnte. „Is everything alright in Tianjin?"[38]

„Well, we were able to fight off the tsunami. Garrett and Richard are still there and hopefully will find a way to keep the police and elementals apart. But Gregor is wounded. Do you know who could help him?"[39]

---

[37] Das nenne ich mal einen epischen Auftritt.

[38] Ist in Tianjin alles in Ordnung?

[39] Na ja, wir waren in der Lage, den Tsunami abzuwehren. Garrett und Richard sind immer noch dort und werden hoffentlich einen Weg finden, die Polizei und Elementaren voneinander fernzuhalten. Aber Gregor wurde verwundet. Weißt du, wer ihm helfen könnte?

Feng nickte und bahnte sich einen Weg durch die Menge, so dass ich ihn kurz darauf aus den Augen verlor. *Ich kann nur hoffen, dass Gregor so lange durchhalten kann! Hoffentlich war es nur ein Streifschuss …*

„And what exactly happened here?"[40], fragte ich den Rest unserer kleinen Gruppe und sah erwartungsvoll in die Runde.

Charlotte, Fiona und Liam begannen gleichzeitig, mir zu berichten, was seit meinem ‚Abflug' nach Tianjin auf dem Versammlungsplatz passiert war. Wie ich aus ihren Schilderungen heraushören konnte, hatten sich – kurz nachdem Garrett, Gregor und ich verschwunden waren – kleine Flammenherde um den Platz herumgebildet. Die Polizei hatte dies erst für einen Angriff von Seiten der Elementaren gehalten und es wäre beinahe zu gewalttätigen Ausschreitungen gekommen.

Doch dann hatten sich die Flammen zur menschlichen Gestalt des Ewigen Feuerelementaren zusammengefunden und Normale sowie Elementare gleichermaßen in Angst und Schrecken versetzt.

Während die feurige Gestalt immer weiter in die Höhe gewachsen war, hatte wohl kurzzeitig das nördliche Ende des Platzes komplett in Flammen gestanden. Mein Blick glitt über die rußverschmierten Steine und ich fragte mich, ob der Ewige beabsichtigt hatte, irgendwen mit seinen Flammen zu verletzen. *War es ein Angriff oder fällt es ihm lediglich schwer, seine Kräfte zu kontrollieren?*

Alle um mich herum schienen sich die gleiche Frage zu stellen. Ängstliche Blicke huschten über den Platz, wobei die Polizisten für einen Moment ihre Abneigung gegen uns Elementare vergessen zu haben schienen. *Könnte der*

---

[40] Und was genau ist hier passiert?

Ewige Feuerelementare dies beabsichtigt haben? Wollte er alle so sehr verschrecken, dass sie ihre Feindseligkeiten vergessen und sich zusammentun – gegen ihn?

Als könne er meine fragenden Augen spüren, wandte sich der Ewige kurz in meine Richtung. Mein Herz begann schneller zu schlagen, als sich unsere Blicke trafen. Seine Silhouette war zwar menschlich, doch da er komplett aus Flammen bestand, hatte seine Erscheinung etwas Unwirkliches.

„Humans!"[41]

Alle Versammelten auf dem Platz zuckten erschrocken zusammen und wandten sich dem Ewigen zu.

„Listen to me! There are weaklings among you. They don't believe in the godlike power of us elementals. But that doesn't mean that all of you have to stay weak. Elementals! Use your powers and unite them with mine. Together we can rule this world and rid it of those who are too blind to see what we truly are: Gods!"[42]

Gespannte Stille machte sich auf dem Platz breit. Einige der Polizisten und auch ein paar Elementare starrten den lodernden Ewigen mit offenen Mündern an, während andere ihn feindselig musterten.

Ich warf Wuzhou einen unsicheren Blick zu.

Er stand an der Spitze unserer dicht gedrängten Menschentraube und sah dem Ewigen unerschrocken entgegen.

---

[41] Menschen!

[42] Hört mir zu! Es gibt Schwächlinge unter euch. Sie glauben nicht an die göttlichen Kräfte von uns Elementaren. Aber das heißt nicht, dass ihr alle schwach bleiben müsst. Elementare! Setzt eure Kräfte ein und vereint sie mit den meinigen. Gemeinsam können wir diese Welt regieren und sie von all jenen befreien, die zu blind sind, um zu erkennen, was wir wirklich sind: Götter!

„We don't want to rule the world", erwiderte er nun mit ruhiger Stimme und deutete auf die Elementaren hinter sich. „We just want peace and approval for our powers."[43]

Zustimmendes Nicken unter den Elementaren. Die Polizisten hingegen schienen sich langsam bewusst zu werden, dass sie in einer schwierigen Lage gelandet waren. Denn es war unmissverständlich, wen der Ewige mit ‚weaklings' meinte. Nervöse Blicke wanderten umher, während die Polizisten sich wohl fragten, ob wir sie vor dem Ewigen beschützen würden. *In dem Fall wird es wohl Zeit, ihnen zu zeigen, dass wir auf ihrer Seite sind.*

Mit pochendem Herzen trat ich einige Schritte vor und stellte mich neben Wuzhou.

„That's right", wandte ich mich mit fester Stimme an den Ewigen. „We don't want to be seen as Gods or use our powers to dominate others. We just want to live in peace among the other humans."[44]

Der Ewige richtete erneut seine feurigen Augen auf mich und ließ mein Herz einen Schlag aussetzen. *Sein Blick wirkt eiskalt, obwohl er aus lodernden Flammen besteht. Wie kann jemand so kaltherzig wirken?*

„But those humans behind you are trying to dominate *you*, don't they? They want to rule over you, to keep you weak. They treat you like dirt!"[45]

---

[43] Wir wollen die Welt nicht regieren. Wir wollen lediglich Frieden und Anerkennung für unsere Kräfte.

[44] Das ist richtig. Wir wollen nicht als Götter angesehen werden oder unsere Kräfte dafür einsetzen, über andere zu herrschen. Wir wollen nur in Frieden unter den anderen Menschen leben.

[45] Aber diese Menschen hinter dir versuchen *euch* zu beherrschen, oder nicht? Sie wollen über euch herrschen, euch schwach halten. Sie behandeln euch wie Dreck!

Die Worte des Ewigen hallten über den Platz wie ein Todesurteil. Seine Feueraugen glitten über die Menschen hinter mir und ich konnte förmlich spüren, wie die Polizisten anfingen zu zittern.

„Nobody's perfect", erwiderte ich mit grimmiger Miene. „But those humans can learn. They will see that we don't mean to harm them. We should live together as a community – not as enemies."[46]

Für einen Augenblick wurde es still. Die Atmosphäre auf dem Platz war mittlerweile bis zum Zerreißen gespannt, als würden alle Versammelten die Luft anhalten.

Ich hingegen zwang mich, ruhig weiter zu atmen und dem Ewigen fest in die feurigen Augen zu blicken, auch wenn sein Anblick mein Herz schneller schlagen ließ. *Es fühlt sich an, als würde eine gnadenlose Kälte von ihm ausgehen. Aber ich kann gleichzeitig die mörderische Hitze seines Feuers spüren ...*

„You are all weak!", rief der Ewige plötzlich aufgebracht, so dass selbst ich zusammenzuckte. „You are blind and ignorant. But I will open your eyes!"[47]

Ohne eine weitere Vorwarnung schossen weiße Stichflammen aus der menschlichen Feuersilhouette hervor. Heiß lodernd rasten sie auf uns zu, so schnell, dass wir kaum Zeit hatten zu reagieren.

Hinter mir ertönten ängstliche Schreie. So schnell ich konnte, errichtete ich einen Feuerwall direkt vor mir und breitete ihn aus, bis er alle Versammelten hinter sich abschirmte.

---

[46] Niemand ist vollkommen. Aber diese Menschen können lernen. Sie werden sehen, dass wir ihnen nichts Böses wollen. Wir sollten als Gemeinschaft zusammenleben – nicht als Feinde.

[47] Ihr seid alle schwach! Ihr seid blind und ignorant. Doch ich werde euch die Augen öffnen!

Dann trafen die ersten Stichflammen auf meine Feuer-wand. Sie waren so heiß, dass ich ihre Hitze spüren konnte, ohne meinen Geist danach auszustrecken.

Zuerst wirkte es so, als würde mein Feuerwall stand-halten, doch dann begannen die Stichflammen, sich wie Schlangen daran entlang zu winden. Hastig ließ ich das Feuer weiter um uns herumwandern, um eine schützende Kuppel zu errichten.

Die erschrockenen Rufe hinter mir verrieten, dass keiner der Versammelten besonders begeistert davon war, vom Feuer eingekreist zu werden, doch darauf konnte ich nun keine Rücksicht nehmen.

„Don't be afraid", rief ich über meine Schulter. „I'm just trying to protect you from his flames!"[48]

Aus dem Augenwinkel konnte ich sehen, wie sich Ver-ständnis in den Augen der Polizisten breit machte. Dann kam plötzlich Bewegung in die Menge.

„Johanna is right. We have to protect each other."[49]

Mit diesen Worten wies Feng die Elementaren an, die zitternden Polizisten in ihre Mitte zu nehmen. Wie ein schützender Menschenwall stellten die Elementaren aus aller Welt sich um die Normalen auf und richteten ihren Blick in Richtung des Ewigen.

Dann ging alles sehr schnell.

Meine Feuerkuppel wurde durch die vereinten Kräfte der anderen Pyros auf das doppelte verstärkt. Drumherum bildeten die Hydros eine Wasserschicht, welche die Stich-flammen bereits auf halbem Weg abfangen sollte. Und

---

[48] Habt keine Angst. Ich versuche nur, euch vor seinen Flammen zu beschützen!

[49] Johanna hat recht. Wir sollten einander beschützen.

direkt vor dem Ewigen wuchs ein Erdwall aus dem Boden hervor, welcher uns vor seinen Flammen abschirmte.

Ein breites Grinsen stahl sich auf mein Gesicht, während ich die geballte Kraft der Elementaren um mich herum spürte. Das Unmögliche war geschehen: Normale und Elementare standen Seite an Seite und kämpften gemeinsam für ihre Freiheit. *Falls das die wahre Absicht des Ewigen war, wäre ich ihm definitiv sehr dankbar!*

Doch mein Bauchgefühl sagte mir, dass der Ewige keineswegs friedliche Absichten hegte. *Aber was könnte er sonst vorhaben?*

Für ein paar Minuten kämpften die Stichflammen des Ewigen Feuerelementaren gegen uns an. Die vereinten Kräfte der Elementaren waren jedoch zu stark und bald spürte ich, wie der feurige Angriff auf uns versiegte.

Bevor ich mich über diesen kleinen Sieg freuen konnte, erscholl ein weiteres Mal die dröhnende Stimme des Ewigen über den Platz.

„You won't be able to fight me forever! I will show you and the world what happens to those who defy me and the power of the elementals!"[50]

Mit diesen Worten löste sich die menschliche Silhouette in einem Strudel aus Flammen auf und schoss in den Himmel hinein.

Zuerst dachte ich, der Ewige würde sich zurückziehen – *Vielleicht in die Sonne?* – doch dann bemerkte ich, wie er die Richtung änderte und über die Hochhäuser hinwegflog. Es dauerte keine zwei Sekunden, bis ich begriff, wohin er wollte. *Oh nein! Er möchte Xi Jinping angreifen. Das können wir nicht zulassen.*

---

[50] Ihr werdet mich nicht ewig bekämpfen können! Ich werde euch und der Welt zeigen, was mit denen passiert, die sich mir und der Macht der Elementaren widersetzen!

So sehr ich das Staatsoberhaupt von China auch wegen seiner Taten und Maßnahmen gegen Elementare verabscheute, den Tod wünschte ich ihm nicht.

Kurzentschlossen löste ich meinen Flammenwall auf und ließ mich stattdessen von einem Feuerteppich in die Luft heben. In Windeseile heftete ich mich an die Spur des Ewigen, welche ich mit meinem Geist leicht verfolgen konnte. *So eine mächtige Feuerquelle ist schwer zu übersehen! Außerdem weiß ich ja, wo er hinwill. Das ist eindeutig die Richtung, in die Xi Jinping sich heute mit seinen Leuten zurückgezogen hat, als unser Protest angefangen hat.*

Mit aller Kraft ließ ich die Feuerkugel um mich herum schneller werden, obwohl mir dabei langsam schwindelig wurde. Dächer und Straßen rasten nur so unter mir hinweg, während ich dem Ewigen allmählich näherkam.

Dann spürte ich jedoch, wie sich eine zweite große Kraft von allen Seiten her näherte. *Das gibt's doch gar nicht! Ist etwa noch ein Ewiger hier? Oder könnte es Richard sein?*

Kapitel 35

Garrett wich gekonnt dem Fausthieb von einem der chinesischen Hydros aus. Dieser setzte sogleich mit einem Wasserangriff nach und ließ somit drei Fäuste gleichzeitig auf Garrett niedergehen: seine eigene und zwei aus Wasser.

Sofort ließ Garrett einen schützenden Schild aus Wasser an seinem linken Unterarm entstehen, mit dem er die beiden Wasserfäuste blockierte, während er sich unter der Faust aus Fleisch und Blut hindurchduckte.

Aus dem Augenwinkel sah er, wie David versuchte, seine drei Soil-Freunde davon abzuhalten, die chinesischen Hydros gegen Richard und Garrett zu unterstützen. *Hat Johanna bei ihm so einen Eindruck gemacht, dass er jetzt auf unserer Seite ist?*

„Uff!"

Etwas Hartes bohrte sich in Garretts Magengrube und ließ ihn in die Knie gehen. *Verdammt!* Er hatte sich zu sehr von David ablenken lassen. Natürlich war dies seinem Gegner keinesfalls entgangen und er hatte seine Unacht-samkeit sofort ausgenutzt.

Während Garretts Körper noch damit beschäftigt war, sich zusammenzukrümmen, holte der Chinese zu einem weiteren Fausthieb aus.

Richard, welcher sich gleichzeitig mit den restlichen sechs Hydros angelegt hatte, war zu beschäftigt, um seinem Schüler zur Hilfe zu eilen.

Kurz bevor die Faust des Hydros auf Garretts Gesicht geprallt wäre, blieb sie jedoch in der Luft stehen. Der Chinese runzelte verwirrt die Stirn. Dann riss er plötzlich entsetzt die Augen auf und griff sich an die Kehle, als könne er nicht mehr Atmen.

Garrett richtete sich keuchend auf und versuchte, einen Grund für das Verhalten des Hydros zu erkennen. Richards schützender Wasserstrudel tobte weiterhin um die kleine Gruppe aus Elementaren herum und schützte sie vor den Pistolenkugeln, so dass Garrett nicht sehen konnte, was außerhalb des Strudels vor sich ging.

Der chinesische Hydro lief nun langsam blau an und ging in die Knie, während er verzweifelt nach Luft rang. *Ist hier etwa ein Aero aufgetaucht? Hat Johanna es geschafft, uns Hilfe zu schicken?*

Plötzlich passierten viele Dinge gleichzeitig.

Der Chinese vor Garrett fiel ohnmächtig zu Boden, wobei die Farbe langsam in sein Gesicht zurückkehrte.

Richard schaffte es, mit einem Wasserangriff zwei weitere der Hydros auszuschalten, während die verbliebenen vier sich ebenfalls an den Hals fassten und nach Luft schnappten.

Die Schüsse der Polizisten verstummten.

Dann löste sich der Wasserstrudel um sie herum auf und Garrett konnte sehen, was außerhalb ihrer kleinen Blase passiert war.

Liam, James und Olivia standen gemeinsam mit Fiona und Charlotte vor der Reihe aus Polizisten. Diese hatten ihre Waffen fallen lassen und starrten mit großen Augen auf das feurige Peace-Zeichen, welches zwischen ihnen und den Elementaren in der Luft schwebte.

Feng stand neben Fiona und redete in schnellem Chinesisch auf die Polizisten ein.

Außer ihm waren noch zwei Aeros gekommen − die blonde Norwegerin und einer von Fengs Freunden − welche ihre Hände in Richtung der vier chinesischen Hydros ausgestreckt hatten. *Sie entziehen ihnen die Luft, um sie kampfunfähig zu machen!*

Sobald die vier Chinesen in die Knie gingen, entließen die Aeros sie jedoch aus ihrem Griff, so dass die Hydros gierig nach Luft schnappten. Nach Kämpfen schien ihnen nun nicht mehr zumute zu sein, zumindest machten sie keine Anstalten, Richard noch einmal anzugreifen.

Selbst Davids Freunde waren für einen kurzen Moment durch das Eintreffen der anderen Elementaren abgelenkt. Sobald sie sich jedoch gefangen hatten, wandte sich der athletische Soil mit funkelnden Augen zu David um.

„Du hast uns verraten!"

„Wie bitte?", fragte David ungläubig. „Ich wollte doch nur helfen …"

„Helfen? Wegen dir werden wir jetzt wahrscheinlich verhaftet! Du hast dich gegen uns gewandt!"

Garrett schaute verwundert zwischen David und den drei wütenden Soils hin und her. Während sich um sie herum ein angespannter Waffenstillstand ausbreitete, schienen die Soils keinesfalls friedlich gestimmt zu sein.

„Aber es hätte nichts gebracht weiterzukämpfen", versuchte David nun, sich zu verteidigen. „Johanna hatte recht. Wir wären zu Mördern geworden. Es war nicht richtig, Tianjin angreifen zu wollen …"

„Jetzt hör mir bloß auf mit Johanna", rief einer der anderen Soils genervt. „Diese arrogante Pyro hält sich doch nur für etwas Besseres, weil sie die Sprecherin der deutschen Elementaren ist. Aber das heißt nicht, dass sie die Weisheit mit Löffeln gefressen hat!"

Nun wurde es Garrett zu bunt. Wütend ging er auf die streitenden Soils zu und baute sich neben David auf.

„Johanna hat mehr Grips, als ihr alle zusammen", sagte er entschieden. „Außerdem ist die Sache für euch nun sowieso gelaufen. Es ist vorbei."

„Dank dir", knurrte der größte der Soils. „Und wegen deiner rothaarigen Freundin! Ohne euch hätten wir die chinesische Regierung schon längst in die Knie gezwungen."

„Darum geht es hier doch gar nicht", setzte David an, doch weiter kam er nicht.

Bei seinen drei Freunden war nun anscheinend die Sicherung durchgebrannt. Zu dritt stürzten sie sich auf David und Garrett, so dass im nächsten Moment ein wildes Handgemenge entstand.

Beide Parteien waren zu erschöpft, um oft auf ihre Elementarkräfte zurückzugreifen, weshalb es eher zu einem Faustkampf ausartete.

Einer der Soils verpasste David ein blaues Auge, bevor dieser ihn mit seiner durch Erde verhärteten Faust zu Boden schlug.

Garrett schaffte es ebenfalls, einen der Soils niederzuschlagen und half David, den größten Soil zu Boden zu ringen.

„Hätte nicht gedacht, dass ich mit *dir* mal Seite an Seite kämpfen würde", keuchte David, während er seinen Kumpel auf den Boden drückte.

„Dito", erwiderte Garrett und ein Grinsen stahl sich auf sein Gesicht. „Du bist wohl doch kein kompletter Idiot. Hätte mich aber auch schwer gewundert, wenn Johannas Geschmack bei Männern *so extrem* danebengelegen hätte."

David nickte lachend und sah dann auf seinen Freund hinab, der immer noch versuchte, sich aus ihrem gemeinsamen Griff zu befreien.

„Ich hingegen habe mich wohl ziemlich getäuscht, als ich dachte, ich hätte wahre Freunde gefunden."

„Verräter", zischte der Soil unter ihnen wütend, gab dann aber endlich auf und stellte seine fruchtlosen Befreiungsversuche ein.

„Du solltest zu Johanna", meinte David und sah Garrett ernst an. „Unser Angriff hier hat die Lage in Beijing sicherlich nicht einfacher gemacht."

Garrett nickte und erhob sich.

Um ihn herum lagen bewusstlose Hydros am Boden, wobei Richard sich um die vier verbliebenen kümmerte, welche sich noch immer von dem Luftentzug durch die Aeros erholten. Letztere waren jedoch verschwunden, als hätten sie sich in Luft aufgelöst.

Dann fiel Garretts Blick auf die Stelle, an der Gregor zuvor gelegen hatte. Verwundert stellte er fest, dass der rothaarige Schotte verschwunden war. Nur ein kleiner Blutfleck war zurückgeblieben.

Sofort eilte Garrett auf Charlotte und Fiona zu.

„Wo ist Gregor?", fragte er, wobei er die misstrauischen Blicke der chinesischen Polizisten ignorierte. „Wisst ihr, ob es ihm gut geht?"

„Die beiden Aeros haben ihn mitgenommen", erwiderte Fiona, ohne ihren Blick von den Polizisten abzuwenden. „Die Norwegerin und der Andere. Sie wollten ihn zu einem Arzt hier in der Nähe bringen."

„Oh. Gut. Und was ist mit Johanna? Ist sie noch in Beijing? Hat sie euch hierhergeschickt?"

„Nicht direkt. Sie ist zwar zu uns gekommen, doch die Lage in Beijing hat sich … Nun ja … Ein Ewiger Pyro ist dort aufgetaucht und … es ist alles etwas eskaliert. Johanna hat ihn verfolgt, als er sich aus dem Staub machen wollte."

„Und dann?"

„Keine Ahnung. Feng kam zu uns und meinte, er hätte keinen Arzt in der Menge gefunden. Deshalb haben wir beschlossen, hierher nach Tianjin zu kommen, um uns um Gregor zu kümmern. Und dir und Richard zu helfen."

„Also ist Johanna immer noch hinter diesem Ewigen Feuerelementaren her?"

„Das weiß ich nicht", gab Fiona kleinlaut zu. „Ich habe sie nicht mehr erreicht. Es ist, als würde irgendjemand die Feuerkommunikation stören. Vielleicht liegt das an dem Ewigen Pyro, aber ich weiß es nicht genau ..."

„Du kannst also nicht herausfinden, wo sie momentan ist?", fragte Garrett besorgt.

„Leider nicht. Sie ist in Richtung Verbotene Stadt geflogen – auf ihrem Feuerteppich – aber ich weiß nicht ... Es sei denn ... Oh mein Gott! Vielleicht wollte der Ewige Pyro ja Xi Jinping angreifen! Der hat sich doch von seinem Regierungssitz weiter in Richtung Norden zurückgezogen, als unsere Proteste angefangen haben ..."

„Ich muss sofort zu ihr!" Garrett sah kurz zu Richard hinüber. „Kommst du ohne mich zurecht?"

„Natürlich", erwiderte Richard und auch David nickte Garrett ermutigend zu.

„Geh schon", murmelte Fiona. „Wir schaffen das hier. Johanna braucht deine Hilfe vermutlich dringender. Wir können nur hoffen, dass es noch nicht zu spät ist ..."

Kapitel 36

Die mächtige Präsenz wirkte kaum vertraut und kam mir gleichzeitig merkwürdig bekannt vor. Als ich meinen Geist danach ausstreckte, konnte ich allerdings spüren, dass es sich keineswegs um eine dem Wasser entsprungene Kraft handelte. *Richard ist es also nicht. Dann ist es entweder ein Ewiger Aero oder Soil ...*

Mir blieb keine Zeit, mir über dieses Rätsel weitere Gedanken zu machen. Der Ewige Pyro setzte bereits zur Landung an. Sein Feuerstrudel wand sich dem Erdboden entgegen und steuerte direkt auf eines der Gebäude vor uns zu.

Bevor ich ihn erreichen konnte, prallte seine geballte Feuerkraft gegen eines der Fenster und ließ es zerspringen, so dass seine Flammen ins Innere des Gebäudes vordringen konnten. *Nein!*

Mit aller Macht zwang ich mich dazu, noch einmal schneller zu werden und raste mit voller Wucht durch das zersprungene Fenster.

Im nächsten Augenblick krachte ich gegen eine Wand und fiel stöhnend zu Boden. Mein Kopf dröhnte und vor meinen Augen tanzten grelle Lichter, doch ich zwang mich, meinen Blick zu heben.

Der Raum, in dem ich gelandet war, wirkte nicht sonderlich groß. Vor allem war er jedoch rußgeschwärzt – und verlassen. *Wo ist Xi Jinping? Und wo ist der Ewige??*

Mit pochendem Schädel und zittrigen Beinen richtete ich mich auf. Dabei musste ich mich an der Wand abstützen, um nicht gleich wieder hinzufallen. Die tanzenden Lichter raubten mir für einen Moment die Sicht und ich stolperte halb blind durch den Raum, bis meine Finger einen Türrahmen ertasteten.

Wie aus weiter Ferne konnte ich aufgeregte Stimmen hören, die wild durcheinanderriefen.

Dann wurde es plötzlich totenstill. *NEIN!*

Ich zwang mich, einen Fuß vor den anderen zu setzen und tastete mich in den nächsten Raum. Dabei folgte ich der Richtung, aus welcher die Stimmen zuvor gekommen waren.

Kurz darauf hörte ich eine neue Stimme, die ich sofort als die des Ewigen Feuerelementaren erkannte.

„You ignorant fools! Did you really think that your human weapons could defeat ME?! You underestimate the power of us elementals. And now you will pay for it!"[51]

Die drohenden Worte des Ewigen hallten durch meinen Kopf und ließen meine Gedanken rebellieren. *Nein! Nicht! Ich komme!*

Ich schleppte mich die letzten Schritte voran, bis ich in einem hell erleuchteten Raum ankam. Tische und Stühle waren beiseite gefegt worden und lagen als verkohlte Reste in einer Ecke des Zimmers.

Xi Jinping und einige Männer mit erhobenen Waffen standen dicht gedrängt am anderen Ende des Raumes. Ihre Augen waren weit aufgerissen und auf die heiß lodernde Feuergestalt in der Mitte des Zimmers gerichtet.

Der Ewige hatte seine Hände bereits erhoben und schien gerade zum vernichtenden Feuerschlag ausholen zu wollen, als ich hinter ihm durch die Tür stolperte.

Die menschlichen Augenpaare huschten sofort flehend zu mir herüber, bevor sich Enttäuschung auf ihren Gesich-

---

[51] Ihr ignoranten Narren! Dachtet ihr wirklich, dass ihr MICH mit euren menschlichen Waffen besiegen könntet?! Ihr unterschätzt die Macht der Elementaren. Und jetzt werdet ihr dafür bezahlen!

tern breitmachte. *Ihren Retter in der Not hatten sie sich wohl etwas anders vorgestellt ... Ich gebe vermutlich als Beschützerin gerade keinen sonderlich heldenhaften Eindruck ab ...*

Ohne der Entmutigung der chinesischen Männer weitere Beachtung zu schenken, taumelte ich vorwärts und zog somit endlich die Aufmerksamkeit des Ewigen auf mich. Langsam ließ er seine Hände sinken und wandte sich zu mir um, wobei seine flammenden Augen mich mit kalter Belustigung musterten.

„Du schon wieder", dröhnte mir seine Stimme höhnisch entgegen.

Ich runzelte verwirrt die Stirn, bevor ich mich daran erinnerte, dass er vermutlich die Stimme des Feuers für ihn sprechen ließ, welche alle Sprachen beherrschte.

„Ja, ich schon wieder", entgegnete ich erschöpfter, als mir lieb war. „Ewiger Elementarer hin oder her – ich werde nicht zulassen, dass Sie diese Leute hier umbringen."

„Ach wirklich? Und was will ein kleines, schwaches Mädchen wie du dagegen tun?"

Ein amüsiertes Funkeln loderte in seinen Augen auf.

Trotz machte sich in mir breit und ließ mich meine Hände zu Fäusten halten. *Muss denn jeder immer auf meinem Alter herumhacken? Können Erwachsene einen erst dann ernst nehmen, wenn man selbst erwachsen ist??*

Mein Blick huschte zu Xi Jinping und seinen Männern hinüber. Ein neuer Hoffnungsschimmer hatte sich in ihre Gesichter gestohlen. Einer der Männer beäugte die zweite Tür des Raumes, welche sich unmittelbar neben dem Ewigen befand. *Wollen sie versuchen zu fliehen? In dem Fall müsste ich den Ewigen etwas effektiver ablenken ...*

Ich richtete mich zu meiner vollen Größe auf – wobei ich das schmerzhafte Pochen in meinem Kopf ignorierte – und schaute dem Ewigen fest in die feurigen Augen.

„I will protect those humans", sagte ich mit möglichst fester Stimme. „I won't let you harm them or any other human. We elementals want peace, not war!"[52]

Mit diesen Worten ließ ich kleine Feuerkugeln um meine Finger herum entstehen. Wie winzige Jonglierbälle kreisten sie um meine Hände, während ich den Ewigen entschlossen musterte.

Hinter ihm konnte ich sehen, wie die chinesischen Männer sich so leise wie möglich in Bewegung setzten und versuchten, unbemerkt den zweiten Ausgang zu erreichen.

Und dann war da plötzlich wieder diese fremde und doch vertraute mächtige Präsenz. Ich spürte, wie sich die Luft neben mir zu verdichten schien. Für einen kurzen Moment wagte ich es, meine Augen von dem Ewigen Pyro abzuwenden und sah, wie die Luft neben mir zu flimmern begann.

Innerhalb weniger Sekunden entwickelte sich das Flimmern zu einer Art nebliger Erscheinung, wobei die Gestalt komplett aus Luft zu bestehen schien. Es waren menschliche Umrisse zu erkennen, in deren Innern stürmische Böen so rasant umherwirbelten, dass sie sichtbar wurden und somit der Gestalt eine ätherische Form verliehen. Und diese Form war eindeutig weiblich. *Damit wäre die Frage nach dem Element und Geschlecht dieser Ewigen hier wohl geklärt. Fragt sich nur, auf welcher Seite sie steht …?*

---

[52] Ich werde diese Menschen beschützen. Ich werde nicht zulassen, dass Sie ihnen oder irgendeinem anderen Menschen Schaden zufügen. Wir Elementare wollen Frieden, keinen Krieg!

„Spar dir deine Kräfte, Mädchen", beantwortete die Ewige meine ungestellte Frage mit luftiger Stimme. „Der hier gehört mir!"

Ich runzelte die Stirn, während meine Augen zwischen der Feuergestalt vor mir und der flimmernden Luftfrau neben mir hin und her glitten. *Kennen die beiden sich?*

Auch diese stumme Frage wurde innerhalb weniger Sekunden beantwortet – dieses Mal jedoch von dem Ewigen Feuerelementaren.

„Rose? Bist du das?"

Nun war meine Verwirrung komplett. Während ich noch zu verstehen versuchte, was genau hier gerade geschah, sah ich aus dem Augenwinkel, wie sich Xi Jinping und seine Männer klangheimlich aus dem Raum schlichen. *Ein besseres Ablenkungsmanöver hätte es wohl nicht geben können. Ob diese Rose hier mir wirklich helfen will?*

Mein Blick huschte erneut zu der Luftgestalt neben mir. Sie schwebte anmutig und halb durchscheinend in der Luft, wobei ihre flimmernden Augen starr auf den feurigen Ewigen vor uns gerichtet waren.

„Gut erkannt", erwiderte sie nun mit bebender Stimme. „Und du weißt vermutlich auch, weshalb ich hier bin?"

„Doch nicht etwa, um deinen geliebten Emmett zu rächen? Die Sache ist schon ziemlich verjährt, findest du nicht?"

„Liebe vergeht nicht – genauso wenig wie das Bedürfnis nach Rache!"

Mit großen Augen verfolgte ich die Unterhaltung der beiden, während das Feuer um meine Finger erlosch. Dann wurde ich jedoch stutzig und musterte die Luftgestalt neben mir genauer. *Moment mal! Ihr Name ist Rose? Und sie will einen ,Emmett' rächen? Könnte das etwa bedeuten, dass ...? Aber das ist doch unmöglich! Oder?*

Meine Hand glitt in meine Hosentasche, in welcher ich den Rosenkranz aus Rose Tagebuch stets als Glücksbringer bei mir trug. *Das kann einfach kein Zufall sein!*

„Rose?", fragte ich mit zittriger Stimme, wobei ich mich nun direkt zu der Luftgestalt neben mir umwandte. „Rose Deamens?"

Nun waren es die beiden Ewigen, welche mich verwirrt ansahen.

„Ach was", rief der Ewige Pyro. „Ihr kennt euch?!"

Die Luftfrau runzelte die Stirn – oder zumindest wirkte es so, als würden sich die Luftschwaden in ihrem Gesicht kräuseln – und sah mich fragend an.

„Sollte ich dich kennen?"

„Nein", antwortete ich leise. „Aber ich kenne Sie! Oder zumindest kenne ich Ihre Geschichte – einen Teil davon. Ich habe Ihr Tagebuch gefunden. Und das hier!"

Ich zog den Rosenkranz aus meiner Hosentasche hervor und hielt ihn der flimmernden Luftgestalt hin. In ihren durchscheinenden Augen konnte ich so etwas wie Ungläubigkeit sehen, bevor auch sie sich mir zuwandte.

„Du hast mein Tagebuch gefunden? *Du?* Ich meine … Ausgerechnet eine Feuerelementare?"

Ihre Worte versetzten mir einen Stich im Herzen. Mit verletzter Miene zog ich meine Hand zurück und verstaute den Rosenkranz wieder sicher in meiner Hosentasche.

„Nicht alle Pyros sind so wie *der* dort." Ich zeigte auf den feurigen Ewigen. „Sie sollten sich von Ihrem Wunsch nach Rache nicht täuschen lassen. Ich weiß aus Ihrem Tagebuch, dass die Pyros Ihnen Ihrerzeit viele Schwierigkeiten bereitet haben. Doch es gab sicherlich auch Pyros, mit denen Sie befreundet waren, oder nicht?"

Rose flimmernde Augen wurden nachdenklich. Ihr Kopf neigte sich, als wolle sie nicken und etwas Versöhnliches mischte sich in ihre Aura.

„Das stimmt. Bitte verzeih mir, wenn ich dich beleidigt haben sollte. Natürlich gibt es Feuerelementare auf beiden Seiten. Ich hätte keine voreiligen Vorurteile äußern sollen."

So etwas wie ein Lächeln breitete sich auf dem durchscheinenden Gesicht aus, welches ich freudig erwiderte.

„Sie sind so etwas wie mein Vorbild", meinte ich aufgeregt. „Nachdem ich Ihr Tagebuch gelesen hatte, habe ich überhaupt erst meine eigenen Kräfte entdeckt."

„Ha!", rief da der Ewige Pyro schadenfroh. „Dass du mal eine Feuerelementare zu ihren Kräften führen würdest, hätte ich nie von dir gedacht, Rose."

„Sei still", zischte Rose und die Luft um sie herum wirbelte ein paar Staubschwaden auf. „Mit dir bin ich noch nicht fertig!"

„Na, dann lass uns doch endlich zur Sache kommen!"

Mit diesen Worten loderte die Feuergestalt bedrohlich auf und im nächsten Augenblick schossen gewaltige Flammenbälle auf Rose und mich zu.

Kapitel 37

Innerhalb kürzester Zeit stand das komplette Zimmer in Flammen. Die glühenden Feuergeschosse des Ewigen Pyros legten alles in Schutt und Asche, womit sie in Berührung kamen.

Gleichzeitig fegten kräftige Wirbelstürme durch den Raum und bekämpften die Flammen, wobei auch die Decke des Zimmers unter den Angriffen litt.

Bald schon entstanden lange Risse in der Zimmerdecke, den Wänden und sogar dem Fußboden.

Ich versuchte verzweifelt, mich auf den Beinen zu halten, während ich mich bemühte, die schützende Kuppel meiner eigenen Flammen um mich nicht erlöschen zu lassen. Mein Körper war jedoch ziemlich ausgezehrt und ich hatte große Mühe, das schmerzhafte Dröhnen in meinem Kopf auszublenden. *Ob ich durch den Zusammenstoß mit der Wand eine Gehirnerschütterung bekommen habe?*

Mir blieb keine Zeit, mich mit derlei Fragen zu beschäftigen. Die tanzenden Lichter vor meinen Augen wurden immer greller, während sich eine bleierne Schwärze über mich zu legen schien. Sie drang von den Rändern meines Bewusstseins in meinen Kopf ein und ließ meine Augenlider schwer werden.

Mit letzter Kraft verstärkte ich ein letztes Mal den feurigen Schutzwall um mich herum. Dann spürte ich, wie meine Knie nachgaben und ich wie in Zeitlupe zu Boden sackte. Das Letzte, was ich sah, war eine weißglühende Feuerkugel, die direkt auf mich zuraste. Dann gab mein Körper auf und ließ sich von der betäubenden Schwärze einhüllen, bis ich das Bewusstsein verlor.

Als ich wieder erwachte, dachte ich zuerst, ich wäre tot. Alles um mich herum war ruhig und friedlich. *Bin ich etwa im Himmel? Gibt es so etwas überhaupt?* Ich erinnerte mich daran, dass ich zu Lebzeiten eher an die Wiedergeburt geglaubt hatte. Allein die Fähigkeit, sich an etwas erinnern zu können, kam mir nicht sonderlich ‚tot' vor.

Angestrengt versuchte ich, meine Augen zu öffnen. Ich spürte einen zarten Windhauch auf meiner Haut, welcher mich endgültig davon überzeugte, dass ich noch am Leben war. *Allerdings bestimmt nicht lange, wenn ich ohnmächtig und schutzlos in der Gegend herumliege!*

Mit purer Willenskraft zwang ich meine Augenlider dazu, die bleierne Schwere abzulegen und sich langsam zu öffnen. Das, was ich sah, trug jedoch nicht gerade dazu bei, dass ich mich sicherer fühlte.

Um mich herum herrschte Dunkelheit, lediglich durchbrochen von ein paar vereinzelten Lichtstrahlen, welche von oben auf mein Gesicht fielen. *Wo bin ich??*

Meine Glieder wirkten schwer und kraftlos, doch ich schaffte es, mich langsam hochzustemmen, bis ich mit meinem Kopf an einen Widerstand stieß. Verwirrt blickte ich nach oben und konnte ein seichtes Flimmern vor meinen Augen ausmachen. *Kommt das von meiner Kopfverletzung oder flimmert die Luft dort wirklich?*

Vorsichtig streckte ich eine zitternde Hand aus und betastete die Barriere über mir. Sie schien tatsächlich aus wirbelnder Luft zu bestehen. *Bin ich etwa in einer Luftblase gefangen? Aber wieso ist es dann so dunkel?*

Während meine Augen sich an die Halbfinsternis gewöhnten, versuchte ich auf allen Vieren den Lichtstrahlen entgegen zu kriechen, welche nun, wo ich mich etwas aufgerichtet hatte, von vorne zu kommen schienen.

Kurz bevor ich die Quelle des Lichtes erreicht hatte, stieß ich jedoch auf eine weitere Barriere aus flimmernder Luft. *Hat Rose mich etwa in einer Luftkugel eingeschlossen? Wieso sollte sie das tun?*

Ich ließ meinen verschwommenen Blick über die grauen Umrisse vor mir gleiten – und dann verstand ich. *Es sind Trümmer! Das Zimmer muss eingestürzt sein. Oder sogar das ganze Gebäude! Rose hat mich mit ihrer Luftkugel gerettet!*

Sobald sich die Erkenntnis in mir breit gemacht hatte, entflammte neue Besorgnis in mir. *Aber wo ist Rose jetzt? Und was ist mit dem Ewigen Pyro? Konnte sie ihn besiegen?*

Da mein düsteres Gefängnis keine Antworten bot, drückte ich mich mit aller Kraft gegen die Luftbarriere. Sie wirkte undurchdringlich, doch nach ein paar Sekunden gab sie nach und bewegte sich langsam mit mir nach vorne.

Mit meinen zittrigen Fingern tastete ich den Trümmerhaufen um mich herum ab, bis ich endlich die Stelle erreicht hatte, von der das Licht kam.

Ich spähte durch einen der Schlitze zwischen den Gesteinsbrocken hindurch und der Anblick verschlug mir sofort die Sprache. Meine Befürchtungen hatten sich bewahrheitet.

Egal wohin ich blickte, überall lagen qualmende Trümmerhaufen. Das komplette Gebäude, in dem ich mich vor kurzem noch aufgehalten hatte, war in Schutt und Asche gelegt worden.

Das rötliche Leuchten der untergehenden Sonne drang durch die Lücken zwischen den Häusern zu mir hindurch und tauchte die Trümmerlandschaft in ihren feurigen Schein. Doch das war nicht der einzige Ursprung des Lichtes, welches zu mir drang.

Rechts von mir, beinahe außerhalb meines begrenzten Sichtfeldes, erblickte ich einen gewaltigen Wirbelsturm. Er schraubte sich majestätisch in den Himmel und in seinem Innern tobte ein Feuersturm, welcher alles um ihn herum in einen flackernden Schein tauchte. *Das müssen Rose und der Ewige Pyro sein! Sie kämpfen also immer noch.*

Gebannt beobachtete ich, wie das Feuer innerhalb des Tornados immer wieder zu ersterben schien, bevor es neu aufflammte und weiter im Kreis tobte. *Es sieht so aus, als würde Rose versuchen, sein Feuer mit einem Windstoß zum Erlöschen zu bringen. Aber er ist zu stark. Er wehrt sich. Alleine wird sie es kaum schaffen können ...*

Ich erinnerte mich an Richards Worte: ‚Kein Element ist von Natur aus mit einem anderen verfeindet'. *Die beiden halten sich in der Balance. Sie können sich gegenseitig gar nicht besiegen. Erst eine Übermacht des einen Elements könnte zum Schwinden des anderen führen. Ich muss Rose irgendwie helfen!*

Verzweifelt warf ich mich gegen die Barriere aus flimmernder Luft, welche mich vor dem Trümmerhaufen um mich herum schützte.

Quälend langsam gab die Luft nach, so dass ich mich Stück für Stück zwischen den verrußten Gesteinsbrocken hindurchschieben konnte.

Als ich endlich im freien Stand, löste sich die Luftkugel schlagartig auf und die Trümmer stürzten hinter mir in sich zusammen. Eine Staubwolke hüllte mich ein und brachte mich zum Husten. Sie versperrte mir für einen Moment die Sicht, doch ich konnte dennoch den Umriss des tosenden Feuersturms innerhalb des Tornados ausmachen.

Meine Beine hatten sich während meiner kurzen Bewusstlosigkeit wohl ein wenig erholt, zumindest gaben sie nicht direkt nach, als ich nun einen Schritt auf die beiden kämpfenden Ewigen zuging. Dann noch einen Schritt. Und noch einen. Mein Kopf dröhnte weiterhin, doch das schmerzhafte Pochen war ein wenig leiser geworden, so dass ich es ausblenden konnte.

Stattdessen konzentrierte ich mich auf das Geschehen vor mir. Als der Staub um mich herum sich ein wenig gelegt hatte, konnte ich sehen, dass der Wirbelsturm weiterhin an Ort und Stelle wütete. *Rose will keine weiteren Gebäude gefährden. Ich kann nur hoffen, dass sie den Ewigen Pyro gut in Schach halten kann.*

Mein Blick huschte um die Trümmer um mich herum. Eine halb eingestürzte Hauswand versperrte mir den Weg und ließ meine müden Glieder aufstöhnen, als ich versuchte, mich an ihr emporzuziehen. *Klettern war auch schon mal einfacher ...*

Mit aller Mühe schaffte ich es, mich auf die rußverschmierten Gesteinsrest zu hieven. Von dort aus hatte ich einen besseren Blick auf das Geschehen und beobachtete mit großen Augen, wie die Flammen innerhalb des Tornados versuchten, einen Weg nach draußen zu finden. *Das darf er nicht schaffen. In seiner Wut würde er vermutlich die ganze Stadt dem Erdboden gleich machen! Ich kann nur hoffen, dass Xi Jinping und alle anderen aus dem Gebäude rechtzeitig fliehen konnten. Vielleicht haben sie die umliegenden Häuser schon evakuieren lassen ...*

In genau diesem Moment ertönten eilige Schritte hinter mir und ließen mich herumfahren. Sofort tauchten die tanzenden Lichter wieder vor meinen Augen auf und raubten mir für einige Sekunden die Sicht.

„Johanna!"

Auch ohne ihn zu sehen, erkannte ich die Stimme sofort. *Garrett! Wo kommt er denn jetzt her? Bedeutet das, dass Richard auch hier ist? Gemeinsam mit ihm könnte Rose vielleicht den Ewigen Pyro besiegen …*

Endlich hörten die Lichter auf zu tanzen und gaben meinen Blick frei. Garrett eilte, so schnell er konnte, auf mich zu, wobei er sich mühsam einen Weg durch die Trümmer bahnen musste. Sein Gesicht wirkte besorgt und müde. Von Richard war weit und breit nichts zu sehen.

„Garrett", krächzte ich, wobei ich erschrocken feststellte, wie schwach meine Stimme klang. „Wir müssen Rose helfen …"

Weiter kam ich nicht.

Rose' wütender Schrei verriet mir, dass der Ewige Pyro es geschafft haben musste, ihrem Tornado zu entkommen. Ich wollte meinen Kopf wenden, um zu sehen, was geschehen war. Aus dem Augenwinkel sah ich, wie Garretts Augen sich schockiert weiteten.

„Johanna!", schrie er mit Panik in der Stimme. „Johanna, pass auf!"

Ich konnte spüren, wie er einen Wasserschwall in meine Richtung sandte. Im gleichen Moment erblickte ich die riesige Feuerkugel, welche sich rasend schnell auf die Mauerreste zubewegte, auf denen ich saß.

Mir blieb nicht mal eine Sekunde, um zu reagieren.

Bevor Garretts Wasser bei mir angekommen war, prallte die Kugel aus lodernden Flammen gegen die Mauer. Ich wurde nach hinten geschleudert, wobei ich spürte, wie meine Kleidung Feuer fing. Sofort verband ich meinen Geist mit den Flammen und bat sie darum, mich nicht zu verletzen.

Das Feuer gehorchte jedoch dem Ewigen Pyro und ignorierte meine Bitte. Innerhalb eines Wimpernschlages stand ich von Hals bis Fuß in Flammen – nur leider nicht meinen eigenen.

Noch nie zuvor hatte ich feindlich gesonnenes Feuer gespürt. Bisher hatte ich nicht einmal in Erwägung gezogen, dass die Flammen sich überhaupt gegen mich richten würden. Doch sie taten es.

Heiß glühender Schmerz durchzuckte meinen Körper, während sich das Feuer durch meine Kleidung fraß. Ein gellender Schrei entfuhr mir. Dann prallte ich auf dem Boden auf und drohte für einen Moment erneut das Bewusstsein zu verlieren.

„Johanna!"

Garretts angsterfüllte Stimme riss mich in die Realität zurück. Dann klatschten seine kühlen Wassermassen auf mich und raubten mir kurz den Atem. Die feindlichen Flammen erloschen, doch der brennende Schmerz blieb.

„Johanna! Geht es dir gut?"

Hastige Schritte näherten sich, dann beugte sich ein Schatten über mich. Meine Augen konnten ihn nur verschwommen erkennen, doch die Besorgnis stand ihm unmissverständlich ins erschöpfte Gesicht geschrieben.

„Johanna, kannst du mich hören?"

Vorsichtige Finger betasteten meine verbrannte Kleidung, meine angesengte Haut, mein feuchtes Gesicht. Ich öffnete den Mund, um zu antworten, doch es drang nur ein schmerzerfülltes Stöhnen hervor.

„Du brauchst nicht zu sprechen, falls es wehtut. Kannst du aufstehen? Wir müssen hier weg, bevor alles in Flammen aufgeht. Dieses Monster da ... Ist das ein Ewiger Feuerelementarer? Gefangen in einem Tornado??"

„Zwei ... Ewige", brachte ich leise hervor.

„Zwei? Oh, ich verstehe! Luft und Feuer. Wie kommen die denn hier her? Und was ...? Egal! Wir müssen hier weg. Sofort! Bevor das Feuer wieder die Oberhand gewinnt."

Garrett legte behutsam einen Arm um meine Schultern und versuchte, mir aufzuhelfen. Ich presste die Lippen aufeinander, um ein gequältes Stöhnen zu unterdrücken. Der brennende Schmerz schien meinen gesamten Körper zu bedecken. Nur mein Gesicht brannte nicht.

„Du schaffst das", ermutigte Garrett mich, während er mir auf die Beine half.

Sobald ich stand, sackten meine Knie jedoch unter mir weg und ließen mich in Garretts rettende Arme fallen.

„Okay, vielleicht auch nicht. Dann werde ich dich wohl tragen müssen. Mal sehen, ob ich das noch hinbekomme."

Ich konnte spüren, wie Garretts Körper vor Anstrengung zitterte, als er mich in die Höhe hob. *Er muss selbst am Rande des Zusammenbruchs stehen. Ich sollte ihn nicht zusätzlich belasten …*

„Ich … kann … laufen", krächzte ich und bedeutete ihm, mich wieder auf dem Boden abzusetzen. „Und wir … müssen … Rose helfen."

Garrett runzelte die Stirn, während seine Arme bebend versuchten, mich zu halten. Schweißperlen rannen ihm über die Stirn, als er einen Schritt nach vorne machte und beinahe ins Stolpern geriet.

„Wer ist Rose?", fragte er keuchend und macht einen weiteren Schritt, weg vom Tornado und dem Ort des Kampfes.

„Die … Ewige … Aero", wisperte ich und sah ihm flehend in die Augen. „Wir müssen … ihr helfen. Sonst … sind hier alle … in großer Gefahr."

„Aber du bist verletzt! Wir müssen dich in Sicherheit bringen, damit sich jemand um deine Verbrennungen kümmern kann. Und um deinen Kopf. Du bist völlig blutverschmiert!"

„Das ist … egal. Wir werden … erst sicher sein … wenn dieser Ewige … Pyro … besiegt ist. Sonst … wird er uns … alle verbrennen!"

Garrett taumelte und blieb stehen. Seine Arme zitterten so stark, dass der pochende Schmerz in meinem Kopf laut protestierte, doch ich ignorierte es.

„Bitte, Garrett. Wir müssen … Rose helfen."

Die Entschlossenheit stand mir wohl ins Gesicht geschrieben. Garretts Augen hingegen wirkten unendlich müde, als er nickte und sich erneut dem tosenden Tornado zuwandte.

Vorsichtig setzte er mich ab und nahm dann mein Gesicht in seine Hände.

„Versprich mir, dass du dieses Mal vorsichtiger bist. Ich will nicht, dass dieser Typ dich abfackelt, okay?"

Ich nickte, wobei das Dröhnen in meinem Kopf so laut geworden war, dass ich Garretts Stimme nur noch mit Mühe hören konnte.

Garrett sah mir tief in die Augen und gab mir dann einen verzweifelten Kuss, als wolle er sich versichern, dass ich wusste, wie ernst seine Sorgen um mich waren.

Als er sich von mir löste, sah ich, dass seine Hände und Wangen nun ebenfalls von Ruß und Blut bedeckt waren. *Ich muss echt schlimm aussehen! Kein Wunder, dass er sich Sorgen macht. Aber darauf können wir jetzt keine Rücksicht nehmen. Wir müssen den Pyro aufhalten – koste es, was es wolle!*

Kapitel 38

Mit entschlossener Miene wandte ich mich dem tosenden Tornado zu. Er tobte weiterhin an der gleichen Stelle zwischen den Trümmern, während in seinem Innern ein wilder Kampf zwischen Luft und Feuer stattfand.

Garrett stützte mich, während wir dem epischen Gefecht der Elemente entgegenblickten.

„Und was ist dein Plan?", fragte er mit matter Stimme. „Ich bin leider nicht mehr in Höchstform, sonst könnte ich das Feuer mit einem Wasserstrudel löschen …"

„Das brauchst … du nicht", entgegnete ich mit gebrochener Stimme. „Es reicht, wenn … wir den … Pyro ablenken. Dann kann … Rose ihn …"

„Schon klar. Dann mal los!"

Garrett hob eine seiner Hände, während er mir mit dem anderen Arm weiterhin Halt bot. Ich stützte mich zitternd an ihn und beobachtete, wie er um den Tornado mehrere Wasserkugeln entstehen ließ.

Rose schien dies ebenfalls zu bemerken, denn die äußere Schicht des Wirbelsturms wurde ruhiger, so dass das Wasser hineingelangen konnte. Es bahnte sich einen Weg durch die wirbelnde Luft, bis es im Innern des Tornados angekommen war.

Dort verband Garrett die Kugeln zu einer Art Netzgeflecht aus Wassersträngen, welches sich um das züngelnde Feuer in der Mitte legte.

Der Zornesschrei des Ewigen Pyros machte deutlich, dass der Angriff seine Aufmerksamkeit auf sich gezogen hatte. Für einen kurzen Moment loderte sein wutentbranntes Gesicht innerhalb der Feuersäule auf.

Dann stürmten die Windböen mit aller Macht auf ihn ein und versuchten, seine Flammen zum Erlöschen zu bringen.

Zuerst sah es so aus, als könnte Rose es schaffen. Das Feuer wurde immer kleiner, während der tosende Wind ihm die Kraft entzog.

Doch dann loderten die Flammen mit neuer Kraft auf und begannen, sich gegen den Wind zu wehren. Bald schon tobte ein Feuersturm innerhalb des Tornados und drohte, erneut durch die Wand aus wirbelnder Luft zu dringen.

„Kannst du … es nochmal … versuchen?", bat ich Garrett, während ich mich bemühte, meinen Geist mit der Sonne zu verbinden.

Garrett nickte mit grimmiger Miene und streckte seine Hand für einen weiteren Angriff aus. Ich konnte sehen, wie seine Finger zitterten und spürte, dass seine Beine langsam unter unserem Gewicht nachgaben. *Er kann mich nicht mehr lange halten, wenn er seine Kräfte für den Kampf mit dem Pyro benötigt …*

Ich wies meine eigenen Beine an, wieder einen höheren Anteil meines Gewichtes zu tragen. Meine Knie drohten sofort wegzusacken, aber ich wehrte mich dagegen und zwang mich stehenzubleiben.

Meine Konzentration war dadurch so stark abgelenkt, dass es eine gefühlte Ewigkeit dauerte, bis ich meinen Geist endlich mit der Sonne verbinden konnte. Sofort spürte ich ihre Kraft durch meine Glieder strömen und richtete mich langsam auf, um Garrett zu entlasten.

Er war zu beschäftigt, um es zu bemerken. Seine Augen ruhten auf dem lodernden Feuer innerhalb des Tornados, welches er mit unablässigen Salven aus Wassergeschossen torpedierte. Dabei rann ihm der Schweiß über die Stirn, welche er in angestrengte Falten gelegt hatte.

Lange wird er das nicht mehr durchhalten können. Ich muss mir etwas einfallen lassen! Während mein Körper gierig die frische Kraft aufsog, welche mir die Sonne zukommen ließ, richtete ich meine Augen ebenfalls auf den tobenden Kampf vor uns.

Luft, Feuer und Wasser jagten einander innerhalb des Tornados in wilden Bahnen, wobei schwer zu erkennen war, wer die Oberhand hatte. Mal sah es so aus, als könnten Rose und Garrett es schaffen, die Flammen zu ersticken, doch dann loderten sie von neuem auf und ließen das Wasser um sich herum verdampfen.

Einmal war das Feuer im Innern des Wirbelsturmes sogar schon fast erloschen, aber irgendwie schaffte der Ewige Pyro es, die Flammen mit neuer Kraft zu entzünden. *Ob er ebenfalls mit der Sonne in Verbindung steht?*

Ich richtete meinen Geist nun auf die Flammen innerhalb des Tornados und versuchte, sie meinem Willen zu unterwerfen. Sie gehorchten jedoch den Befehlen des Ewigen Pyros und ließen sich von meinem Bitten und Betteln nicht beeindrucken.

Mein Blick huschte zu Garrett hinüber. Sein Gesicht war blass und völlig ausgetrocknet. Keine einzige Schweißperle war mehr zu sehen. *Ihm gehen die Wasserkräfte aus! Verdammt!*

Mit wachsender Panik bat ich die Flammen innerhalb des Tornados ein weiteres Mal, ihren Angriff einzustellen und auszugehen. Sie weigerten sich.

Dann bemerkte ich, wie die letzte Wasserkugel verdampfte und Garrett im gleichen Moment neben mir zusammensackte.

Ich versuchte, ihn aufzufangen, hatte jedoch nicht genug Kraft in meinen Armen, um ihn zu halten. Zusammen stürzten wir zu Boden, wobei der Schmerz in meiner verbrannten Haut sofort aufloderte und mir für den Bruchteil einer Sekunde die Sinne raubte.

Sobald ich wieder zu mir kam, spürte ich, wie die lodernden Flammen innerhalb des Tornados sich erneut bereit machten, die Wand aus wirbelnden Winden zu durchbrechen.

Mein Blick fiel auf Garrett, welcher bewusstlos halb auf mir lag. Die dunkelbraunen Haare fielen ihm in das rußverschmierte Gesicht – ein Gesicht, welches ich für immer in mein Herz geschlossen hatte. *Ich muss ihn beschützen. Ihn und all die anderen Unschuldigen, die bei einem Angriff von diesem Ewigen Pyro ums Leben kommen würden, wenn er sich jetzt befreien kann.*

Plötzlich wusste ich genau was zu tun war. In mir wurde alles ganz ruhig und meine Gedanken rückten in den Hintergrund.

Behutsam schob ich Garretts schlaffen Körper von mir herunter und stemmte mich mit zitternden Armen nach oben. Meine Beine brannten vor Schmerzen und Anstrengung, doch ich bemerkte es kaum.

Mit langsamen Schritten ging ich auf den Tornado zu, in dessen Innern das Feuer so wild tobte wie nie zuvor. Ich konnte die Wut des Ewigen Pyros förmlich spüren, doch in meinem Kopf war kein Platz für Angst. Ich war erfüllt von glühender Entschlossenheit, obwohl ich gleichzeitig wahrnahm, dass mein Körper am Rande seiner Kräfte stand. *Aber nicht mehr lange.*

Schützende Flammen züngelten zwischen meinen Fingern hervor und legten sich um meinen geschundenen Körper. Während ich das Feuer um mich herum lodern spürte, warf ich einen letzten Blick auf Garrett und stellte mich dann meinem Schicksal.

*

Als Garrett erwachte, war Johanna verschwunden. Zumindest dachte er das, denn er sah sie nicht mehr – nur den gigantischen Wirbelsturm aus Feuer und Luft. Doch irgendetwas war anders.

Der Tornado schien ruhiger geworden zu sein. Er wirbelte nicht mehr mit tosender Geschwindigkeit umher, so dass die Sicht in sein Inneres allmählich freigegeben wurde.

Während die Luftwirbel ein wenig langsamer wurden, konnte er das Feuer im Innern erkennen. Es war zu einer unbeweglichen Feuersäule in der Mitte des Tornados erstarrt und als er an den züngelnden Flammen hinunterblickte, entdeckte er an seinem Ende eine zierliche Gestalt.

Johanna! Seine Augen weiteten sich, als er die Flammen sah, welche um ihren Körper tanzten. Es schien beinahe, als würde sich das Feuer aus ihr heraus speisen. Ihre Haut glühte förmlich und ihre Haare waren ein wildes Flammenmeer geworden, welches ihr um die Schultern wallte.

Mit zitternden Gliedern richtete er sich auf, um sie besser sehen zu können. *Was um alles in der Welt tut sie da?!* Sein Blick wanderte an ihrem ausgestreckten Arm entlang und sah, dass ihre Hand direkt in die Feuersäule hineinzugreifen schien, als würden die beiden langsam miteinander verschmelzen. *Aber das ist unmöglich!*

„Johanna!", rief er mit rauer Stimme, wobei sein Hals so trocken war, dass er sofort anfangen musste zu husten. „Johanna!"

Sie hörte ihn nicht. Er wollte einen Schritt auf sie zugehen, doch seine Beine gaben nach und ließen ihn in die Knie gehen. *Ich muss ihr helfen!*

Der Gedanke schoss in seine Glieder hinein, konnte jedoch nicht gegen die Erschöpfung ankommen, welche ihn beinahe in die Bewusstlosigkeit zurücktrieb.

Hilflos kniete er auf dem trümmerübersäten Boden und sah zu, wie Johanna immer mehr mit dem Feuer zu verschmelzen schien. Sein Mund öffnete und schloss sich, ohne dass ein Ton herauskam. Er wollte nach ihr rufen, sie zu sich holen, doch er konnte nichts tun. *Bitte, verlass mich nicht, Johanna!*

*

Sobald ich das Feuer berührte, versiegte das tobende Inferno. Zurück blieb eine starre Feuersäule, welche zuckend vor mir verharrte, als wartete sie auf meine Anweisungen. Innerhalb der ruhenden Flammen konnte ich die aufgewühlte Seele des Ewigen Pyros spüren. Er war weiterhin in Aufruhr und kämpfte gegen mich an, um sein zerstörerisches Werk fortzusetzen.

Ich streckte meinen Geist nach seiner Seele aus – *Ich kann sie wirklich spüren!* – und wurde sogleich von einer Flut aus Bildern überrollt: Buschfeuer in Australien, Waldbrände in Kalifornien und Brasilien, eine Explosion, ein brennendes Hochhaus ...

Waren das etwa seine Erinnerungen? Hatte er diese schrecklichen Katastrophen verursacht? *Da braucht wohl einer dringend einen Freifahrtsschein zur Wiedergeburt, um sein schlechtes Karma zu verarbeiten.*

„Haben Sie diese Gräueltaten vollbracht?", fragte ich, wobei sich meine Stimme merkwürdig fremd anhörte. *Vielleicht sprechen die Flammen für mich, da meine menschliche Stimme sonst innerhalb des Feuers versagen würde ...*

„Gräueltaten?" Die Stimme des Ewigen Pyros strotzte vor Zorn. „Ich habe diesen Ungläubigen gezeigt, zu was wir Elementaren fähig sind."

„Aber sie haben Ihnen doch gar nichts getan."

„Das ist unwichtig. Sie sollen das Feuer fürchten lernen, damit sie endlich verstehen, wer in Wahrheit die Stärksten auf dieser Erde sind."

„Unsinn! Niemand soll uns oder unsere Elemente fürchten. Und es geht nicht darum, wer stärker oder schwächer ist. Solange alle in Frieden miteinander leben, kann die Balance der Kräfte und Elemente aufrechterhalten werden. Das liegt in der Natur aller Elemente. Und gerade wir Elementaren sollten dieses natürliche Gleichgewicht verstehen und unterstützen."

„Was weißt du denn schon? Du bist doch noch ein Kind! Woher willst du wissen, was für diese Welt das Richtige ist und was nicht?"

„Nur, weil ich jünger bin als Sie, bedeutet das nicht, dass die Weisheit des Universums nicht durch mich sprechen kann. Jeder, der offen dafür ist, kann die natürlichen Kräfte des Lebens spüren und wird dann verstehen, dass es gilt, sie im Gleichgewicht zu halten."

„Das ist alles Blödsinn! Die Ungläubigen werden uns fürchten lernen, wenn wir erst einmal unsere Macht demonstrieren. Wir werden sie schon auf ihre Plätze verweisen: als unsere Untergebenen."

„Nein!", rief ich entschieden. „Das werde ich nicht zulassen. Sie werden niemanden mehr mit ihren Gewaltfantasien verletzen."

„Ist das so? Und wie willst du mich aufhalten?"

Statt einer mündlichen Antwort, verband ich meinen Geist enger mit dem Feuer um uns herum. Meine Flammen wurden eins mit der lodernden Feuersäule und ich spürte, wie das einst feindliche Feuer sich meinem Willen beugte.

Die Seele des Ewigen Pyros erbebte vor Zorn und wehrte sich, doch es war zu spät. Die Flammen gehorchten ihm nicht mehr.

„Es ist Zeit für Sie, loszulassen und Frieden zu finden."

Mit diesen Worten ließ ich meinen Geist gänzlich eins werden mit dem Feuer. Sofort wurde mein Körper von einer unheimlichen Kraft durchflutet, welche mich beinahe um den Verstand brachte. *Feuer, ich bitte dich. Lass mich nicht sterben. Hilf mir. Lass mich leben.*

Die Flammen erhörten meine Bitte. Während ich spürte, wie die Seele des Ewigen Pyros sich langsam vom Feuer löste, legte sich ein Empfinden endloser Weite und Kraft um mich.

Zwar konnte ich meinen Körper nicht mehr wahrnehmen, doch ich hatte dennoch den Eindruck, als könne ich alles erreichen. Das Feuer durchflutete mich, schien jede Faser meines Seins zu durchdringen und eins zu werden mit meiner Seele.

Dann verschwand die Präsenz der fremden Seele völlig und mit ihr die Anwesenheit des Ewigen Pyros.

„Du hast es geschafft", hörte ich eine leise Stimme sagen. „Du konntest ihn besiegen, während ich gescheitert bin. Jetzt kann ich endlich Frieden finden."

Mein Blick fiel auf ein durchscheinendes Augenpaar, welches vor mir in der Luft schwebte. Ich bemerkte, wie der Tornado um mich herum sich auflöste, bis lediglich die flimmernde Luftgestalt von Rose zurückblieb.

Ihr von Windwirbeln durchzogenes Gesicht wirkte friedlich und von einer tiefen Seligkeit erfüllt, als sei ihr eine große Last abgenommen worden.

„Danke", fügte sie mit Wärme in der Stimme hinzu. „Ich war blind vor Rache und dem Verlust von Emmett. Doch du hast mir erneut die Augen geöffnet."

Ich lächelte stolz, stellte dabei jedoch fest, dass mein Gesicht sich merkwürdig formlos anfühlte. Verwirrt hob ich eine Hand, um meinen Kopf abzutasten, hielt jedoch mitten in der Bewegung inne und starrte ungläubig auf meine Arme. Sie bestanden aus glühenden Flammen.

„Ja, das ist richtig", kommentierte Rose meine Fassungslosigkeit. „Du bist nun eine von uns Ewigen. Es war vermutlich die einzige Möglichkeit, um weiteres Unheil zu vermeiden. Und dennoch ... ein mutiges Opfer von dir."

Opfer? Mutig? Ich?? Normalerweise hätten meine Gedanken nun angefangen zu rasen, doch ich spürte keine Flut an Fragen in meinem Kopf. Ich konnte nicht mal einen konkreten Kopf wahrnehmen. Alles an mir bestand aus Flammen. Für menschliche Gedanken war da wohl kein Platz mehr.

„Danke", wiederholte Rose mit einem flimmernden Lächeln. „Jetzt kann ich endlich zu Emmett zurückkehren, falls seine Seele solange auf mich warten konnte."

„Moment! Du gehst?", entfuhr es mir, wobei ich beim Klang meiner rauchig fremden Stimme unterschwellig den Impuls verspürte, zusammenzuzucken.

„Ja. Meine Seele hat lange genug auf dieser Erde verharrt. Nun wird es Zeit, für die nächste Generation Platz zu machen."

„Aber ... wir haben uns gerade erst getroffen!"

„Das mag sein. Doch jetzt, wo meine Rachelust verflogen ist, gibt es nichts mehr, was mich hier hält. Außerdem gibt es Andere, die dich dringender brauchen."

„Andere?"

Ich sah Rose fragend an. Sie lächelte bloß und löste sich dann mit einem abschließenden Nicken im wahrsten Sinne des Wortes in Luft auf. Die Anwesenheit ihrer Seele verblasste, bis ich nur noch die lodernden Flammen spüren konnte, welche nun mein Körper waren. *Ich bin wirklich eine Ewige. Erstaunlich …*

Plötzlich drang eine Stimme wie aus weiter Ferne zu mir durch. Sie wirkte merkwürdig vertraut und ließ meine Flammen heiß auflodern. Neugierig wandte ich mich in die Richtung um, aus der sie gekommen war und erblickte eine menschliche Gestalt, welche langsam auf mich zu stolperte.

Epilog

„Und es gibt wirklich keinen Weg, so etwas rückgängig zu machen?"

Fragende Augenpaare sahen mich an: Meine Eltern voller Sorge, Garrett hoffnungsvoll und der Rest meiner Freunde irgendetwas dazwischen. Ich wollte sie gerne beruhigen, ihnen sagen, dass alles gut werden würde, doch es war die erdige Stimme des Ewigen Soils neben mir, die ihnen antwortete. *Wie war noch gleich sein Name?*

„Es ist unmöglich, den menschlichen Körper wieder zurückzuholen, sobald er mit den Flammen eins geworden ist. Johannas Seele ist nun mit dem Feuer verbunden. Sie kann nicht zu ihrem alten Leben zurückkehren."

Johnny! So heißt er.

„Und wenn sie ihre Seele vom Feuer löst?", fragte Garrett und sah mich flehend an.

Ich blickte ratlos zurück.

„Dann wird ihre Seele sich von dieser Welt lösen, um in einem neuen Körper und neuen Leben wiedergeboren zu werden", antwortete Richard und stellte sich neben mich.

Aus dem Augenwinkel bewunderte ich seine erstaunlich menschlich wirkende Gestalt, während ich gleichzeitig das Wasser spüren konnte, aus welchem er tatsächlich bestand. *Immerhin hat er jetzt die Illusion von Kleidung und Hautfarbe aufgegeben, so dass wir seine wahre Wasserform sehen können ...*

Dann wurde meine Aufmerksamkeit von David auf sich gezogen, welcher sich etwas im Hintergrund hielt und nervös an seinen Händen herumspielte. *Ich bin froh, dass er sich von seinen Soil-Freunden distanziert hat. Und was auch immer bei diesem Kampf vorgefallen ist, scheint ihn und*

Garrett ein wenig versöhnt zu haben. Zumindest halten sie es gemeinsam in einem Raum aus. Und er scheint ein Auge auf Charlotte geworfen zu haben ...

„Also bist du nun für immer eine Ewige Pyro?", fragte meine Mutter mit Tränen in den Augen. „Du wirst nur noch aus Flammen bestehen?"

„Letzteres stimmt", übernahm ich es zu antworten, während ich mich ihr zuwandte. „Aber ich muss nicht für immer eine Ewige bleiben. Wie Richard schon gesagt hat, kann ich meine Seele von diesem Leben lösen. Von daher trifft es die englische Bezeichnung ‚pure elementals'[53] besser. Schließlich bestehen wir Ewigen nur aus unserem Element – in meinem Fall also reines Feuer. Vielleicht sollten wir diesen Begriff in Deutschland auch übernehmen ..."

„Oh, Johanna!", schluchzte Melanie plötzlich laut auf und lenkte meinen Blick auf sich. „Nie wieder gemeinsam Eis essen ... Shoppen gehen ... Ich werde dich so vermissen! Und nie wieder Make-up ..."

„Keine Sorge. Ich kann trotzdem bei deinem Video-Channel ein Interview geben, wenn du möchtest. Nur sollten wir das lieber draußen machen. Ich will deine Wohnung nicht ausversehen in Brand stecken."

Melanie lachte mit tränenerstickter Stimme und ich versuchte, ein Grinsen auf mein Flammengesicht zu legen.

„Sieh's doch mal positiv", fuhr ich aufmunternd fort. „Bei gemeinsamen Lagerfeuer-Abenden am Strand kann uns nie wieder das Feuer ausgehen. Und ich kann dich jederzeit in Berlin besuchen! Immerhin bin ich nun nicht mehr örtlich gebunden und kann mich überall materialisieren, wo ich nur will – sobald mir Richard und Johnny beigebracht haben, wie das geht ..."

---

[53] Reine Elementare

Richard lachte leise, doch es war Gregor, der mit einem breiten Grinsen antwortete.

„Keine Sorge. Du hattest bereits als Mensch eine große Begabung für deine Feuerkräfte. Das Reisen durchs Feuer wird für dich ein Kinderspiel."

„Cool", rief Charlotte aufgeregt. „Dann kannst du uns auch immer besuchen. Und wir können mit dir über das Feuer ständig in Kontakt treten, wenn du mal nicht da bist. Schließlich bist du jetzt quasi selbst das Feuer."

Sie lächelte mich begeistert an und plötzlich stahl sich das Lächeln ganz natürlich auf meine feurigen Lippen. *Wer könnte so viel Freude widerstehen?!*

„Aber du wirst nicht mehr bei uns wohnen können?", fragte mein Vater mit besorgter Miene. „Oder? Ich meine, wenn du keinen menschlichen Körper mehr hast ... Schlaf brauchst du vermutlich nicht ... Essen und Trinken auch nicht ... Wo bist du denn dann, wenn du nicht gerade als Feuergestalt vor uns schwebst?"

„Öhm ..."

Ich sah unsicher zu Richard und dem Ewigen Soil hinüber. Beide setzten gleichzeitig zu einer Antwort an, wobei Johnny sofort verstummte und Richard den Vortritt ließ.

„Johanna wird eins mit der Feuerenergie auf der ganzen Welt, sobald sie ihre feste Form aufgibt. Natürlich kann sie sich genauso aussuchen, ob sie sich mit einer bestimmten Feuerquelle verbinden möchte, um eine direkte Verbindung zu diesem Ort zu halten. Oder sie entscheidet sich für die Sonne – wobei es schwierig für sie wäre, die Verbindung zur Erde zu halten, wenn sie sich zu weit ins Universum hineinbegibt. Aber das steht ihr völlig frei."

„Wow!", entfuhr es Charlotte. „Johanna kann also überall gleichzeitig sein, wenn sie keine feste Form hat?"

Sie blickte ungläubig zwischen mir und Richard hin und her, wobei ich ihr Erstaunen durchaus verstehen konnte. Dieses Mal übernahm Johnny das Antworten und seine ruhige, erdige Stimme ließ den Boden unter uns leicht erbeben.

„Das stimmt. Ihrem energetischen Selbst und ihrem Geist sind nun keine materiellen Grenzen mehr gesetzt – bis auf die Tatsache, dass sich ihr Aufenthalt lediglich auf das Feuer beschränkt. Doch ihre Seele ist frei und somit nicht mehr an einen Raum gebunden."

„Allerdings", fügte Richard hinzu, „heißt das auch, dass Johanna ihr Zeitgefühl verlieren wird, sobald sie sich in diesen freien, gestaltlosen Zustand begibt. Ihr Geist nimmt Raum und Zeit nicht mehr menschlich wahr. Somit könnte sie mehrere Jahre in diesem Zustand verbringen, ohne es wirklich zu bemerken."

„Heißt das, sie könnte sich darin verlieren?". fragte Garrett entsetzt und sah mich mit großen Augen an. „Würde sie vergessen, zu uns zurückzukehren, wenn sie sich zu lange in diesem ‚freien Zustand' aufhält? Könnte es passieren, dass sie sich gar nicht mehr an uns erinnert?"

„Nein", beruhigte Richard ihn sogleich. „Die Erinnerungen aus ihrem menschlichen Leben sind noch mit ihrem Geist verknüpft. Die wird sie erst loslassen, sobald sich ihre Seele komplett von diesem Leben löst und wiedergeboren wird."

„Aber sie könnte vergessen, uns zu besuchen?", hakte meine Mutter leise nach. „Wenn sie das Zeitgefühl verliert?"

„Ja. Diese Möglichkeit besteht."

Ratloses Schweigen machte sich unter den Anwesenden breit. Ich ließ meine Feueraugen über jeden Einzelnen schweifen – meine Eltern, Charlotte, Fiona, Melanie,

Gregor (dessen Kopf von meinem Vater professionell verarztet worden war), David, Richard, Johnny – bis mein Blick an Garrett hängen blieb.

Seine tiefblauen Augen schauten mich sehnsüchtig an, als könne er sich kaum zurückhalten, meine feurigen Wangen zu berühren.

„Es tut mir leid", kam es über meine Lippen, wobei ich meine Augen auf Garrett gerichtet hielt. „Ich wollte nicht… Aber es war die einzige Lösung …"

„Es tut dir leid?!", wiederholte Johnny ungläubig. „Dir braucht gar nichts leidzutun. Du hast die Menschheit vor dem mörderischen Feuer dieses grauenvollen Ewigen Feuerelementaren gerettet! Und somit übrigens auch den Frieden gesichert, wenn dir das entfallen ist."

Er sah mich mit ernsten, schwarzen Augen an, wobei ich wieder einmal den Glanz seiner erdigen Haut bewunderte. *Ob er als Mensch wohl ähnlich ausgesehen hat?*

Johnny hatte mir bei unserer ersten Begegnung ziemlichen Respekt eingeflößt, mit seiner tiefen Stimme und eindrucksvollen Statur. Er war einfach so aus dem Boden herausgewachsen, kurz nachdem Garrett mich zum ersten Mal in meiner Feuergestalt erblickt hatte.

Als ich dann von Johnny erfahren hatte, dass er ein ehemaliger afrikanischer Sklave aus Amerikas Vergangenheit war, wollte ich ihn am liebsten sofort mit Fragen löchern, doch meine Familie hatte auf meine Heimkehr gedrängt.

Und nun wurde ich selbst mit Fragen überschüttet, auf die ich viel zu oft keine Antwort hatte.

Alle Augen hatten sich erneut auf mich gerichtet und ich glaubte mich daran zu erinnern, dass ich in meinem menschlichen Körper in einem solchen Moment vor lauter Aufmerksamkeit rot geworden wäre.

Mein Flammengesicht loderte bereitwillig auf, was Garrett ein kleines Grinsen entlockte.

„Johnny hat recht", gab er seufzend klein bei. „Es muss dir nicht leidtun. Immerhin hast du mit Rose' Hilfe Xi Jinping das Leben gerettet. Sonst hätte er sicherlich niemals den Elementaren seinen Dank und sein Vertrauen ausgesprochen. Ohne dich wäre die Registrierungspolitik nicht so schnell abgeschafft worden. Selbst Russland und die Türkei wollen die Elementaren nun akzeptieren. Nur Nordkorea hat bisher kein Statement abgegeben, aber alle anderen feiern dich als Heldin. Also brauchst du dich nicht zu entschuldigen."

Seine Worte ließen mein Flammenherz höherschlagen. Denn es stimmte: China, Russland und die Türkei hatten endlich ihre elementarenfeindlichen Maßnahmen beendet und Frieden mit uns geschlossen. Selbst in Nordkorea war es laut Johnny – welcher während meines Kampfes selbst in Korea vor Ort gewesen war – nur noch eine Frage der Zeit, bis die Normalen ihre Maßnahmen gegen uns zurücknehmen würden.

Fast alle Länder hatten sich mittlerweile positiv darüber geäußert, wie sich die Elementaren im Kampf gegen den Ewigen Pyro für die Normalen eingesetzt hatten. Und nicht nur dort: Auch in anderen Ländern war es nach dem Angriff auf Xi Jinping und Tianjin zu Unruhen gekommen. Doch überall hatten die Elementaren letztendlich eine friedliche Lösung gefunden. *Weltweiter Frieden zwischen Normalen und Elementaren – genau das, was wir uns gewünscht hatten. Und trotzdem …*

Ich blickte in Garretts Augen, welche die Traurigkeit nicht hinter seiner Freude für mich verstecken konnten.

„Es tut mir dennoch leid, dass ich … dass wir …"

„Ich liebe dich", unterbrach mich Garrett und trat ein paar Schritte vor, bis er direkt vor meiner schwebenden Feuergestalt stand. „Egal in welchem Körper. Ich werde dich immer lieben – auch wenn ich mich dabei vielleicht ab und zu ein bisschen verbrenne."

Ein neckendes Grinsen stahl sich auf sein Gesicht und ließ meine Flammen heißer werden.

„Und ich liebe dich", erwiderte ich, wobei ich eine feurige Hand nach ihm ausstreckte.

Ich ließ die Flammen so sachte wie möglich brennen, um die Hitze ein wenig zu reduzieren und näherte mich vorsichtig seinem Gesicht.

Bevor ich seiner Haut zu nahe kam, hielt ich inne, doch ich konnte in seinen Augen sehen, dass er die Berührung der Wärme spürte.

Lächelnd hob er ebenfalls eine Hand und ließ sie knapp über meiner in der Luft verharren, fast als würden unsere Finger sich berühren. Ich spürte die Wärme seiner Haut, seines Körpers und die Energie des Lebens, welche durch ihn pulsierte.

„Ich könnte auch zum Ewigen Hydro werden", schlug Garrett vor. „Dann könnten wir gemeinsam die Welt bereisen – natürlich nur, wenn Richard schon in ‚Rente' gehen will."

„Nein", antwortete ich sofort. „Ich möchte nicht, dass du dein jetziges Leben und deinen Körper für mich aufgibst."

„Wieso? Liebst du mich etwa nur wegen meines guten Aussehens?"

„Das nicht. Aber es wäre einfach zu viel Veränderung auf einmal. Ich muss mich erstmal an meinen Feuerkörper gewöhnen, bevor ich mich von deinem Menschenkörper trennen könnte."

„Na gut. Dann warte ich eben noch ein bisschen."

Garrett grinste und ich nickte dankbar.

„Ich werde immer in deiner Nähe sein", flüsterte ich mit rauchiger Stimme. „Und sobald du stirbst, werde ich meine Seele von den Flammen lösen. Dann können wir wieder zusammen sein. Für immer."

Garretts Augen strahlten und ich konnte spüren, wie sich so etwas wie ein Lächeln auf meinem Flammengesicht ausbreitete.

„Oder wir verbringen noch ein paar Jahrzehnte als Ewige Elementare – gemeinsam!", erwiderte er, während er mein Lächeln erwiderte. „Und bis dahin bist du unsere Flamme der Liebe, die ewig brennt."

„Ich werde nur solange brennen, wie ich in dieser Welt bei dir sein kann. Doch das Feuer unserer Liebe – ja, *das* wird wohl ewig leben. Genauso wie unsere Seelen."

Danksagungen

Ein herzlicher Dank geht auf jeden Fall an meine Mutter, die unablässig an mich und diese Geschichte geglaubt hat. Selbst als das Manuskript zum ersten Buch während mehrerer Umzüge immer wieder verschwunden ist, hat sie nie aufgegeben, mich davon zu überzeugen, dass ich weiterschreiben sollte.

Ebenfalls an mich geglaubt und mich immer unterstützt hat mein Vater, dem ich hiermit auch herzlich danken möchte. Ohne ihn wäre Schreiben für mich nicht das, was es heute ist: mein Lebenstraum und meine Berufung.

Natürlich bedanke ich mich darüber hinaus bei meinem Ehemann, welcher mir unablässig Mut zuspricht, mich unterstützt und es akzeptiert, dass ich teilweise stundenlang in den Welten meiner Fantasie abtauche. Danke, dass du das wilde Klacken meiner Tastatur aushältst und mir die Möglichkeit gibst, meinen Lebenstraum wahr werden zu lassen.

Auch meine Muse möchte ich hier nicht unerwähnt lassen, wobei sie diese Zeilen nicht lesen kann. Sie würde höchstens schnurrend vor meinem Bildschirm sitzen und mir mit ihrem bunten Fell die Sicht versperren. Aber selbst dafür liebe ich sie. Mit ihrer ruhigen Katzenart ist sie stets ein Anker für meine flüchtigen Ideen und chaotischen Gedanken.

Und zu guter Letzt geht ein herzliches Dankeschön an all meine Leserinnen und Leser, die meinem Werk mit ihrer eigenen Kreativität und Fantasie neues Leben einhauchen, wenn sie es aus dem Bücherregal herausholen und darin abtauchen. Danke, dass es euch gibt!

Triggerwarnungen

In diesem Roman gibt es Schilderungen von Gewalt und kämpferischen Auseinandersetzungen.

Das Thema ‚Verbrennungen' und Schmerzen durch Feuerverletzungen wird ebenfalls mehrmals erwähnt und kann beim Lesen möglicherweise Traumata von LeserInnen wachrufen, welche selbst durch solche Verletzungen betroffen sind oder waren.

Tipps für die Versorgung von Verbrennungen und Brandwunden lassen sich u.a. beim Deutschen Roten Kreuz

www.drk.de
(unter: Erste Hilfe → Verbrennungen)

oder auch bei der Deutschen Gesellschaft für Verbrennungsmedizin finden:

www.verbrennungsmedizin.de
(unter: Erste Hilfe bei Brandverletzungen)

Im Falle eines Brandes oder einer akuten Verletzung sollte sofort der Rettungsdienst alarmiert werden.

Notrufnummer: 112
Ärztlicher Bereitschaftsdienst: 116 117